Diego Galdino
Der letzte Kaffee am Abend

PIPER

Zu diesem Buch

Der sympathischste Barista aller Zeiten hat Liebeskummer. Bis irgendwann eine neue Frau seine kleine Bar in Trastevere betritt. Nach ein paar romantischen Spaziergängen wird aus der Sympathie zwischen den beiden bald mehr. Doch gerade, als der enttäuschte Massimo zaghaft sein Herz öffnet, klopft die Vergangenheit an die Tür: Seine alte Liebe erscheint wieder auf der Bildfläche. Massimo stehen schwierige Tage bevor! Da braucht es selbst für einen gestandenen Barista mehr als einen Espresso, um die richtige Entscheidung zu treffen …

Diego Galdino ist von Beruf Barista, ihm gehört eine traditionsreiche Caffè-Bar in Rom. Zugleich ist er – nicht zuletzt mit seinem internationalen Bestseller Der erste Kaffee am Morgen – ein erfolgreicher Schriftsteller.

Diego Galdino

Der letzte Kaffee am Abend

Roman

Aus dem Italienischen von
Christiane Landgrebe

PIPER

Mehr über unsere Autoren und Bücher:
www.piper.de
www.thiele-verlag.com

Ungekürzte Taschenbuchausgabe
ISBN 978-3-492-31754-2
Februar 2021

Titel der italienischen Originalausgabe:
»L'ultimo caffè della sera«, Sperling & Kupfer, Mailand, 2018

Umschlaggestaltung: Christina Krutz, Biebesheim am Rhein
Umschlagabbildung: ast-pb/Photocase
Satz: Christine Paxmann, München
Druck und Bindung: CPI books GmbH, Leck
Printed in the EU

1
Das Echo des Herzens

42 waagerecht: »Beliebteste Prinzessin der Skifahrer«. Nachdem sie diese letzte Definition aufgeschrieben hatte, trank Geneviève einen Schluck schwarzen Tee mit Rosenaroma und blickte zufrieden auf das fertige Kreuzworträtsel.

Es war ein Auftrag für ein Kinderprogramm in der Grundschule, und deshalb hatte sie sich ein Thema ausgesucht, in dem bekannte Disney-Figuren vorkamen.

Während sie auf das Blatt schaute, versuchte sie sich das Lächeln der Kinder vorzustellen, die beim Lösen des Rätsels ihren Spaß haben würden, vielleicht auch ein paar Erwachsene, die ja im Grunde immer einen Vorwand suchen, um in ihre Kindheit zurückzukehren.

Nun blieb ihr nichts anderes mehr zu tun, als die Arbeit in einen Umschlag zu stecken und an die Redaktion zu schicken. Sie hatte versucht, Kreuzworträtsel direkt am Computer zu entwerfen, aber das war nicht dasselbe: Es gefiel ihr zu sehr zu sehen, wie die von ihr erdachten Begriffe unter ihrer Hand Form annahmen, bevor man sie später gedruckt in den Zeitschriften sah.

Die Kreuzworträtsel auf dem Papier zu entwerfen erinnerte sie an die Zeit, als sie angefangen hatte, dieses Hobby mit Bleistift, Lineal und einem Lexikon zu pflegen, und dann war es eines Tages zu ihrem Beruf geworden.

Geneviève betrachtete sich im Spiegel, der hinter dem Schreibtisch hing. Sie war froh, dass sie ihn dort angebracht hatte: Auf diese Weise sah sie nicht nur die Dächer von Paris hinter sich, sie fühlte sich auch weniger allein, während sie sich den Kopf zerbrach und nach Definitionen und Begriffen suchte. Immer wieder warf sie sich einen Blick zu, und es kam ihr fast so vor, als schaue eine ältere Person ihr mit Zuneigung und Nachsicht bei der Arbeit zu. Vielleicht war es Melanie, die in ihr noch ein bisschen weiterlebte.

Gedankenverloren wickelte Geneviève eine ihrer rotblonden Locken um den Zeigefinger und stand auf.

Die Wohnung, in der sie lebte, war noch immer die kleine Mansarde, die sie nach Verlassen des Kinderheims in Saint-Germain gemietet hatte. Seitdem war viel Zeit vergangen, und jetzt gehörte die Wohnung ihr, dank eines Darlehens, das sie vor ein paar Jahren bekommen hatte. Während sie darauf wartete, dass der Wasserkocher seinen Dienst tat, ließ Geneviève ihren Blick durch die Wohnung schweifen. Vielleicht konnte nur sie wissen, wie tiefgründig die kleinen Veränderungen waren, zu denen ihre Zeit in Rom beigetragen hatte: das Sofa, die Sessel, ein paar Bilder und das Foto von der Bar *Tiberi* mit dem alten Schild. Es hätte eine Café-Bar sein können, wie es viele andere auf der Welt gab, aber für sie war diese kleine Bar in Trastevere die Welt geworden, weil sie wegen der Menschen dort und auch aus Liebe den Mut gefunden hatte, sich zu öffnen. Seither wusste sie, dass andere Menschen keine

Bedrohung sondern eine Bereicherung für das eigene Leben sind. Fast hätte man sagen können, dass ihr in dieser Bar zum zweiten Mal das Leben geschenkt worden war, und der Unterschied zwischen dem alten Leben und ihrem neuen war die Liebe, die sie nun in sich trug – jenes so besondere Gefühl, vor dem sie sich stets gefürchtet und das Massimo ihr in kürzester Zeit beigebracht hatte.

Nachdenklich brühte sie den schwarzen Tee mit Rosenaroma auf, goss ihn anschließend in eine Thermoskanne und steckte diese in ihre Tasche.

Sie erinnerte sich, als sei es erst gestern gewesen, an jenen Morgen, der ihr Leben, in dem sie sich so komfortabel eingerichtet hatte, kräftig durcheinandergewirbelt hatte.

An jenem Morgen hatte sie im Briefkasten einen grünen Zettel gefunden, der ihr ein Einschreiben ankündigte. Der Angestellte auf der Post nahm den Zettel entgegen, ohne sie groß zu beachten. Seine ganze Aufmerksamkeit galt dem Kreuzworträtselheft, das vor ihm lag. Normalerweise ärgerte sich Geneviève, wenn Leute ihre Kunden nicht freundlich bedienten, aber diesmal freute sie sich fast, weil der Mann gerade eines ihrer Kreuzworträtsel löste. Sie lächelte und war versucht, sich zu offenbaren, doch sie war zu schüchtern und wollte auch möglichst rasch den geheimnisvollen Brief öffnen. Sie hatte alle möglichen Vermutungen angestellt, eine katastrophaler als die andere. Da sie kein

Auto besaß, konnte es kein einfacher Strafzettel wegen falschen Parkens sein, es war sicher etwas Schlimmeres. Dann aber stellte sie zu ihrer großen Überraschung fest, dass sie eine Wohnung in Rom geerbt hatte, im Viertel Trastevere, um genau zu sein, auf jeden Fall aber in einer Stadt, die sie nur aus Erzählungen kannte und eigentlich auch gar nicht kennenlernen wollte – einer schönen, aber chaotischen Stadt –, jedenfalls stellte sie es sich so vor. Die Wohnung hatte ihr eine Verwandte vererbt, eine Tante, von der sie noch nie etwas gehört hatte, aber es musste schon seine Richtigkeit haben. Über ihre Familie wusste sie wenig, im Grunde kannte sie niemanden. Sie und ihre Schwester Melanie hatten schon früh ihre Eltern verloren und waren im Waisenhaus aufgewachsen.

Der Notar bat sie, in seine Kanzlei nach Rom zu kommen, um alles ordnungsgemäß abzuwickeln und die Erbschaft anzutreten.

Sie hatte den Brief zwei, drei Mal gelesen und wusste nicht, ob sie wegen der Erbschaft so erschrocken war oder wegen der Entdeckung einer entfernten Verwandten, die (bis vor wenigen Tagen) in Italien gelebt hatte. Sie hob die Augen zum Himmel und rief dem Geist dieser Frau zu: »Wo warst du nur vor fünfundzwanzig Jahren? Da hätten wir dich gebraucht.«

Als sie zum Friedhof kam, füllte Geneviève die Vase mit frischem Wasser für die Anemonen, die sie beim Blumenstand vor dem Tor gekauft hatte, und ging zum Grab ihrer Schwester Melanie.

Sie stellte die Blumen so hin, dass die Blütenblätter die Fotografie berührten.

Melanie hatte Blumen geliebt; als sie noch klein gewesen waren, hatte sie ihr jeden Tag erzählt, später würden sie zusammen eine Gärtnerei eröffnen. Sie müsste ihr bei der Auslieferung helfen und den gelben Lieferwagen fahren. Er müsste gelb sein wie die Sonnenblumen, die sie am liebsten mochte.

In der vergangenen Nacht hatte es ein schweres Gewitter gegeben, und der elfenbeinfarbene Stein war mit Schlamm bespritzt, außerdem klebte ein Schnauzbart aus Erde auf Melanies Gesicht.

Geneviève lächelte dem Foto zu, während sie das Glas mit einem Tuch abwischte.

Sie dachte an die Zeit, in der sie als Kinder draußen im Regen gesessen und sich ihre erdverschmierten Gesichter gewaschen hatten.

Sie holte ihre Thermoskanne aus der Tasche und trank den heißen Tee in kleinen Schlucken, während sie lange Melanies freundliches Gesicht betrachtete. »Dieser Rosentee hätte dir auch geschmeckt«, sagte sie schließlich.

Sie strich mit einer zärtlichen Geste über das Bild, und für einen Moment kam es ihr so vor, als würde dic Zeit zurückgedreht. Lange stand sie so da, vor dem Grab, dann legte sie die Finger an ihren Mund, küsste sie und legte sie auf Melanies Lippen.

Ein feiner Nieselregen tauchte den Friedhof Père-Lachaise in ein diffuses Licht. Geneviève zog die Kapuze hoch, blickte sich kurz um, um sicher zu sein, dass keiner sie beobachtete, und sagte leise:

»Ich hab dich lieb, Mel, wir sehen uns bald wieder.«

Die Tränen, die ihr über die Wangen liefen, mischten sich mit den Regentropfen. Geneviève schniefte energisch und wischte sich mit dem Ärmel ihrer Kapuzenjacke über die Augen.

»Also dann adieu. Ich muss jetzt gehen, du fehlst mir so sehr.«

Während Geneviève langsamen Schrittes zum Ausgang ging, drehte sie sich wieder und wieder um, um ihrer toten Schwester zuzuwinken.

2
Hundert Glocken

Erst im Nachhinein war es Massimo gelungen, die ausgefuchste Strategie von Dario zu durchschauen, mit der er andere verwirrte, ohne dass sie argwöhnisch wurden.

Er verhielt sich dabei so natürlich, dass niemand ahnte, was er eigentlich vorhatte. Sein Meisterwerk in dieser Hinsicht war sicherlich die Einstellung von Marcello – oder besser gesagt, die absurden Umstände, unter denen es zu dieser Einstellung gekommen war und die sich Massimo erst jetzt erklären konnte. Gewiss, schon seit Jahren hatte Dario mit dem Wunsch kokettiert, dass ihn endlich ein anderer hinter der Bar ersetzen müsse, aber dies schien nichts als eine scherzhafte Bemerkung, die keiner wirklich ernst nahm. In letzter Zeit allerdings hatte er immer häufiger davon gesprochen. Doch an jenem Tag verstummte die ganze Bar und verharrte sprachlos wegen dem, was dann passierte.

An jenem Morgen nämlich kam Marcello in die Bar *Tiberi*. Keiner kannte ihn, nicht einmal eine Kaffeesorte verband sich mit seinem Namen. Ohne sich groß vorzustellen, fragte er: »Brauchen Sie einen Klempner?«

Dabei stand fest, dass es für die Bar *Tiberi* weltweit nur einen einzigen Klempner gab, Antonio nämlich. Auch wenn dieser nicht immer gleich zur Stelle war, wartete man doch geduldig mit einem zerbrochenen Hahn in der Hand, bis er eintraf.

Aber manchmal ändert sich die Konstellation der Sterne und auch das Leben der Menschen, und so hatte Antonio, der Klempner, eine Woche zuvor zur allgemeinen Überraschung erklärt, er wolle sich nach Cerveteri zurückziehen, wo schon seit Jahren sein Bruder Gino lebte. »Mir reicht's, ich geh' in Rente!«, sagte er, und da drehten sich plötzlich alle Gäste überrascht zu ihm um. Künftig wurde dieser Satz zu einem geflügelten Wort in der Bar *Tiberi*.

Kaum hatte Antonio diese Worte gesagt, da belehrte ihn auch schon jemand, dass Rente nicht nur eine Altersfrage sei, dass man erst mal lange Zeit richtig arbeiten müsste, um ein Recht darauf zu haben. Da zog der alte Klempner zur allgemeinen Überraschung seine Papiere aus der Jackentasche: die Bewilligung seiner Rente und den Nachweis, dass er regelmäßig in die Sozialkasse eingezahlt hatte.

Na klar, mit dem Geld, das er gespart hat, als er jahrzehntelang seinen Kaffee geschnorrt hat, dachten alle Anwesenden einmütig.

Kurz gesagt, Marcello war zur rechten Zeit am richtigen Ort, so, als sei alles vorherbestimmt. Noch war nicht klar, welche Rolle die Götter des Olymps ihm zugedacht hatten, aber sicher hatten sie sich etwas dabei gedacht.

Der Fremde sah gut aus, er war groß, seine Augen waren blau, er war schlank, sympathisch, leutselig, ernst, verrückt (aber diese Dinge zeigten sich erst im Lauf der Zeit so richtig).

Alle sahen ihn verblüfft an, weil er seine Frage so gestellt hatte, als sei es das Natürlichste von der Welt.

Tonino, der Mechaniker, brach schließlich das Eis, aber das ist nur so eine Redensart, denn wollte man in der Bar *Tiberi* wirklich für Verblüffung sorgen, musste mehr passieren als eine seltsame Frage:

»Sieh mal einer an, und da denkt man immer, Klempner ruft man nur im Notfall.«

»Was redest du da«, entgegnete Massimo, »man muss immer einen Klempner in seiner Nähe haben, denn stell dir vor, es gibt einen Rohrbruch, man ruft einen, aber bis er kommt, steht der Laden schon unter Wasser. Genau deswegen haben wir doch Antonio immer beschäftigt, oder?«

Marcello hingegen sah Tonino mit großen, erstaunten Augen an, als wolle er sagen: Na und?

Doch wie es schien, war dies nicht nur der richtige Moment und der richtige Ort. Wenn man einen Plan hat, braucht man immer einen Gewährsmann, und Marcello hatte, ohne es zu wissen, schon den richtigen gefunden. Dario sah ihn nur ein paar Sekunden lang vom Kopf bis zu den Füßen prüfend an, dann traf er seine traurige Entscheidung, schnell und scheinbar obenhin. Aber wäre es ihm sonst jemals gelungen? Wie auch immer – Dario hatte die Zeichen der Auguren richtig gedeutet und bestimmte im Handumdrehen seinen eigenen Nachfolger.

»Weißt du, wie man eine Kaffeemaschine bedient?«, brummte er.

Hätte Marcello diese Frage abschlägig beantwortet, hätte Dario ihn wohl dennoch zu seinem Erben bestimmt, denn er war ein Mensch, der sich stets auf sein Bauchgefühl verließ.

Glücklicherweise wischte Marcello jedoch jeden Zweifel weg, als er erklärte, er habe während des Militärdienstes eigenhändig die kleine Bar der Kaserne geführt.

Was dann passierte, blieb Massimo und allen Gästen der Bar *Tiberi* im Gedächtnis – und würde in die Geschichte des Trastevere eingehen. Dario nahm seine kurze schwarze Krawatte ab und reichte sie Marcello mit den Worten:

»Wir brauchen hier keinen Klempner, sondern einen Barista.«

Dann verließ er feierlich den Tresen, ging zum Ausgang und sagte etwas, dessen Sinn an diesem Tag niemand so richtig erfasste:

»Ich geh nach Hause, ich bin müde. Wir sehen uns morgen.«

Darios Mitspracherecht in der Bar war wesentlich mehr als das eines normalen Angestellten, deswegen konnte Massimo nicht anders, als die Sache als beschlossen hinzunehmen. Die erste Zeit mit Marcello war nicht einfach. Massimo war immer gewissenhaft, präzise, höflich, wohlerzogen. Er war ein Perfektionist. Marcello hingegen war kein Kind von Traurigkeit, er duzte jedermann (auch ältere Leute, die er vorher nie gesehen hatte), lehnte alles Formelle ab, und wenn ihn bei den Bestellungen etwas nicht überzeugte, zeigte er seine Missbilligung und riss seine großen blauen Augen auf, als wolle er sagen: Bist du verrückt?

Marcello entsprach wohl eher dem typisch römischen Barista mit seiner *Was-geht's-mich-an?-Ist-mir-doch-egal*-Mentalität. Er goss zwar kein Wasser in den Wein, füllte aber wegen der Eile nur die Hälfte vom Kaffee in den Filter und nahm immer die gleiche Milchmenge, so dass der Cappuccino dadurch zu einer Art Guttalax-Getränk zu werden drohte und die Bar zu einem Experimentierkrankenhaus, um mit der »Methode Marcello« abzunehmen.

Es gab Tage, an denen Massimo Dario verfluchte, weil er mit Marcello das kürzeste Bewerbungsgespräch der Welt geführt und ihn dann sofort eingestellt hatte.

Zu allem Unglück stellte sich sehr bald heraus, dass im Fall Marcello auch keine spontane Kündigung in Frage kam, weil Amor an einem Nachmittag, an dem Massimo im Lagerraum seinen Zehn-Minuten-Mittagsschlaf hielt, einen Pfeil ins Herz der neuen Kassiererin der Bar *Tiberi* schoss, ins Herz seiner Schwester Carlotta, die von ihrem Mann geschieden war, ihn in Canada zurückgelassen hatte und in der Überzeugung nach Hause zurückgekehrt war, dass der Mann ihres Lebens hier in Rom auf sie wartete. So begann sie im Handumdrehen, Marcello mit anderen Augen zu betrachten, und zwar mit den Augen der Liebe.

Die beiden waren nach einem halben Tag unsterblich ineinander verliebt, und das bedeutete für Massimo: Sein ziemlich unfähiger und verrückter Barmann war zugleich sein zukünftiger Schwager, und den konnte er unmöglich hinauswerfen.

Der gute alte Dario hatte sich still und leise aus dem Staub gemacht, aber bei der täglichen Routine, und vortrefflich unterstützt durch die ständige Pfuscherei von Marcello, fiel dies zunächst kaum auf. Massimo hatte eigentlich zu Darios Ehren ein Abschiedsfest geben wollen, aber dieser hatte es abgelehnt, weil er nicht im Mittelpunkt der Aufmerksamkeit stehen wollte und sich, wie er sagte, ja auch gar nichts verändert habe, er wolle schließlich nicht ans andere Ende der Welt ziehen. Dies sei doch das größte Problem eines jeden

Römers: Man war ja schon am schönsten Ort, den es gab, warum sollte man da auf die Idee kommen, andere Gegenden entdecken zu wollen? Er war diesem Prinzip immer treu geblieben und hatte sich zeit seines Lebens so wenig wie möglich vom Trastevere entfernt. Kurz gesagt, Dario war nicht plötzlich verschwunden, er hielt sich nur immer seltener in der Bar auf. Wenn er dort war, hätte ein aufmerksames Auge feststellen können, dass ein Schatten über ihm lag, trotz seiner scheinbar guten Laune, die bei einem alten Helden wie ihm nicht fehlen durfte.

Massimo hatte etwas gespürt, und wenn er jetzt daran zurückdachte, konnte er sich nicht verzeihen, nicht nach Erklärungen gesucht, nicht nachgefragt zu haben, aber unter Männern ist man im Grunde daran gewöhnt, den magischen Kreis von jemandem, der nicht reden will, nicht zu durchbrechen. Er erklärte sich Darios seltsames Verhalten damit, dass es ihm wohl doch etwas ausmachte, nicht mehr in der Bar zu arbeiten, und er etwas Zeit brauchte, um sich daran zu gewöhnen.

Dann nahm das tägliche Einerlei überhand, Massimo fand sich mit seinem neuen Mitarbeiter nicht nur ab, sondern zeigte und erklärte ihm auch alles, und an manchen Tagen dachte er gar nicht mehr an den alten Dario, außer wenn er ihn ab und zu anrief (niemals lange, weil Dario ungern telefonierte) oder ihn kurz besuchte.

3
Ewige Ruhe

Und da waren sie, alle zusammen wie in der guten alten Zeit, in alter Treue, ohne Ausreden im letzten Augenblick. »Das wäre ja noch schöner gewesen«, hätte Dario gesagt. Aber leider konnte er nicht mehr reden, und da sich sein Geist gewiss nicht dort in diesem Sarg aus glänzendem Mahagoni befand, war er wahrscheinlich irgendwie unter ihnen, musterte die kleine Truppe und amüsierte sich über den Nadelstreifenanzug aus Flanell, den Antonio, der Klempner, zusammen mit einer fliederfarbenen Krawatte trug, wodurch er alle Blicke auf sich zog. »Ich weiß seinen Einsatz zu schätzen«, hätte Dario lächelnd gesagt.

Inzwischen waren Beerdigungen der einzige Anlass, um sie alle zusammenzubringen.

Dario wäre sicher ein bisschen enttäuscht gewesen, sie so niedergeschlagen zu sehen, er hätte sich hier und da einen kleines Lachen gewünscht oder, noch besser, fröhliches Getöse. Doch sein Tod hatte sie alle so unvorbereitet getroffen, dass sie mehr Fassunglosigkeit als Trauer empfanden, als könnten sie es im Grunde nicht glauben und warteten nur darauf, dass er gleich auftauchen und sagen würde, es sei alles nur ein Scherz gewesen, einer von der Sorte, die man sein Leben lang nicht vergisst.

Tonino, der Mechaniker, fiel durch sein kariertes, zwei Nummern zu großes und für den Anlass viel zu auffälliges Jackett auf. Er konnte sich nicht beruhigen, schüttelte nur immer wieder den Kopf und fragte: »Aber warum hat er uns denn bloß nichts gesagt?« Darauf wusste keiner von ihnen eine Antwort.

Er selbst hatte es wohl seit Monaten gewusst, aber echte Helden zeigen eben keine Schwäche. Sie wollen nicht wehrlos dastehen wie alle anderen und ihnen den unvermeidlichen, traurigen Verfall der letzten Lebenszeit ersparen. Gut, er war sehr häufig zum Urologen gegangen, so oft, dass die Barbesucher den Doktor schon Darios Verlobten nannten.

Auf indiskrete Äußerungen wie: »Was, ihr habt euch in eurem Alter noch verliebt?« oder eher materialistische: »Schickt er dir jetzt, wo ihr zusammen seid, denn immer noch eine Rechnung?«, reagierte Dario mit einem wohlwollenden Lächeln, das alles bedeuten konnte. Er erklärte, er habe eine böse Harnwegsinfektion, die einfach nicht weggehen wolle, und alle glaubten ihm.

Dabei war sein Prostatatumor schon weit fortgeschritten, im ganzen Körper hatten sich Metastasen gebildet, und die Ärzte konnten ihm nicht mehr helfen. Deshalb ordnete Dario seine Angelegenheiten, damit das Leben nach ihm ungestört weitergehen konnte, machte aus der Not eine Tugend und brachte Marcello größtes Vertrauen entgegen. Irgendetwas gefiel ihm wohl an diesem jungen Mann. Über seine Krankheit sprach Dario mit niemandem.

Massimo erinnerte sich noch gut an die Beerdigung der Signora Maria, und wie bei dieser übernahm er auch diesmal die Rolle des Hinterbliebenen, der Person, die alle Blicke auf sich zieht, die man begrüßt und der man sein Beileid ausspricht, weil sie dem Verstorbenen am nächsten steht. Manche küssten ihn auf die Wangen, andere klopften ihm nur leicht auf die Schulter, einige brachten unbeholfen ein paar Worte hervor, die immer unpassend wirkten … Massimo versuchte, die Gefühle anzunehmen, die ihm entgegenschlugen, aber auch er war so verwirrt, dass er nichts mehr verstand. Er fühlte sich schuldig, weil nicht einmal er begriffen hatte, was eigentlich mit Dario geschehen war.

Als alle still wurden und sich die Blicke auf ihn richteten, spürte er, dass jetzt der Moment für eine kleine Rede gekommen war.

»Meine Lieben, auf den Tod eines Freundes kann man sich unmöglich vorbereiten, aber in diesem Fall noch viel weniger. Wie ihr wisst, war Dario wie ein Vater für mich, und viel mehr kann ich nicht sagen, weil manche Gefühle so groß wie ein Eisberg sind, von dem man nur einen kleinen Teil sehen kann, dessen größerer aber unter der Wasserfläche verborgen bleibt. Dario war für uns alle ein ruhender Pol, ein Bezugspunkt, ein sicherer Hafen im Unglück. Wir alle haben so manches Problem gemeistert, weil er immer etwas Kluges zu sagen hatte.«

Massimo lächelte nachdenklich. »Und wenn man das Problem nicht lösen konnte, haben wir wenigstens gelacht! Das war Dario, aber er war noch so viel mehr. Er war eine stützende Säule unseres Lebens. In großer Würde, die wir vielleicht nur schwer verstehen können, aber respektieren müssen, hat er sich entschieden, seine letzten Tage ganz allein zu verbringen. Er wollte lieber in aller Stille leiden, als uns behelligen. Wer ihm gerne geholfen hätte und ihm nah sein wollte, ist deshalb sicher etwas enttäuscht, aber wir sollten ihn trotzdem in bester Erinnerung behalten, denn das hätte er sich gewünscht, der gute alte Dario, der vor nichts haltmachte und auf den man immer zählen konnte. Du wirst mir fehlen, alter Freund. Möge dir die Erde leicht sein.«

Massimo ging zu seiner Schwester, die nicht aufhörte zu weinen, und gab ihr ein frisches Taschentuch. Ihr eigenes war nass von Tränen.

Carlotta lächelte dankbar und schnäuzte sich geräuschvoll in das neue Taschentuch, das gleich danach nicht mehr zu gebrauchen war. »Ich brauche noch eins«, stieß sie hervor. Massimo gab ihr darauf das ganze Päckchen, dann breitete er die Arme aus, worauf sie sich an seine Brust warf und heftig schluchzte.

Mit großer Mühe und im Kampf gegen die Bürokratie hatte Massimo erreicht, dass Darios sterbliche Überreste neben denen von Signora Maria bestattet werden durften, so kam zusammen, was das Leben getrennt hatte.

Als alles vorüber war, blieb er, bevor er ging, allein vor dem Grabstein stehen und schickte beiden einen langen Abschiedsgruß.

Carlotta wartete im Auto auf ihn, Marcello war schon auf seinem Motorrad nach Hause gefahren, aber sie hatte sich geweigert, mit ihm zu fahren, denn bei aller Verliebtheit wollte sie doch auf keinen Fall ihr Leben riskieren.

Massimo und Carlotta fuhren zur Bar *Tiberi,* wohin sie alle eingeladen hatten, um auf ihren alten Freund anzustoßen, der sich zum ersten Mal in seinem Leben Ferien gönnte.

Dario hatte immer gesagt: »Um mich auszuruhen, muss ich erst sterben. Ihr wisst schon – die berühmte ewige Ruhe.«

4
Die Musik bleibt dieselbe

»Auf die, die schon gegangen sind, und auf die, die noch gehen werden!«, hatte Massimo mit erhobenem Glas gesagt, worauf alle Anwesenden heftig applaudierten.

Eigentlich wollte Massimo darauf anspielen, dass im vergangenen Jahr so viele Gäste – aber vielleicht nannte man sie besser Familienmitglieder – beschlossen hatten, ein besseres Leben zu führen, aber nicht in dem Sinn, wie es Dario getan hatte, der jetzt wahrscheinlich schon im Paradies war, nein, sie hatten sich ein besseres Leben gewünscht, waren weit von Rom weggegangen und hatten ihr zweites Zuhause verlassen: den Tresen der Bar *Tiberi*, hinter dem tagaus, tagein Massimo thronte. Veränderungen machten Massimo sehr zu schaffen. Wenn er mit jemandem darüber sprach, erhielt er immer dieselbe Antwort. »Die Musiker sind andere, aber die Musik bleibt dieselbe.« Das stimmte zwar, aber das war kein wirklicher Trost.

Jetzt, wo Darios Tod die alte Truppe vorübergehend wieder zusammengeführt hatte, ging Massimo sie nacheinander durch. Tonino, der Mechaniker, war einer von denen, die aus welchem Grund auch immer die Gelegenheit beim Schopf ergriffen hatten. Er hatte sich nach Ostia zurückgezogen und sich dort eine winzige Wohnung neben Rina, der Floristin, gemietet.

Auch sie hatte ihren Blumenladen verkauft und war wie andere Gäste der Bar *Tiberi* abgewandert. Sie wollte in der Nähe des Meeres wohnen.

In ihren letzten Monaten in Trastevere hatte sie wegen einer schweren Nebenhöhlenentzündung den Duft der Blumen nicht mehr riechen können. Wie hätte sie da ihren Blumenladen weiterführen sollen?

Böse Zungen, befeuert von dem letzten Schwank von Pino, dem Friseur, kamen zu dem Schluss, dass die beiden in Ostia etwas miteinander hätten … das wäre auch früher schon so gewesen, aber keiner hätte etwas geahnt.

Der Umzug von Tonino, dem Mechaniker, hatte hingegen nichts mit Liebe zu tun, sondern mit den strengen Gesetzen des Immobilienmarktes.

Der Eigentümer der Werkstatt hatte Tonino, als der Pachtvertrag auslief, beiseitegenommen und ihm erklärt, es werde demnächst eine saftige Mieterhöhung geben. Tonino war finanziell überfordert, und nach einem nicht allzu freundlichen Wortwechsel trennten sich die beiden, nicht ohne sich vorher kampflustig die Hand geschüttelt zu haben.

Und so schloss Toninos Werkstatt, einer der historisch zu nennenden Läden in Trastevere, die Tore für immer. Kurze Zeit später machte dort ein Tabakgeschäft auf, das ein in Rom geborener Chinese mit Namen Ale *(caffè americano)* führte, aber alle nannten ihn »Ale Oh Oh« nach dem berühmten Gesang im Fußballstadion.

Der junge chinesische Römer fügte sich sofort in die Schar der übrig gebliebenen Gäste der Bar *Tiberi* ein und wurde für alle das orientalische Gegenstück zu Tonino, dem Mechaniker.

Aber damit endeten die exotischen Neuigkeiten nicht.

Ein anderer Ausländer wurde Stammgast der Bar, ein Pakistani mit einem Namen, der klang, als wolle er andere damit erschrecken: Er hieß Buh *(caffè lungo)*.

Buh war ein lieber Kerl, sanft und freundlich, in seinem Land war er Mathematikprofessor gewesen. Eines Tages, wegen einer langen Geschichte voller Ungerechtigkeiten, bei deren Erzählung keiner in der Bar bis zum Schluss zugehört hatte, hatte er sein Land verlassen und seinen Lehrstuhl aufgeben müssen. Nach mysteriösen Schicksalsschlägen war er auf der Piazza Santa Maria in Trastevere gelandet und hatte dort gleich neben der Bar *Tiberi* einen kleinen Laden eröffnet, im alten westlichen Stil, in dem man alles finden konnte, vom Buch bis zum Bildernagel, vom Obst bis zu Lebensmitteln.

Der größte Verlust für die Bar *Tiberi* aber war Pino, der Friseur.

Es war von einem Protestmarsch die Rede gewesen, aber dazu kam es nie, nur fünf Leute standen vor dem Laden des Königs der Haare, der beschlossen hatte, abzudanken. Grund dafür war die Depression, unter der Pino, der Friseur, litt, nachdem seine besten Inspirationsquellen erschöpft waren. Ein Leben ohne Antonio, den Klempner, ohne den alten Dario und Tonino, den Mechaniker, war für ihn undenkbar, und eines Tages packte er seine Siebensachen und verschwand, um hinfort bei seiner Tochter zu leben, einer schönen Frau, geschieden und Mutter von drei Töchtern, die sich, nach allem, was man hörte, freute, künftig das Geld für die Dauerwellen aller weiblichen Familienmitglieder zu sparen.

Pino, der Friseur, wollte der Bar *Tiberi* ein Abschiedsgeschenk machen, rief seinen Neffen Riccardo (*caffè ristretto* im Glas) aus dem Exil zurück, in das er ihn vor ein paar Jahren geschickt hatte, um in einem kleinen Laden des Viertels Quartaccio zu arbeiten, weil er es gewagt hatte, schlecht über jemanden zu reden.

Diese Rückkehr war ein echtes Geschenk, denn nach ein paar Tagen fleißigen Besuches stellten alle Freunde der Bar *Tiberi* fest, dass Riccardo das genaue Abbild seines Onkels war, nur eben vierzig Jahre jünger.

5
Schön war die Zeit

Trotz des ständigen Geschwätzes von Marcello, das stets von den ironischen Kommentaren Carlottas begleitet wurde (sie waren wahrlich ein explosives Paar), suchte Massimo in diesen Tagen lange nach des Rätsels Lösung, fand sie jedoch nicht. Dario hätte sicher die richtige Antwort gewusst und damit den Schlüssel, um alles zu begreifen. Aber Dario war nicht mehr da, und sein Verschwinden war ebenso schwer zu fassen wie all die anderen Dinge, die geschahen.

Während Massimo also hinter seinem Tresen saß, kam ihm die berühmte Reise nach Cornwall in den Sinn. Vielleicht, weil dort sein Herz anders zu schlagen gelernt hatte.

Massimo hatte die Liebe erst spät kennengelernt, und zwar nicht durch eigene Erfahrung, sondern dank einer Freundin – eines wunderbaren Mädchens, das Rosamunde Pilcher mochte, die sich in Liebesgeschichten wahrlich auskannte.

Eines Tages drückte sie ihm ein Buch in die Hand und sagte:

»Hier, lies das mal, es ist mein Lieblingsroman; vielleicht gefällt er Frauen besser, das könnte schon sein, aber ich bin sicher, dass auch du es magst, so sensibel wie du bist.«

Der Titel des Romans lautete *Rückkehr ins Paradies*, und das Mädchen hatte recht gehabt: Dieses Buch eroberte sein Herz, und in den Wochen danach las er das gesamte Werk der Autorin. Am besten gefielen ihm *Die Muschelsucher.* Massimo wusste, dass es der größte Traum dieser Freundin war, die wunderbaren Schauplätze, an denen Pilcher ihre Geschichten ansiedelte, mit eigenen Augen zu sehen, doch dies war leider nicht möglich, weil ihre Gesundheit weite Reisen nicht zuließ.

Damals verstand Massimo noch wenig von der Liebe, aber zugleich war er schon damals ein Romantiker und davon überzeugt, dass Leidenschaft jede Schwierigkeit überwinden kann und sollte.

Ohne groß nachzudenken, meinte er: »Weißt du was? Ich fahre für dich an diese Orte und sehe sie mir mit deinen Augen an. Ich werde viele, viele Fotos machen, und die zeige ich dir dann.«

Ein paar Tage später flog er nach London, mit dem Segen der Familie und dem Versprechen, bei seiner Rückkehr in eine Zwangsjacke gesteckt zu werden. Es war die verrückteste Reise seines Lebens, und bis heute zweifelte er manchmal daran, dass er sie wirklich unternommen hatte.

Zwei Stunden im Flugzeug, sechs Stunden im Zug bis Penzance, einem der schönsten Orte Englands, und zu den berühmten Klippen von Land's End.

Dutzende Fotos vom Meer, dem Himmel, verschiedenstem Grün, dem Moos auf den Felsen, dem Wind, Sonnenuntergang und der frühen Sonne am Morgen, dann stieg er wieder in den Zug und fuhr zurück, zusammen mit allen Pendlern aus ganz England, die nach London unterwegs zur Arbeit waren.

Das Ganze hatte nur zwei Tage gedauert, doch sein Leben schlug damit eine neue Richtung ein.

Als Massimo wieder in Rom war, schenkte er dem zarten Mädchen wie versprochen das, was er mit eigenen Augen gesehen hatte, seine Erinnerungen, seine Gefühle, und vielleicht hätte er ihr auch sein Herz geschenkt, wäre ihre Familie nicht wegen ihrer schlechten Gesundheit in eine andere Stadt gezogen. Sie sahen einander nie wieder, aber sie hatte ihn zu dieser Reise inspiriert, und alles, was danach geschah, war von diesem Funken ausgegangen, den sie in ihm entzündet hatte.

Ja, vielleicht war es sogar ihre Schuld, dass Jahre später Geneviève wie im Sturm in die Bar *Tiberi* gestürzt kam und ihm die Mühen und Freuden großer Gefühle beigebracht hatte, die der wahren und bedingungslosen Liebe. Geneviève war nicht besonders erfahren in Liebesdingen, vielleicht noch weniger als er, doch sie war ein Naturereignis und veränderte Massimos Gefühlswelt vollkommen und nachhaltig.

Seitdem war einige Zeit vergangen. Zwei lange Jahre war es her, dass Geneviève nach Paris zurückgegangen war. Ihre Liebeserklärung endete mit der Frage: »Ist das in Ordnung für dich?«, und darauf gab er eine Antwort, die sicher kein Sammler von Liebesgeschichten gern hören würde. Nein, das passe ihm keineswegs.

Sie hatten es probiert, mit aller Begeisterung, die eine so einzigartige Liebe verdient, und es schien unmöglich, dass es je ein böses Ende nehmen könnte.

Doch eines schönen Tages (wie man so sagt, auch wenn er gar nicht schön war), sagte die junge Französin, die alle Einwohner des Trastevere lieben gelernt hatten – allen voran der Inhaber der Bar *Tiberi* – allen Adieu und ging tatsächlich nach Paris zurück.

Unter Tränen hatte sie es Massimo eines Abends gestanden. Sie könne so weit von Paris entfernt nicht leben. Rom sei schön, erstaunlich, unglaublich, eine verrückte und einzigartige Stadt, aber nicht ihr Zuhause.

Ganz allmählich hatte sie, anstatt sich an die Stadt zu gewöhnen und sich darin immer wohler zu fühlen, ohne es zu merken den entgegengesetzten Weg eingeschlagen und war immer abweisender gegenüber Rom geworden, zunächst nur wenig, dann immer mehr, bis sie es schließlich nicht mehr ausgehalten hatte. Nicht, dass es ihr in Paris immer gut gegangen wäre, doch es war die Stadt, in der sie und ihre Schwester geboren und aufgewachsen waren. Vor allem hatte sie ihr an diesem Ort versprochen, ohne sie nie von dort wegzugehen.

Massimo konnte nicht verstehen und kaum glauben, dass die Frau, die er liebte, in ihren Gefühlen so unsicher war. Es erstaunte ihn sehr, dass er den inneren Konflikt, in dem sie sich befand, nie wahrgenommen hatte.

Immer hatte er gedacht, zwei Menschen, die sich lieben und aufeinander achten, müssten einander ohne Worte, allein mit Blicken verstehen. Er fühlte sich schuldig, als sei er es, der einen feierlichen Schwur gebrochen hatte.

Deshalb kämpfte er nicht, versuchte nicht, sie zum Bleiben zu überreden, und fühlte sich, als hätte er versagt.

Er ließ es geschehen und half ihr sogar. Er brachte sie zum Flughafen und sah, wie sie die Sicherheitskontrolle passierte und zum Abschied zaghaft eine Hand hob.

Ein paar Monate besuchten sie sich noch und führten eine jener Fernbeziehungen, von der alle glauben, sie meistern zu können.

Doch bald wurde ihnen klar, dass die Entfernung zwischen ihnen viel zu groß war, nämlich mehr als 1.421 Kilometer. Sie brauchten aber alle fünf Sinne, um ihre Liebe zu leben und das vierundzwanzig Stunden am Tag. Sie hatten das Bedürfnis, sich anzusehen, sich zu berühren, zu riechen, zu schmecken und aus der Nähe ihre Stimmen zu hören. Stattdessen verbrachten sie den größten Teil ihrer Wochenenden zwischen zwei Flughäfen.

So kam der Augenblick, in dem sie sich Adieu sagten und jeder seiner Wege ging.

Wenig später schrieb er ihr einen Brief und erklärte, wie leer er sich fühle und dass es ein Fehler gewesen war, ihre Liebe aufzugeben. Sie antwortete nie darauf, und ihr Schweigen war für ihn ein so harter Schlag, dass ihm neben der Liebe auch alle freundschaftlichen Gefühle für sie verloren gingen.

Carlottas Stimme rief ihn mit einem Mal in die Wirklichkeit zurück. »Ich weiß, woran du denkst, Massimo. Du fühlst dich schuldig, weil du es Geneviève nicht gesagt hast … Aber glaub mir, du hast genau das Richtige getan. Zwar mochte Geneviève den alten Dario sehr gern, doch ihr habt euch nun seit über einem Jahr nicht mehr gesehen, und jetzt miteinander zu sprechen hätte euch beiden nur Kummer bereitet. Ich meine, wo du es gerade geschafft hast, sie zu vergessen. Was sollte das für einen Sinn haben? Du wärst nur wieder in Trauer verfallen. Und außerdem ist es auch Franca gegenüber nicht nett …«

Massimo hielt seinen Blick auf die Piazza gerichtet, auf der eines Tages Geneviève aufgetaucht war. »Wer?«

»Wie, wer? Die Frau, mit der du ausgehst, natürlich.«

»Ach die, na ja, ausgehen ist zu viel gesagt. Außerdem ist es vorbei.«

»Vorbei? Seit wann? Ach, deshalb hat sie sich nicht mehr hier blicken lassen. Und was hat diesmal nicht gepasst?«

»Ich weiß es nicht. Da fehlte etwas. Ich könnte gar nichts Negatives über sie sagen, aber ich habe mich bei ihr, wie soll ich sagen, irgendwie falsch gefühlt.«

Massimo sprach nicht weiter und blickte einen Moment an die Decke, in der Hoffnung, Carlotta würde aufhören, ihn anzusehen wie ein Großinquisitor. Aber als er den Kopf wieder senkte, war ihr strenger Blick immer noch auf ihn gerichtet, also fühlte er sich bemüßigt zu sagen:

»Nein, so meine ich das nicht. Im Grunde war alles ganz in Ordnung, und ich habe mich mit ihr auch ganz wohlgefühlt, aber der Gedanke, mich wohlzufühlen widerstrebt mir einfach, verstehst du?«

Carlotta hob die Arme und rollte mit den Augen. »Nein, ich verstehe dich nicht. Ich versuche es ja, ich gebe mir alle Mühe, aber ich schaffe es nicht. Willst du wissen, was dir fehlt? Du bist zwar anwesend, aber nie richtig. Die wievielte Frau war das jetzt? Die dritte in drei Monaten? Vielleicht solltest du mal in einer TV-Sendung auf Partnersuche gehen. Vielleicht findest du da was Passendes.«

Massimo grinste und kniff sie sanft in die Wange, für Römer eine liebevolle Geste par excellence. Ein kleines, zärtliches Kneifen, nicht mit den Fingerspitzen, sondern zwischen den Fingern.

»Ich habe keine Zeit, bei Fernsehsendungen mitzumachen. Soll ich die Bar etwa dir und deinem verrückten Verlobten überlassen? Nach einer Woche müssten wir schließen, weil es keine Gäste mehr gäbe.«

Carlotta boxte ihn gegen den Arm und schnitt eine Grimasse.

»Wie überaus nett von dir! Abgesehen davon, dass Marcello nicht mein Verlobter ist, ich sehe da keinen Ring an meiner linken Hand. Die Geschichte entwickelt sich erst noch, wir verstehen uns gut und sehen mal zu, wie es weitergeht. Und hier in der Bar ist inzwischen auch alles besser geworden. Er behandelt die Gäste doch inzwischen ganz manierlich. Nur die, die einen Latte Macchiato mit Sojamilch und Süßstoff bestellen, nachdem sie sich gerade mit allen möglichen Leckereien vollgestopft haben, haben Pech gehabt. Und die, die für den Preis eines Kaffees noch tausend Extrawünsche haben – den Kaffee nicht in der Tasse, sondern im Glas, aber trotzdem einen Macchiato, Süßstoff statt Zucker und das obligatorische Glas Wasser. Und wenn du ihnen Wasser bringst, trinken sie es nicht, tust du es aber nicht, beschweren sie sich.«

»Carlotta, dein so geschätzter Freund behandelt alle unsere Gäste unmöglich, du siehst doch, dass keiner mehr kommt.«

Carlotta schnaufte ärgerlich und verschränkte die Arme über der Brust.

»Ich würde mal sagen, nicht Marcello ist hier das Problem, sondern du, Bruderherz! Du und dein Liebesleben à la James Bond. Du und deine gekränkte Eitelkeit. Alle mal herhören: Ich bin Massimo. Massimo, der Mistkerl, und ich werde es den Mädchen mal so richtig zeigen.«

Massimo seufzte. Carlotta hatte recht, das wusste er selbst. So sehr er anderen Frauen gegenüber tat, als sei er verliebt, es gelang ihm nicht, Geneviève zu vergessen. Sie hatte ihn noch immer im Griff wie eine Schlingpflanze.

Sie zu verlieren, war ein harter Schlag gewesen. Für ihn war es die ideale Liebe gewesen. Der arme Dario hatte sich, bevor er den Geist aufgab, redlich bemüht, Massimo aus seinem dunklen Loch herauszuholen.

Am Ende hatte er es tatsächlich geschafft – doch es blieb die tiefe Narbe in Massimos Herzen, eine Narbe, die vermutlich nie ganz heilen würde.

Das Problem war, dass ihn alles an sie erinnerte: die lauschigen Plätze von Rom, die er zusammen mit ihr erobert hatte, die nächtlichen Sterne über ihm, das Wasser des Tibers, das nicht mehr so zu fließen schien wie früher, die schnulzigen Lieder im Radio, die von Liebe sprachen, so als hätten sich alle Sänger zusammengetan, um den Pflock in seinem Herzen noch tiefer hineinzutreiben.

Alles hatte sich verschworen, gegen ihn und seinen Liebeskummer, von den Filmen gar nicht zu reden, denn ganz gleich welches Programm er einschaltete, überall flimmerten ihm die Verfilmungen der melodramatischen Romane von Nicolas Sparks entgegen.

Carlotta meinte zwar, von den einundzwanzig Büchern, die Sparks geschrieben hatte, würden die meisten doch gut enden, doch Massimo hatte das Gefühl, immer die zu erwischen, die kein Happy End hatten.

Ganz langsam aber wich der Nebel, und ein kleiner Sonnenstrahl stahl sich hervor und beschien sein Leben gerade genug, dass es wieder etwas Farbe annahm.

Seine Schwester beschloss, dass nun der Moment gekommen sei, Geneviève endgültig zu vergessen und sich eine neue Gefährtin zu suchen oder eine weibliche Begleitung, wie auch immer man es nennen wollte.

Sie ließ keine Gelegenheit aus, Massimo ihre Freundinnen vorzustellen, freundete sich mit den hübschesten Mädchen an, die in die Bar *Tiberi* kamen, überredete ihren Bruder, zu viert auszugehen, aber kurz vor dem Treffen waren sie und Marcello leider verhindert, und so verbrachte Massimo den Abend allein mit dem jeweiligen Mädchen.

Bisher aber waren die Ergebnisse nicht zufriedenstellend.

Die jungen Frauen waren gleich nach dem ersten Abend in Massimo verliebt, daran lag es nicht. Der Barista mit dem freundlichen und leicht abwesenden Lächeln war ein vollendeter Gentleman, er war äußerst zuvorkommend und achtete auf jene besonderen Details, die oft den Unterschied zwischen dem Mann für einen Tag und dem Mann fürs Leben ausmachen.

Er ließ die jungen Frauen immer vorgehen, wenn sie irgendwo eintraten, und hielt ihnen beim Hinausgehen immer die Tür auf. Er fing nie an zu essen, bevor nicht seine Begleiterin damit begonnen hatte, goss Wein oder Wasser nach, wenn ihr Glas leer war, und war stets äußerst höflich zu allen Menschen, denen sie an einem solchen Abend begegneten.

Massimo war erstaunt, dass die Mädchen von seiner Art so fasziniert waren, und bald hatte er den Eindruck, dass das umsichtige Verhalten, das er Frauen gegenüber an den Tag legte, offenbar aus der Mode gekommen war.

Auch Geneviève hatte ihm damals immer wieder lächelnd versichert, dass es so schien, als käme er aus einer anderen Zeit.

Und seine Schwester Carlotta war inzwischen überzeugt, Massimo werde zu einem jener gefährlichen Herzensbrecher, die eine Frau unsterblich verliebt machen, sich aber selbst nie verlieben, und das nicht aus böser Absicht, sondern mit einer Herzensgüte und Offenheit, die bei den Damen keinen Hass erzeuge, sondern sie den Mann am Ende nur noch um so mehr lieben ließe.

»Du wirst schon sehen, was du anrichtest«, sagte sie jetzt. »Nachher verlieren wir deinetwegen mehr Gäste als durch meinen Marcello. Franca, dein letztes Opfer, kam sonst jeden Tag drei Mal in die Bar, und nun lässt sie sich überhaupt nicht mehr blicken. Du musst etwas achtgeben, dass du nicht alle Frauen vergraulst, Mister Perfect.«

Sie schien einen Moment zu überlegen. »Und Dario hätte das genauso gesehen wie ich.« Bei dem Gedanken an den alten Freund schnäuzte sich Carlotta gerührt die Nase.

Und vielleicht gab ihr Dario, der mit gütigem Blick von dem Foto, das hinter der Bar hing, herablächelte, was das anging, sogar recht.

6
Die Oase von Trastevere

Wie ein Pendel, das nie seine Bahn verlässt, bewegte sich Massimos Leben jeden Tag im gleichen Rhythmus, und er hielt an seinen Gewohnheiten fest, um nicht ins Leere zu fallen.

Er stand auf, bevor sich die Morgenröte am Horizont zeigte, duschte und rasierte sich, zog sich an und ging los. In aller Herrgottsfrühe machte er seinen Spaziergang durch die dunklen stillen Straßen der Stadt, von zu Hause zur Bar *Tiberi*, hier und da grüßte er jemanden, der auch schon unterwegs war, aber nur, indem er die Hand kurz hob, denn um diese Zeit, in der die Nacht noch nicht ganz vorbei ist und der Tag noch nicht richtig begonnen hat, redet niemand gern. Wie Atome bewegen sich die Menschen, um so gut wie möglich ihre Aufgaben zu erfüllen, noch bevor sie richtig wach sind.

Wenn er schließlich den kleinen Platz erreichte, an dem nicht nur die Kirche San Siro lag, sondern auch die Bar *Tiberi*, warf er einen sehnsuchtsvollen Blick, der eigentlich flüchtig sein sollte, aber immer zu lange dauerte, hinauf zu den geschlossenen Läden der Wohnung der Signora Maria – ach nein, sie gehörte ja jetzt Geneviève.

Dann zog er das schwere Metallgitter an der Eingangstür hoch und dachte so etwas wie »Ich sollte es endlich mal ölen« oder »Mir reicht's, ich lasse eine Automatik einbauen«.

Wenn die Lampen an waren, sah er sich um, ob alles an seinem Platz war, stellte den Geschirrspüler an, warf dem alte Foto seines Vaters, neben dem jetzt auch noch das Bild von Dario hing, einen stummen Kuss zu, streifte mit versonnenem Lächeln das Plakat von Hoppers *Nachtschwärmern*, schloss die Kasse auf und legte etwas Kleingeld bereit. Tatsächlich war es immer so, dass der erste Gast mit einem Fünfzig-Euro-Schein bezahlte.

Wie jeden Morgen überprüfte er die altmodische Kaffeemaschine und sagte sich: Die muss auch bald mal ausgewechselt werden. Und dann kam Franco, der Konditor, und brachte Gebäck, Croissants, Cornetti und Tramezzini, die in dem Glaskasten auf der Theke platziert werden mussten.

Der erste Kaffee am Morgen – Massimo trinkt ihn auch an diesem Tag allein, und die Erinnerung an alles, was er überwunden zu haben glaubte, steigt wieder in ihm auf: der Gedanke an eine junge Französin mit wunderhübschen Sommersprossen, die jetzt eigentlich für immer bei ihm sein müsste, aber leider …

Er hebt kurz den Kopf und lauscht, doch es herrscht Stille, und er denkt, dass Antonio, der Klempner, nicht mehr da ist, sondern irgendwo in Cerveteri sitzt, sich am Kinn kratzt und womöglich sagt: Das hab ich mir selbst eingebrockt.

Seine Stelle nimmt jetzt Buh ein, der Professor aus Pakistan, der gerade vorsichtig an die Tür klopft, obwohl die Bar noch gar nicht geöffnet hat – ganz anders als der ungeduldige Antonio, der mit den Fäusten dagegen trommelte, wenn Massimo nicht schnell genug die Tür aufschloss –, und als er Massimo begrüßt, sagt er denselben Satz wie immer: »Willst du heute nicht mal einen halben Tag frei machen, du siehst aus, als könntest du mal eine Pause vertragen?« Und dann kommen auch schon all die anderen hereingestürzt: die unverzichtbaren Täubchen, und Carlotta, die für alle nur noch die böse Königin aus *Schneewittchen* ist, weil sie einem keine Ruhe lässt, wenn man nicht gleich bezahlt, energisch die Hände in die Hüften stemmt und durch die ganze Bar ruft: »Was soll ich nur mit Luigi machen? Nie hat er Geld dabei.« Dabei wirft sie einen durchdringenden Blick auf ihre liebste Zielscheibe, und Luigi, dem Schreiner, der spürt, dass er von allen gemustert wird wie ein Schwerverbrecher, bleibt gar nichts anderes übrig, als sich dem Willen der Königin zu unterwerfen und zu rufen: »Nein, nein, ich zahle sofort, wie immer.«

Dann bricht die halbe Bar in Gelächter aus, auch der chinesische Römer Ale Oh Oh, der feixend in die Runde ruft: »Seit wann zahlst du sofort?«

Als Letzter kommt Marcello herein, wie immer außer Atem und mit zerzaustem Haar, so als verbringe er die Nacht in einer laufenden Waschmaschine.

Doch Marcello – und das ist das Gute an ihm – nimmt seine Arbeit ernst.

Ob die Bar voll ist oder halb leer, er kommt herein, scheinbar gleichgültig gegenüber allem, was drinnen passiert, sobald er die Schwelle überschritten hat. Bevor er in das Hinterzimmer geht, um sich umzuziehen und seine Schürze anzulegen, nimmt er die Zeitungen, die auf dem Kühlschrank liegen und für die Gäste bestimmt sind, und überfliegt mit raschem Blick die Schlagzeilen.

Er sagt, er mache das, um über alles auf dem Laufenden zu sein, was in der Welt passiert, und mit den Gästen ein paar freundliche Worte wechseln zu können, damit sie sich fühlen wie zu Hause.

Das einzige Problem dabei ist, dass die Leute zu Hause für ihren Kaffee nichts zahlen und Marcello mit seinem Geplapper die Leute so durcheinanderbringt, dass sie irgendwann gehen, ohne zu zahlen.

Wenn der neue Barista überhaupt mitbekommt, dass die Gäste sich an der Kasse vorbeigemogelt haben, ohne Geld für ihren Kaffee dazulassen, gibt er zwar zu, es gesehen zu haben, sagt aber, er halte es für falsch, ihnen nachzulaufen, damit er sie nicht in Verlegenheit bringt.

Seine Philosophie lautet ungefähr so: Besser das Geld für einen Kaffee verlieren als den Kunden an sich, denn sicher wird er zukünftig ja noch viele Kaffees trinken (und diese dann hoffentlich auch bezahlen).

Zu seiner Höchstform läuft Marcello auf, wenn er nach dem raschen Lesen der Zeitungen, Durchblättern nennt er das, beim Chef einen Cappuccino bestellt, als sei dies das Normalste auf der Welt.

»Mach mir einen richtig guten, Massimo, im Glas, stark und mit nicht zu viel Schaum.«

Wenn dann der Cappuccino auf sich warten lässt, weil Massimo erst die bedient, die vorher gekommen sind, fängt Marcello an, sich zu beschweren, und sucht Unterstützung bei den anderen Gästen. »Wann kommt mein Cappuccino denn jetzt endlich, Chef, ich hab nicht den ganzen Tag Zeit«, meckert er und breitet die Hände theatralisch aus.

Dann wirft ihm Massimo, der nun wirklich der friedlichste Mensch auf Erden ist, einen wütenden Blick zu und gibt ihm zu verstehen, dass er, wenn er gleich neben ihm hinter der Bar Aufstellung genommen hat, mit schweren Vergeltungsmaßnahmen rechnen muss.

Schließlich erscheint die böse Königin und sorgt für Ordnung.

Sie ist eine Herrscherin, die ihre Macht ohne Mitleid oder dienstbares Lächeln ausübt und die Gäste mit scharfen Bemerkungen oder unangenehmen Fragen traktiert. Wenn zum Beispiel eine beleibte Frau ein Cornetto mit Vanilleecrème essen möchte, fragt sie mit zuckersüßer Stimme:»Oh? Sind Sie in guter Hoffnung? Wann ist es denn so weit?« Dann wirft sie Marcello einen Blick zu und sagt: »Gib ihr den Süßstoff, das macht die Creme im Hörnchen wieder wett.«

Und so geht es den ganzen Tag. Im Großen und Ganzen läuft in der Bar *Tiberi* immer alles nach demselben Muster ab, und Massimo ist dankbar für das ständige Einerlei, weil es ihn am Leben hält. Zugleich aber sieht er aus dem Augenwinkel den Abgrund, an dem er steht und der so tief ist, das er den Boden nicht ausmachen kann. Vor allem fragt er sich, wo seine Liebste ist, die sich in Luft aufgelöst hat, so geräuschlos wie das Schneemädchen, das über das Feuer sprang und einfach wegschmolz.

Aber zum Glück muss er jetzt einen Latte macchiato ohne Koffein zubereiten, dann einen Cappuccino und einen *marocchino*. Man hat immer genug Zeit, sich mit etwas herumzuquälen, aber wenn man beschäftigt ist, nimmt die Gelegenheit, in den Abgrund zu schauen, drastisch ab.

7
Ein ganz besonderes Liebespaar

Besser geliebt worden zu sein und seine Liebe verloren zu haben, als gar nicht geliebt zu haben. Wer hatte sich bloß diesen Unsinn ausgedacht? Sicher, es hörte sich gut an, aber das Unglück, welches das Ende einer Liebe bei einem Menschen anrichten kann, kam darin gar nicht vor.

Eines Tages hatte Massimo im Internet nach dem Dichter gesucht, der diese Sätze von sich gegeben hatte, um ihm gehörig die Meinung zu sagen, aber dann musste er entdecken, dass jener Alfred Tennyson sich bereits an einem Donnerstag im Jahr 1892 vom Acker gemacht und einen Sicherheitsabstand zwischen sich und den unglücklichen Barista gelegt hatte, der nicht zu überbrücken war. Nach dem, was im Internet stand, hatte ihn weder die Liebe getötet noch ein Idiot wie Massimo, der auf seinen Rat gehört hatte, sondern nur eine ganz banale Grippe. Tennyson war dreiundachtzig geworden, und wenn er je die Liebe kennengelernt hatte, hatte er es jedenfalls irgendwie geschafft, weiterzuleben.

Wie auch immer es sich verhielt, Massimo wusste selbst, dass es besser war, nicht zurückzublicken. Wenn er es täte, würde er dieselben unverzeihlichen Fehler machen, weil Geneviève zu schön, zu einzigartig, zu … besser er dachte nicht daran, wenn er nicht wieder in ein tiefes Loch fallen wollte, aus dem er nicht mehr herauskam.

Eins war sicher: Nachdem Geneviève aus seinem Leben verschwunden war, fürchtete er sich so sehr vor der Liebe, dass er den feierlichen Entschluss fasste, sich für den Rest seines Lebens nicht mehr zu verlieben. Und wenn die ganze Welt unterginge – er würde nie mehr den Satz »Ich liebe dich« sagen. Niemals wieder. Mit der war er fertig. Das war so klar wie die helle Augustsonne.

Was hatte seine Schwester immer gesagt? »Ein Barista ist wie ein Priester, er kann nicht einem Menschen allein gehören, er gehört allen.«

Allerdings, so meinte Carlotta weiter, sei er für einen Priester ein zu großer Herzensbrecher, unglaublich, was er der armen Franca und den anderen Damen angetan habe. Zwar habe er der Liebe den Krieg erklärt, es gelänge ihm aber nicht, sich von den Frauen fernzuhalten. Er sei zwar nett zu ihnen wie ein Verlobter, der aber könnte er nicht sein. Wenn er eine Nacht mit einer Frau verbrächte, tue er das sicher aus vollem Herzen und mit allem Respekt, dann aber würde er am nächsten Morgen feststellen, dass er nicht in der Lage sei, auch nur einer von ihnen sein Herz zu schenken, und ergreife die Flucht. Dabei habe er doch nur Angst zu entdecken, dass sein Herz noch ganz lebendig war.

Er sei kein schlechter Mensch geworden, das nicht, und alle, die ihn kannten, würden sogar sagen, dass er besser geworden sei, und besser zu werden als der Massimo *vor* Geneviève wäre ja fast so etwas wie die Reinkarnation des heiligen Franziskus. Nun ja, vielleicht nicht ganz, denn Massimo habe ja kein gutes Verhältnis zu Tieren, besonders zu den Hunden nicht, die nachts, wenn die Bar geschlossen war, an sein heruntergezogenes Gitter pinkelte und zu den Katzen, gegen deren Haare er allergisch war.

Da die wichtigen Dinge im Leben all derer, die zur erweiterten Familie der Bar *Tiberi* gehörten, in aller Öffentlichkeit diskutiert wurden, sagten die verschiedenen Gäste, Bekannten und Freunde ganz offen, was sie von dem Besitzer der Bar hielten.

Seltsamerweise kam der Satz, der wohl am meisten auf ihn zutraf, ausgerechnet von dem, der zuletzt dazugekommen war – aus dem Land des Kreuzkümmels und des Ingwers. Als der pakistanische Professor Buh eines Morgens gerade seinen Kaffee mit Süßstoff trinken wollte, sah er Massimo intensiv an, wie jemand, der alles instinktiv versteht, und gab folgenden, noch für die Nachwelt gültigen Aphorismus von sich:

»Die Liebe ist wie alles Wasser der Welt, es ist immer sehr schwer, ein Herz zu finden, das groß ist wie die Welt und alles Wasser in sich tragen kann.«

Nun, da er nicht mehr lieben wollte, hatte der unglückliche Barista auch versucht, auf seine (so sehr geliebten) Liebesromane und Filme zu verzichten, aber da sich die Liebe nicht vertreiben lässt, war sie sozusagen durch die Tür der Bar *Tiberi* wieder in sein Leben hereingekommen und verwandelte ihn in einen Zuschauer, vielleicht um ihm zu zeigen, dass all seine Abwehr nichts anderes war als Angst, die früher oder später von größeren Gefühlen besiegt werden würde.

Zu dieser Zeit hatte ein Pärchen begonnen, sich mittags heimlich in der kleinen Bar zu treffen.

Höchstwahrscheinlich kamen die beiden extra hierher, damit sie keiner entdeckte und weil sie hofften, an diesem Ort nicht aufzufallen. Sicher ahnten sie nicht im Geringsten, dass sie bereits Gegenstand heftiger Debatten und sogar Wetten waren, da in der Bar *Tiberi* der Begriff »Privatsphäre« eine etwas andere Interpretation erfuhr, bei der alle lebhaft an den Ereignissen teilnahmen, ohne dabei Böses im Sinn zu haben. Bei diesem Liebespaar waren sie allerdings etwas zurückhaltender, aber kaum waren die beiden draußen, stellten alle lautstark ihre Vermutungen an und gaben ihr Urteil ab.

Die Geschwister Tiberi hatten, was die heimlichen Liebenden anging, eine völlig entgegengesetzte Meinung, und es kam zu einem Streit, wie ihn nicht mal die Guelfen und Gibellinen ausgefochten hatten.

Die böse Königin hielt die beiden für Ehebrecher, die der schlimmsten Form der Treulosigkeit frönten, Massimo war der Auffassung, es handle sich hierbei um eine Liebe, der sich zwei mutige, leidenschaftliche Menschen hingaben, die einem schweren Sturm allein mit der Kraft ihres Gefühls trotzten. Carlotta dachte an die Ehebrecher der *Divina Commedia,* doch immerhin kritisierte sie die Liebenden niemals direkt, sondern stellte ihnen rhetorische Fragen, während einer auf den anderen wartete, um ihnen zu verstehen zu geben, dass sie Bescheid wusste und ihrer Liebe Schutz bot. »Heute Morgen kommt die Signorina wohl später? Nun ja, vielleicht ist auf der Via Cassia zu viel Verkehr.«

Massimo war zu einer Art stummem Mitspieler geworden, er beobachtete alles zerstreut, lächelte, wusste, dass er nicht eingreifen konnte, weil man der Liebe freien Lauf lassen muss, ihren eigenen Weg zu finden, aber in seinem Innern hoffte er inständig, dass die Gefühle, die Amors Pfeil ausgelöst hatte, alles zum Besten wenden würden. Romantisch wie er war, fand er die beiden wunderbar mit ihren Umarmungen und den langen Blicken, die sie sich zum Abschied zuwarfen. Die böse Königin hingegen geizte, wenn die beiden sie nicht hören konnten, nicht mit Kommentaren, die ihrem jahrhundertealten Ruf gerecht wurden.

Inzwischen hatten alle das Liebespaar ins Herz geschlossen, auch die Gäste, die nicht immer dabei waren, aber immer gern den Bericht von der letzten Episode hören wollten. Massimo bildete sich ein, dies geschehe nicht aus purer Neugier und Schwatzhaftigkeit (ein bisschen schon, das brauchte er nicht zu leugnen), sondern aus echter Anteilnahme. Jeder hatte schließlich irgendwann Unglück in der Liebe erlebt und fand in so einer Geschichte etwas, das auch mit ihm zu tun hatte.

Mit der Zeit hatte sich eine Art Fanclub gebildet, und nicht selten kamen Frauen an den Tresen, die fragten:

»Bin ich pünktlich oder habe ich sie schon verpasst? Ich stehe zwar am Tiber im Halteverbot, aber wenn sie noch kommen, warte ich noch einen Moment.«

In der Bar herrschte Hochbetrieb, und Massimo stellte fest, dass mit einem Mal eine große Einmütigkeit herrschte. Es war, als blickten alle auf die gleiche Stelle am Himmel, weil jemand gesagt hatte: »Sieh mal, da ist ein Regenbogen!«

Die Kundin, die ihr Auto im Parkverbot stehen hatte, beschloss, ihre gespannte Unruhe mit einem *latte macchiato* zu mildern.

»Nicht zu stark bitte, ich bin sowieso schon ganz aufgeregt …« Wenn Massimo dann besorgt nach dem Auto fragte, zuckte sie nur die Achseln und meinte: »Ach, sollen sie es doch ruhig abschleppen, das ist es mir wert.«

In der letzten Zeit hatte sich die Theorie verbreitet, dass der Mann wohl an eine andere gebunden war und daher unentschlossen, das sähe man an seinem Ehering und seinem blassen Gesicht. Außerdem sei er ihr gegenüber, das werde immer deutlicher, nur selten richtig feurig, unfähig, den Fuß von der Bremse zu nehmen und sich ganz auf sie einzulassen.

Eines Morgens kam sie mit betrübter Miene herein, bestellte zwar den üblichen kalten *caffè macchiato*, doch es war auch aus größter Entfernung zu sehen, dass etwas vorgefallen sein musste. Massimo sah in ihre vom Weinen geröteten Augen und sagte, ohne groß nachzudenken:

»Bitte setzen Sie sich doch, ich bringe Ihnen den Kaffee selbst.«

Sie war offenbar gut erzogen, denn sie versuchte auf Massimos Aufmerksamkeit zu reagieren, indem sie ein wenig die Mundwinkel hob, doch es war keine Freude in ihrem Gesicht zu sehen, nur einc vage Erinnerung an das Glück, das sich sonst auf ihrem Gesicht gezeigt hatte.

Eine Weile blieb sie am Tisch sitzen, ganz hinten am Fenster, und Massimo sah mitleidig alle fünf Minuten zur Tür und hoffte inständig, dass ihr Liebster hereinkäme.

Sie schien jedoch nicht auf ihn zu warten, vielleicht hatte sie schon zu lange gewartet, Männer sind manchmal Feiglinge, die Frauen in sich verliebt machen und sich dann zurückziehen. Sie sah nicht aus dem Fenster, sondern starrte auf ihre Tasse, die jetzt schon seit fünf Minuten so gut wie leer war; vielleicht las sie ja etwas im Kaffeesatz.

Dann stand sie auf und ging zur Kasse, um bei der bösen Königin zu bezahlen, die ihr nicht einmal zugelächelt hatte, obwohl sie doch so traurig war.

Auch die Bösen haben einen Ehrenkodex, und Carlotta, die beschlossen hatte, sich nicht in diese Affäre einzumischen, blieb mit ihrem unbewegten Gesichtsausdruck, wie sie meinte, wenigstens neutral.

Die Frau nahm das Wechselgeld, flüsterte »auf Wiedersehen« und ging, und Massimo wäre ihr am liebsten hinterhergelaufen, um sie in den Arm zu nehmen und ihr zu sagen, dass noch nicht alles vorbei wäre, und auch wenn es so wäre, dann könnte es in anderer Form neu beginnen, da die Liebe zärtlich sei und ein gutes Gedächtnis habe. Doch er hielt sich zurück, denn er spürte den strengen Blick seiner Schwester auf sich ruhen, die spontanen Gefühlsbezeugungen dieser Art gegenüber nicht sehr aufgeschlossen war und nicht ahnte, dass diese Umarmung und die tröstenden Worte auch Massimo geholfen hätten – ihm zuallererst.

8

Am Ende rettet immer sie ihn

Diese Geschichte des heimlichen Liebespaars schien tatsächlich zu Ende zu sein, und Massimo begann zu ahnen, dass die Liebe, auch die der anderen, blind, stumm und vergesslich war.

In den Tagen darauf sah er ab und zu verstohlen zur Tür, ohne große Hoffnung allerdings, und dann seufzte er melancholisch und dachte, dass die beiden wohl nicht mehr wiederkommen würden – weder heute noch morgen noch jemals sonst. Er erinnerte sich an dieses wunderbare Lächeln, mit dem die junge Frau stets die Bar betreten hatte und das so voller Hoffnung gewesen war. Er erinnerte sich daran, wie sie sich ans Fenster setzte, weil es ihr nicht reichte, einfach in der

Bar auf ihn zu warten … Es reichte ihr nie. Sie wollte ihn schon von weitem über die Piazza kommen sehen und seinen glücklichen Gesichtsausdruck nicht verpassen, wenn er plötzlich schneller zu gehen schien und sich ein Lächeln auf seinem sonst immer so ernsten Gesicht abzeichnete (sie war so glücklich, wenn er ihretwegen lächelte). Dann sah er sie am Fenster, und sein erster Gedanke war: Sieh nur, was für schöne Dinge es in dieser Bar gibt, und dann bekam sein Lächeln alle Farben des Regenbogens. Ihm war das Essen überhaupt nicht wichtig, er wollte nur den ersten Kaffee am Morgen mit ihr trinken, so wie es in dem Buch stand, das sie ihm letztes Jahr zum Valentinstag geschenkt und von dem sie ihm erzählt hatte, während sie im Bett lagen, in einem kleinen Hotelzimmer, das nichts Trostloses hatte, nach der Liebe, der wahren Liebe, die alle Zimmerwände rosa färbt, jede Bank, jede Mauer, jedes Haus. Vielleicht waren die Dinge nicht ganz so, wie Massimo sie sich ausmalte, vielleicht gab es das Hotelzimmer nicht einmal. Aber er besaß viel Phantasie, und er hoffte, dass die Tränen der jungen Frau vielleicht damals ganz andere Gründe gehabt hatten und dass die beiden einfach eine Bar gefunden hätten, die für ihre Treffen besser geeignet war.

Während Massimo sich mit den Ellbogen auf den Tresen stützte und seinen Gedanken nachhing, plagte ihn Carlotta mit ihrem schneidenden Urteil.

»Ist doch klar, er ist zu seiner Frau zurückgekehrt, das hab ich doch gleich gesagt. Er hat sich amüsiert, dann ist ihm die Lust vergangen, und er hat sie sich wieder vom Hals geschafft. Das ist doch typisch Mann, oder?«, schnaubte sie.

»Aber was hat das mit dir zu tun?«, murmelte er. »Das war wahre Liebe. Und vielleicht kommen sie nicht mehr hierher, weil er endlich den Mut gefunden hat, die Geschichte am helllichten Tag zu leben, und sie sind in eine andere Stadt gezogen.«

»Das würde dir gefallen! Du bist so ein Träumer, Massimo!«

Massimo wollte gerade etwas darauf entgegnen, da hielt er inne und starrte ungläubig zur Tür. Denn in diesem Moment kam sie herein. Sie kam an den Tresen, bestellte ihren üblichen kalten *caffè macchiato*, trank ihn eilig, tat, als warte sie auf niemanden, doch in Wahrheit wartete sie auf ihn, denn die Liebe ist kein Wasserhahn, den man einfach zudrehen kann.

Aber die Zeit der heimlichen Treffen war offensichtlich vorbei, und allein in der Bar zu bleiben, musste sie als Demütigung empfinden. Also näherte sie sich langsam und mit enttäuschtem Ausdruck der Tür, spähte hinaus, zögerte, dachte dann wohl, es sei besser zu gehen, wo doch sowieso alles vergeblich war, dann wieder schien sie es sich zu überlegen und blieb noch einen Moment draußen vor der Bar stehen. Draußen fegte ein kalter Wind über die Piazza, aber das schien ihr nichts auszumachen.

Im Radio spielten sie den Song aus *Titanic* von Céline Dion, eins der Lieder, das sogar den abgebrühtesten

Mann rühren muss. Jetzt fehlte nur er, und es schien unmöglich, dass ein Mensch so beharrlich dem Schicksal aus dem Weg ging, das doch alles so gut eingerichtet hatte. Aber er kam nicht, und deshalb verschwand sie, löste sich in Luft auf, und nichts blieb übrig außer dem Grinsen der bösen Königin, die auf die leere Piazza sah und meinte:

»Besser so, er hat's noch rechtzeitig kapiert und sich in Sicherheit gebracht. Er hat getan, was getan werden musste.«

Massimo reagierte sofort auf die Herausforderung und erwiderte tapfer: »Wenn es so ist, dann hat Marcello recht, er hat sie nur ausgenutzt und ist keinen Pfifferling wert.«

In diesem Moment ging die Tür auf und herein kam: Er. Die böse Königin schwankte, und Massimo hatte das Gefühl eines unerwarteten Triumphs. Der Mann setzte sich an die Bar und bestellte seinen Cappuccino, er sah sich um und suchte, was vorher da gewesen war und jetzt nicht mehr, er suchte nach ihr.

Carlotta näherte sich Massimo und flüsterte ihm zu:

»Nun sag ihm schon, dass sie gerade erst weggegangen ist, ich sehe dir doch an, dass du es tun möchtest.«

Das stimmte tatsächlich, aber wie sollte er es am besten anstellen?

Die Königin forderte ihn mit einem spöttischen Lächeln heraus, Massimo war verwirrt; in der großen Familie der Bar *Tiberi* war es nicht üblich, sich in das Leben anderer einzumischen, auch kam es ihm nicht sonderlich professionell vor, aber gleich würde der Mann seinen Kaffee ausgetrunken haben, und dann wäre es zu spät, also sah er ihn an und sagte so leise und freundlich wie irgend möglich:

»Die Signorina ist gerade erst gegangen.«

Der Mann sah ihn bestürzt an und sagte mit zitternder Stimme: »Francesca … Ich bin zu spät gekommen.«

Er schüttelte den Kopf und ging zur Kasse, um zu zahlen, mit langsamen, bleischweren Schritten und dem Ausdruck des Bedauerns, wie jemand, der den letzten Zug verpasst hat. Gerade als der Held aufgab und sich die Zuschauer schon von der Hoffnung auf ein Happy End verabschiedet hatten, ging die Tür noch einmal auf und zusammen mit einem Windstoß kam sie herein. Als sei sie aus dem Nichts gekommen, war sie bei ihm und sagte nur »ciao«. Er umarmte sie, trat ein wenig zurück, um sicher zu sein, dass sie es auch wirklich war, dann umarmte er sie wieder und führte sie langsam und behutsam zu dem kleinen Tisch am Fenster.

Die böse Königin kam zu Massimo und flüsterte ihm ins Ohr: »Jetzt stellt er sich dumm!«.

Massimo lächelte. Er kam sich vor wie der Chef des Hotels aus *Pretty Woman*, als er jetzt sagte:

»Es muss schwer sein, etwas so Schönes aufzugeben«, und schlussfolgerte dann: »Am Ende rettet immer sie ihn.«

9
Kaffee mit Nutella

Es war ein typischer Herbsttag in Trastevere, der Himmel war trüb und gab sich gleichgültig, als wolle er sagen: »Was willst du? Du kannst froh sein, dass ich es nicht regnen lasse, jetzt verlang nicht auch noch Licht und Farben von mir.« Massimo hatte Marcello in die Pause geschickt, und der war jetzt zu Hause bei Carlotta, die ebenfalls frei hatte.

Zwischen den beiden lief es gut, und Massimo hatte den besonderen Zauber, der dafür verantwortlich war, noch nicht ganz ergründet. Seine Schwester hielt die exzentrische Art des jungen Mannes im Zaum, so dass der inzwischen fast normal wirkte, und er wiederum war für Carlotta, was das Opium für Oscar Wilde gewesen war.

Alles schlummerte vor sich hin an diesem Tag in der Bar *Tiberi*, und so nutzte Massimo die Gelegenheit, die Kaffeemaschine zu reinigen, während im Radio ein Lied von Rino Gaetano gespielt wurde, das er nicht nur mochte, er war geradezu verrückt danach. Mit Rino war es Liebe auf den ersten Blick gewesen – oder besser gesagt auf den ersten Ton naürlich.

Die Wörter »Blick« und »ersten« sind in der Liebe füreinander geschaffen, denn auch wenn ein Mensch einen anderen nach und nach erobert, so beginnt doch die Initialzündung mit dem ersten Blick.

Von all den Menschen, die du zu Beginn des Tages, der Woche, des Monats, des Lebens gesehen hast, merkst du dir diesen ersten Blick am ehesten.

Es ist, als ob dein Herz einen Textmarker hätte, mit dem es gerade diesen Menschen himmelblau, rosa, grün oder orange anmalt, während alle anderen schwarz-weiß bleiben. Als wollte es dem Kopf sagen: Pass auf, an diesen Menschen musst du dich erinnern, weil er wichtig ist; das Leben könnte dich, wenn es dir Fragen stellt, nach ihm fragen.

Massimos Herz, die Textmarker in der Hand, tat an diesem Tag seine Pflicht auf beispielhafte Weise, noch bevor seine Augen die Frau erblickten, die gerade in die Bar *Tiberi* gekommen war. Der Barista war völlig in Gedanken und mit dem Reinigen der Kaffeemaschine beschäftigt, als eine sanfte Stimme, die er noch nie gehört hatte und nicht so schnell vergessen würde, sagte:

»Ciao!«

Es gibt überflüssige Begrüßungen, gelangweilte, vertraute, schöne, liebevolle und sogar böse, aber es gibt solche, die man nicht vergessen darf, weil sie durch ein offenes Tor dringen und das Leben verändern.

Massimo hob den Kopf und drehte sich zu der warmherzigen, hellen und fröhlichen Stimme um. Er spürte sofort, dass diese Stimme mit einem endlosen blauen Himmel zu tun hatte, so wie er im Sommer aussieht, bevor die Sonne untergeht.

Die junge Frau war fast so groß wie er, hatte langes schwarzes Haar, eine gute Figur und eine helle Haut, dazu zwei tiefblaue Augen. Mehr schöne Dinge, als es bei einer einzigen Person eigentlich geben konnte.

Er hatte sie nicht kommen sehen, und nun stand sie plötzlich vor ihm am Tresen.

»Ciao, was darf es denn sein?«, fragte er nach einigem Schweigen.

»Gar nichts, ich wollte nur wissen, ob dies die berühmte Bar ist, in der es den Nutella-Kaffee gibt. Eine Freundin von mir würde ihn gern probieren, aber da sie heute keine Zeit hatte und ich in der Nähe wohne, hat sie mich gebeten, es herauszufinden, damit sie den Weg morgen nicht umsonst machen muss.«

Massimo lächelte ein wenig verlegen, so wie immer, wenn jemand ihm das Gefühl gab, wichtig zu sein.

»Ja, wir sind diese Bar.«

»Gut, dann komme ich morgen mit meiner Freundin vorbei. Dann noch einen schönen Tag und bis morgen.«

So plötzlich, wie sie gekommen war, war sie auch wieder verschwunden. Und Massimo konnte plötzlich an nichts anderes mehr denken als an dieses Mädchen.

Die Gäste, die nach und nach in der Bar *Tiberi* eintrudelten, merkten sofort, dass Massimo ganz in Gedanken versunken war.

Als er dann aber den *caffè americano* für den chinesisch-römischen Tabakhändler Ale Oh Oh mit dem Kaffee im Glas verwechselte, den der junge Friseur Riccardo zu trinken pflegte, sahen sich alle erstaunt an, während die beiden Betroffenen, denen die Bedeutsamkeit dieser Verwechslung nicht bewusst war, amüsiert ihren Kaffee austauschten.

»Heute ist unser Barista aber ziemlich zerstreut, er verwechselt Tag und Nacht.«

»Nee, heute ist der Barista ein bisschen irre, du solltest diplomatisch sein.«

Glücklicherweise kam in diesem Moment Marcello herein, der sicher kein Superheld war, aber wie alle Superhelden genau zur richtigen Zeit auftauchte. »Kümmert euch um euren eigenen Kram. Seht ihr denn nicht, dass der Meister gerade nachdenkt?«

Der Chef der Bar *Tiberi* überraschte die Spötter durch Schweigen und überging allen Spott mit einem milden Lächeln. Er wusste, dass er so lange ausharren musste, bis ihn jemand rettete.

10
Nutella-Kaffee und blaue Augen

Am nächsten Tag strahlte Massimo die Beharrlichkeit und geduldige Ausdauer eincs Fakirs aus. Aber auch diesmal hatte er nicht das Glück, das Mädchen mit den blauen Augen schon von weitem kommen zu sehen, denn genau wie am Vortag stand sie bereits an der Theke, als er mit ein paar Flaschen Orangina aus dem Lagerraum zurückkam. Diesmal stand jemand neben ihr, aber Massimo nahm sie kaum wahr.

Er hatte nur Augen für das Mädchen, und nach dem Motto »Angriff ist die beste Verteidigung« kam er eilig hinter dem Tresen hervor, um die beiden Freundinnen zu begrüßen.

Carlotta und Marcella warfen sich einen erstaunten Blick zu und dachten, Massimo benehme sich deshalb so seltsam, weil die beiden vielleicht bekannte Fernsehstars seien, vielleicht aus irgendeiner Serie.

Der Chef der Bar *Tiberi* stellte sich feierlich vor die beiden jungen Frauen und begrüßte sie mit Handschlag, was zu einigen ironischen Bemerkungen der Stammgäste führte. So sagte zum Beispiel Luigi, der Schreiner, leise:

»Noch nie ist er mir in den zwanzig Jahren, die ich jetzt in die Bar komme, so freudig entgegengeeilt und hat mir die Hand geschüttelt.«

Worauf Marcello gleich konterte: »Wie jetzt? Er kommt doch immer mit ausgestreckter Hand auf dich zu, in der Hoffnung, dass du endlich mal alle deine Kaffees bezahlst, die du ihm seit zwanzig Jahren schuldest.« Er wandte sich an Carlotta: »Los, Liebste, schreib den letzten auch noch an!«

Die anderen Gäste lachten.

Massimo ignorierte ihr Gelächter und führte die beiden jungen Frauen zu einem Tischchen nahe am Fenster, so weit wie möglich von den Stammgästen weg, damit diese ihn nicht in Verlegenehit brachten.

»Herzlich willkommen in der Bar *Tiberi*! Ich bin Massimo, der Barista. Wenn Sie irgendetwas möchten, wenden Sie sich bitte gleich an mich, auf die anderen kann man sich nicht so richtig verlassen, wie ich leider sagen muss.« Er unterdrückte ein Lächeln und senkte die Stimme. »Wissen Sie, man hat diese Leute eingestellt, ohne mich zu fragen, und ich habe einfach nicht den Mut, sie zu entlassen. Von den Gästen gar nicht zu reden, die muss ich auf jeden Fall ertragen, aber wenn Sie noch ein paar Freundinnen haben, die Sie herbringen möchten, dann tun Sie das ruhig.« Er lächelte wieder und fuhr sich mit der Hand durch das Haar. »Oje, ich rede zu viel, was?«

Das Mädchen mit den langen schwarzen Haaren und den blauen Augen schüttelte den Kopf und hielt ein Lachen zurück. »Nein, nein. Ich heiße übrigens Mina, und das ist Federica, die Freundin, von der ich gestern erzählt habe.«

In dem Augenblick, in dem sie sagte, sie heiße Mina, hörten alle auf zu reden und warfen der neuen Besucherin die für die Bar *Tiberi* typischen neugierigen Blicke zu. Carlotta suchte den Blick von Marcello, der sogleich begriff, was seine Verlobte ihm sagen wollte, und beide flüsterten: »Mino und Mina.«

Massimo war noch verblüffter, seit vierundzwanzig Stunden lag er ja schon auf der Lauer, aber er versuchte, sich nichts anmerken zu lassen, und gab nun Federica die Hand, die seinen Händedruck begeistert erwiderte.

»Sie ahnen nicht, wie sehr ich mich freue, hier zu sein. Ich *liebe* Nutella, und als ich im Internet gelesen habe, dass es in Trastevere eine Bar mit dem besten Nutella-Kaffee der Welt gibt, war ich ganz verrückt danach. Ich möchte ihn unbedingt probieren.«

Massimo kratzte sich verlegen am Hinterkopf. »Ich wusste gar nicht, dass ich so berühmt bin. Unsere Bar hat zwar eine Seite auf Facebook, aber ich hatte keine Ahnung, dass unser Kaffee so gelobt wird.«

Während sich die beiden Mädchen setzten, ergriff Mina wieder das Wort.

»Heute Abend *liken* wir die Seite, vielleicht wird dann der Barbesitzer ja unser neuer Freund.«

Massimo lächelte ihr zu, er konnte nicht anders, obwohl er fürchtete, lächerlich zu wirken. Den ganzen Tag schon hatte er das Gefühl, auf einer Tretmine zu liegen, die bei der geringsten Bewegung explodieren würde. Und nun war die Mine trotz aller Vorsicht explodiert, und es tat weniger weh, als er befürchtet hatte.

Geneviève war gewesen wie Schnee, Mina war ein Sommergewitter, das plötzlich losbricht, während man unterwegs ist, das man aber nicht fürchtet, weil man sich freut, die Hitze wegzuspülen, alle Gewissheiten, vor allem aber die Ängste, diese ganz besonders. Die hatten ihn daran gehindert, sich am Roulettetisch wieder auf das sich spielerisch drehende Rad der Liebe einzulassen, nachdem Geneviève die Bank gewesen war, die immer gewinnt und alles an sich reißt.

Der Gedanke an ein erfrischendes Sommergewitter mitten im November war ebenso abwegig wie reizvoll. Massimo machte eine kleine Verbeugung in Richtung der beiden Freundinnen.

»Ich nehme Ihre Freundschaft gerne an. Schon allein deshalb, weil ich Sie dann über alle Kaffeespezialitäten, die wir jede Woche in unserer Bar zubereiten, auf dem Laufenden halten kann. Dann können Sie gern probieren.«

Wie auf ein Kommando wandten alle Gäste-Freunde-Vertraute den Kopf Richtung Massimo und Carlotta.

Riccardo, der Friseur, der erst seit kurzem dazugehörte, machte seinem alten Onkel alle Ehre. Offenbar war nicht nur die Farbe der Augen eine Frage der Gene, sondern auch die Einmischung in fremde Angelegenheiten.

»Seit wann kann man bei euch den Kaffee *probieren*? Oder macht ihr das immer montags, wenn ich geschlossen habe?«

Carlotta sah ihn durchdringend an, um ihn zum Schweigen zu bringen und damit die Sache für ihren Bruder nicht peinlich wurde. Gleichzeitig fragte sie sich, warum Massimo so einen Unsinn von sich gab.

Der stand nun wieder hinter dem Tresen und bereitete unter den amüsierten Blicken von Buh für Mina und Federica Nutella-Kaffee zu.

Der Professor aus Pakistan war wie immer fasziniert von den geschmeidigen Gesten, mit denen Massimo die glänzende Kaffeemaschine bediente, um den besten aller Kaffees zu kreieren. Für ihn war die Zubereitung eines Kaffees wohl hohe Kunst und der Barista so etwas wie ein Maler, der sein Bild vollendete, und das letzte Bestäuben des Milchschaums mit dunklem Kakao erschien ihm wie die Signatur. »Massimo, du bist wirklich der Monet unter den Baristas!«, rief er bewundernd aus.

Massimo wurde ganz rot vor Verlegenheit. Während er den Kaffee zubereitete, sah er aus dem Augenwinkel Mina an und bemerkte, dass auch sie immer wieder zu ihm herüberschaute, während sie mit ihrer Freundin sprach.

Sie hatte etwas an sich, was er ganz besonders mochte, vielleicht waren es ihre Augen, die so blau waren wie der Himmel von Modugno, oder ihr langes, schwarzes, glänzendes Haar, aber auch ihr offenes Lächeln, das so strahlend war, ihre Stimme, ihre ganze Gestalt …

Als habe er seine Gedanken gelesen, näherte Marcello sich ihm, legte ihm die Hand auf die Schulter und flüsterte:

»Ich hab's kapiert – die gefällt dir wirklich.«

Massimo nahm die beiden Nutella-Kaffees, brachte sie an den Tisch und stellte sie den beiden jungen Frauen mit einer angedeuteten Verbeugung hin.

»Bitte sehr, zwei *caffè alla Nutella*, hoffentlich seid ihr nicht enttäuscht.«

Nein, ihre Erwartungen wurden nicht enttäuscht, was später daran zu erkennen war, dass Mina und Federica ihre Tassen so sauber hinterließen, als kämen sie gerade aus der Spülmaschine.

»Mamma mia!«, rief Federica mit geschlossenen Augen, dann hielt sie inne, als suchte sie nach den richtigen Worten, aber da ihr nichts einfiel, sagte sie noch einmal: »Also wirklich: *mamma mia*!«

Sie lachte glücklich und steckte damit auch die anderen an. Bei *caffè alla Nutella* kann es gar nicht anders sein, als dass man gleich gute Laune bekommt, und außerdem erfüllte Minas Lachen Massimo mit größter Freude.

Er räumte die Tassen ab und stellte den beiden ein Glas Mineralwasser hin.

Minas Akzent verriet ihm, dass sie nicht aus Rom stammte und vielleicht bald wieder abreisen würde, und so war er zu seinem eigenen Erstaunen besorgt, sie zu verlieren, bevor er sie überhaupt kennengelernt hatte.

»Sie sind nicht aus Rom, oder?«

»Nein, ich komme aus Verona. Hört man das immer noch? Und ich hatte mir schon eingebildet, inzwischen zu sprechen wie eine echte Römerin.«

Bis vor ein paar Jahren hätte ihn ihr vergebliches Bemühen, den römischen Tonfall nachzuahmen, zum Lachen gebracht, doch jetzt versetzte es ihm einen Stich, der alle Schmetterlinge, die in seinem Bauch herumflatterten, sogleich vernichtete.

Was dachte er denn? Natürlich konnten die Verletzungen, die er durch Geneviève erfahren hatte, nicht in einem Tag heilen. Massimo gab sich einen Ruck und durchbrach das Schweigen mit der nächstbesten Frage, die ihm einfiel.

»Und was machen Sie in der zweitschönsten Stadt der Welt gleich hinter Verona?«

»Ich bin noch nicht lange in Rom, ich führe eine Boutique.«

»Wow, dann sind Sie also eine wichtige Person.«

Massimo war bewusst, dass er Federica überging, obwohl er ja eigentlich ihr dieses Gespräch zu verdanken hatte, wenn man es genau nahm. Er bemühte sich, die kleine Unhöflichkeit wiedergutzumachen.

»Und was machen Sie?«

Federica errötete.

»Ich arbeite in einer Buchhandlung.«

»Also haben wir es hier mit Kultur und Mode zu tun. Wie komme ich nur zu so einer illustren Gesellschaft?«

»Nun, ich habe eben gehört, Sie wären der Monet unter den Baristas«, gab Federica zurück. »Da sind wir doch ein gutes Team.«

»Dann hoffe ich, Sie hier oft wiederzusehen. Zusammen können wir sicher viel erreichen.«

Es klang ironisch, aber Massimo konnte nicht anders, als Mina dabei tief in die Augen zu sehen.

»Wir sind auf jeden Fall dabei«, antworteten die beiden Freundinnen im Chor. Indessen holte das unzufriedene Gemurmel der Kunden Massimo in eine Wirklichkeit zurück, die Marcello nicht im Griff hatte.

Wäre der alte Dario noch an seinem Platz gewesen, ja, dann wäre die Bar *Tiberi* wohl ganz aus seinem Bewusstsein verschwunden und sogar der trübe Novemberhimmel, und er wäre mit dem Mädchen mit den blauen Augen allein im Garten Eden gewesen.

Zehn Minuten später standen die beiden auf, zahlten an der Kasse und verweilten dann noch kurz am Tresen, um sich von Massimo zu verabschieden. Verwirrt starrte er auf Minas Lippen, um den Sinn ihrer Worte zu erfassen.

Nachdem sie gegangen waren, fragte er Marcello:

»Hat sie wirklich gesagt, dass sie bald wiederkommt?«

Marcello zwinkerte ihm zu. »Ich glaube schon, aber ich belausche nie die Gespräche anderer.«

11
Kein Grund zum Singen

Normalerweise legte Massimo Tiberi Wert darauf, abends seine Bar selbst zu schließen, genau wie er sie am Morgen eigenhändig öffnete. Anfang und Ende, so fand er, prägten alles andere ganz entscheidend, deshalb widmete er beidem seine besondere Aufmerksamkeit, als handele es dabei um ein wichtiges Ritual. An diesem Abend aber beschloss Carlotta, etwas länger in der Bar zu bleiben, und nachdem sie Marcello zum chinesischen Schnellimbiss geschickt hatte, um etwas zum Abendessen zu besorgen, sah sie ihren Bruder amüsiert an und sagte:

»Kannst du mir erklären, was da heute Nachmittag los war?«

Massimo hörte mit Fegen auf, sah sie fragend an und tat, als verstehe er ihre Frage nicht. »Wovon sprichst du?«

»Das weißt du genau: Mina und Mino, es fehlt nur noch Cristina d'Avena, um darüber ein Lied zu singen.«

Massimo grinste und fegte weiter den Boden. »Gut aufgepasst, Schwesterherz. Ich gebe zu, sie ist wirklich hübsch, aber ich will nichts überstürzen. Es kann sehr gut sein, dass ich sie nie wieder zu Gesicht bekomme. Bei dem Pech, das ich habe, ist sie sicher verheiratet oder zumindest schon vergeben.«

»Lieber Bruder«, sagte Carlotta, während sie ihre Jacke anzog und sich zum Gehen anschickte, »mach es bitte nicht wie sonst, ich will nicht schon wieder eine Frau trösten müssen.«

»Um mich machst du dir wohl gar keine Sorgen?«

Carlotta lächelte und gab ihm einen Kuss auf die Wange.

»Und ob. Wir sehen uns morgen. Schlaf gut und treib dich nicht bis spät in die Nacht auf Facebook rum.«

Massimo tat, als wolle er sie mit dem Besen hinausfegen.

»Schönen Abend, Besserwisserin, und übertreibt selbst mal nicht mit eurem chinesischen Essen.«

Wenig später ging auch Massimo nach Hause. Er machte Licht und schloss die Tür hinter sich. Er hatte Dunkelheit immer gehasst, sicher wegen eines Ereignisses in der Kindheit, an das er sich nicht mehr erinnern konnte.

Weil er sich davor fürchtete, mitten in der Nacht in tiefer Dunkelheit aufzuwachen, hatte er nie ohne ein kleines Nachtlämpchen einschlafen können, das ihm die Angst nahm und ein paar lustige Gestalten auf die Wand projizierte. Aber niemand wusste, dass er eine Zeitlang auch ohne Lämpchen ausgekommen war.

Damals, als er zusammen mit Geneviève geschlafen hatte.

Sie hatte ihm alles Licht gegeben, das er brauchte. Wenn sie in Morpheus' Arme fielen, meistens, nachdem sie sich geliebt hatten, löschte Geneviève das Licht und nahm seine Hand. Er legte sie sich auf die Brust, und sein Atem wurde ruhig und regelmäßig. Er schlief tief und fest ein, in der Gewissheit, dass sie sein Herz beschützte.

Jetzt ließ er das kleine Licht wieder die ganze Nacht hindurch brennen, und um sein Herz musste er sich ganz allein kümmern.

Manchmal ertappte sich Massimo dabei, dass er sich die Hand auf die Brust legte, aber das half nicht wirklich, Genevièves Hand war etwas anderes.

Als sie nach Paris zurückgekehrt war, hatte Massimo seine Wohnung völlig neu ausstatten wollen. Er wollte das Sofa, auf dem sie sich geliebt hatten, austauschen, die Küchenstühle, auf denen sie sich geliebt hatten, den Küchentisch, auf dem sie sich geliebt hatten, das Bett, in dem sie sich geliebt hatten, die kleine Kommode in der Diele, auf der sie sich geliebt hatten ... Den Fußboden konnte er nicht austauschen, deshalb wollte er jede Menge Teppiche kaufen, um ihn zuzudecken.

In dieser Wohnung gab es einfach zu viele Erinnerungen. Und all diese Erinnerungen würden ihn verfolgen wie die Geister aus Charles Dickens' *Eine Weihnachtsgeschichte.* Schließlich jedoch war zu der Meinung gekommen, dass Tennyson mit seinem Vers wohl recht hatte, nämlich dass es *besser ist zu lieben und zu verlieren, als nie geliebt zu haben.* Er würde es sicher sowieso nie schaffen, alle Erinnerungen aus der Wohnung zu verbannen, und so hatte er am Ende alles gelassen, wie es war. Der Gedanke an Weihnachten stimmte ihn traurig. Weihnachten sollte man glücklich sein, in der Nähe geliebter Menschen, nicht allein und niedergeschlagen, wie er es gerade war. Es war zwar erst November – die beste Zeit, um trüber Stimmung und zugleich in Harmonie mit der Schöpfung zu sein –, aber es war wohl kaum möglich, das sich bis Weihnachten alle Probleme in Luft auflösen würden. Geneviève kam nicht wieder, dass würde nicht mal der größte Romantiker zu hoffen wagen, aber wer ihm fast noch mehr fehlte, war der alte Dario. Wie würde das Weihnachtsfest wohl werden? Ihm schien, als hätte er alles verloren: Liebe, Freundschaft, Lächeln und Glück!

Massimo seufzte tief, doch anders als an den anderen Abenden blieb er diesmal nicht bei seinen melancholischen Gedanken hängen. Da war ein Hoffnungsschimmer, irgendwo musste es doch ein Lächeln für ihn geben, und dann dachte er an Mina.

Massimo kochte sich eine Pasta, so verlor er keine Zeit – Spaghetti mit Butter und Parmesan, *al dente* gekocht, einfach und schnell zubereitet. Er mochte Spaghetti, die noch sehr *al dente* waren, seine Mutter hatte früher immer gesagt: »So verträgt man sie besser«, und dann häufte sie dem Kind den Teller so voll, dass man am Ende gute alte Hausmittel nehmen musste, um sie zu verdauen.

Massimo nahm den Teller und eine Gabel und ging ins Wohnzimmer. Dort schaltete er entgegen seinen Gewohnheiten den Computer an, um in seinen Facebook-Account zu schauen. Eigentlich mochte er soziale Netzwerke nicht besonders, weil die Leute dort immer vorgaben, glücklich zu sein, auch wenn sie es gar nicht waren. In der wenigen Zeit, die Massimo hatte, widmete er sich lieber seinen Vorlieben: Kunst, Kino und Literatur.

In der Bar *Tiberi* lag immer ein Buch bereit, und wenn er Pause hatte, setzte er sich ins Hinterzimmer, und anstatt eine Zigarette zu rauchen, versuchte er sich aus seinem Alltag wegzuträumen. So lange, bis ihn Dario zur Ordnung rief. »Du willst doch nicht etwa alles auf einmal lesen, oder?«

Massimo wickelte ein paar Spaghetti um seine Gabel und hielt mitten in der Bewegung inne, weil er auf

Facebook zwei Freundschaftsanfragen hatte (vor allem die eine interessierte ihn sehr).

Natürlich nahm er auch Federicas Anfrage an, doch die nächste halbe Stunde verbrachte er damit, sich Minas Foto anzusehen.

Sie hatte ein Lächeln, das wunderbar mit den Augen korrespondierte. Vielleicht wie eine kostbare Brillantkette mit den passenden Ohrringen, wie man sie in Juwelierschaufenstern sieht, eigentlich unerschwinglich, aber man würde sie doch einer geliebten Person gern schenken. Und wer würde so etwas besser tragen können als die schöne Mina? Hier etwa schloss sich der Kreis der Gedanken, die dem Barista durch den Kopf wirbelten.

Er hatte große Lust, Mina zu schreiben, und dachte in den nächsten zwanzig Minuten an nichts anderes als den richtigen Anfang.

Schließlich entschloss er sich für einen höflich formulierten Dank und eine Entschuldigung – einen Klassiker, um Frauen anzusprechen, den er schon als Junge verwandt hatte, wenn er mit seinen Freunden auf der Via del Corso nach hübschen Mädchen Ausschau hielt.

Ciao, Mina, danke, dass du mich mit Federica in der Bar besucht hast. Es war sehr schön, mit euch zu sprechen, auch wenn ich nicht so viel Zeit für euch hatte, wie ich es mir gewünscht hätte. Weißt du eigentlich, dass du einem Mädchen unheimlich ähnlich siehst, mit dem ich mich im Gymnasium mal verlobt hatte?

Massimo kam gar nicht in den Sinn, dass dies nun nicht gerade der beste Satz war, um eine Frau für sich einzunehmen, weil er gleich etwas ins Spiel brachte, das die Frauen am liebsten vom Erdboden verschwinden sehen würden – die Ex-Freundin. Massimo wartete eine Weile und hoffte, dass das Mädchen mit den blauen Augen ihm antwortete. Inzwischen aß er weiter an seiner Pasta, die jetzt kalt und klebrig war. Als er sich die letzte Gabel in den Mund schob, überzeugt davon, dass er heute keine Antwort mehr von Mina mehr erhalten würde, und schon bedauerte, sich zum Narren gemacht zu haben, erschien auf dem Bildschirm die ersehnte Nachricht.

Ciao und danke, dass du meinen Like angenommen hast und heute in der Bar so nett gewesen bist. Und danke, dass du mich gleich mit deiner Ex verglichen hast. Ich hoffe, du hast gute Erinnerungen an sie.

Massimo ließ die Gabel auf den Teller fallen und stürzte sich auf die Tastatur. Er hatte die Ironie nicht verstanden und antwortete ganz ernst auf die Frage.

Eigentlich nicht. Ich war damals noch ziemlich jung und wollte mich nur mit meinen Freunden amüsieren, und sie war für mich eher ein Klotz am Bein. So habe ich sie ziemlich unfreundlich im Stich gelassen. Ich habe mich ihr gegenüber immer ein bisschen schuldig gefühlt, und vor einem Jahr habe ich sie auf Facebook wiedergefunden und mich dafür entschul-

digt, dass ich sie damals so schlecht behandelt habe. Sie wusste aber kaum noch, wer ich bin, ist inzwischen verheiratet und hat drei Kinder.

Haha! Das glaube ich kaum, dass sie das vergessen hat. Aber dass du sie ausfindig gemacht und dich entschuldigt hast, finde ich super.

Massimo lächelte seinem Spiegelbild zu, das er auf dem Bildschirm seines Computers sah, und versuchte einen Schritt der Annäherung.

Übrigens, falls du, wenn du arbeitest, mal einen guten Kaffee brauchst oder ein frisches Cornetto mit Vanillecrème, sag einfach Bescheid, und ich bin sofort da.

»Sofort« war wohl etwas übertrieben, er wusste ja nicht einmal, wo sich ihr Laden befand, und angesichts der Verkehrsverhältnisse in Rom konnte man nur im Zusammenhang mit dem Gefährt von Captain Kirk von »sofort« sprechen.

Was hingegen »sofort« kam, war Minas Antwort, und bei der hatte Massimo das Gefühl, dass man ihm eiskaltes Wasser über den Kopf goss.

Nicht nötig. Wenn ich Lust auf Kaffee und Gebäck habe, kann ich einfach einen Angestellten losschicken. Außerdem verstehe mich sehr gut mit dem Barista von der Bar nebenan, der uns immer beliefert.

Massimo fiel vor Enttäuschung fast der Kiefer herunter, er war ganz verstört und antwortete ein wenig zu schnell, um seine Enttäuschung zu verbergen.

Alles klar. Okay.

Mina beendete das Gespräch mit einem K.o.-Schlag.

Ich muss jetzt Schluss machen, ich erwarte noch ein Telefongespräch. Bis bald mal wieder, und schönen Dank auch für den caffè alla Nutella.

So fand sich Massimo am Boden wieder, ohne zu wissen, wie ihm geschah. Der Schiedsrichter zählte bereits.

12
Eine neue Kreation

Keinem entging am nächsten Morgen, dass Massimo tief in Gedanken versunken war und offenbar an einem Problem herumkaute. Er war in sich gekehrt und zog nachdenklich die Stirn in Falten.

Selbst der unsensible Marcello begriff, als er die Tür zur Bar *Tiberi* aufstieß, dass jetzt nicht der richtige Moment war, in den Zeitungen zu blättern oder zu frühstücken wie ein normaler Gast.

Eilig zog er sich um und nahm seinen Platz neben Massimo am Tresen ein.

»Na, hattest du eine lange Nacht?«

Massimo warf ihm einen bösen Blick zu.

Marcello verstand die Warnung und wandte seine Aufmerksamkeit dem chinesisch-römischen Tabakhändler Ale Oh Oh zu.

»Heute Morgen kommst du mir weniger gelb vor, gab's gestern Abend keinen Curry-Reis?«

Riccardo, der Friseur, war auch schon da und gab gleich seinen Senf dazu.

»Wie kommst du nur darauf, dass man von Reis gelb wird, Marcello? Das ist doch keine ethnische Frage!«

Wie es immer in der Bar *Tiberi* geschah, breitete sich das Gespräch aus wie ein Lauffeuer, und alle fühlten sich bemüßigt, ihren Kommentar abzugeben, und so debattierten sie lustvoll, während sie ihre Cornetti in den Cappucino tunkten, als ginge es um Politik.

Luigi, der Schreiner, beendete schließlich den Wortstreit mit einer Bemerkung, bei der wieder alle über seine Weisheit staunten.

»Was hat denn der Ätna damit zu tun? Wir sind doch nicht in Sizilien? Oder gibt es so einen Berg auch in China? Die Sizilianer sind doch nicht gelb? Oder täusche ich mich?«

Schließlich rauschte auch die Königin herein und bedachte alle Untertanen mit einem säuerlichen Lächeln, weil sie nach zwei Jahren Rückkehr nach

Italien, wie sie sagte, immer noch mit der Zeitumstellung zu kämpfen habe.

Antonio, der Klempner, meinte, da sie nicht in Australien gelebt hätte, könnte man das mit dem Zeitunterschied vergessen, in Wirklichkeit hätte sie einfach nur Schlafstörungen.

Carlotta hasste es, früh aufzustehen, aber noch mehr hasste sie es, ihren Bruder der Obhut der zur Familie gehörenden Gäste zu überlassen, die schon früh am Morgen anfingen, die Bar heimzusuchen.

So verzichtete sie aus Pflichtgefühl auf ihre Stunden Schlaf, doch das hieß nicht, dass sie gegenüber den Leuten, die ihr früh am Morgen begegneten, unbedingt nett und freundlich sein musste.

Zum Glück hatten ihre Untertanen schnell gelernt, wie sie mit ihr umzugehen hatten, und so nahm sie keiner mit den üblichen Sprüchen auf die Schippe, bevor sie nicht ihren liebevoll von Massimo zubereiteten *caffè marocchino* zu sich genommen hatte.

Auch Marcello hatte sich einmal daran versucht, doch Massimos *marocchino* gehörte eindeutig zu den wenigen Beweisen der Existenz Gottes. Schon als sie die Farbe sah, begriff Carlotta, dass das, was dort im Glas war, nicht zu den wenigen Gründen gehörte, für die es sich morgens aufzustehen lohnte.

So dankte sie ihrem ritterlichen Diener für die gute Absicht, goss das Getränk ins Spülbecken und bat Massimo, ihr seinen *marocchino* zuzubereiten, der bald schon den Namen »*marocchino* der Königin« erhielt.

An diesem Morgen begrüßte Carlotta Massimo mit dem üblichen Kuss auf die Wange.

»Guten Morgen, großer Bruder, so wie du aussiehst, hast du dich wohl die halbe Nacht auf Facebook herumgetrieben. Oder täusche ich mich?«

Massimo brachte kein Wort heraus und schüttelte nur mit einem bitteren Lächeln den Kopf.

Carlotta kannte jede Geste ihres Bruders, angefangen von seinen Blicken bis zur Körperhaltung, und so wusste sie gleich, dass sie besser nicht weiter nachfragte. Also drückte sie ihm nur kurz die Schulter und setzte sich auf ihren Thron hinter der Kasse.

Die Stunden vergingen schnell, und die Frühstückszeit erreichte ihren Höhepunkt. Neue Gäste genossen zum ersten Mal den besten Cappuccino Roms, während für die altbekannten die Zeit des Frühstücks nie zu enden schien. Es war wie in dem Lied, in dem es hieß: »Um einen Tisch zu bauen, braucht man Holz, um Holz zu machen, braucht man Bäume.«

So brauchte man für das Frühstück die Bar *Tiberi*, und damit es auch wirklich die Bar *Tiberi* war, brauchte man Luigi, den Schreiner, den Tabakhändler Ale Oh Oh, Buh, den Professor aus Pakistan, und Riccardo, den Friseur.

Doch an diesem Morgen schien in der Bar *Tiberi* etwas zu fehlen, es gab keinen Knall, denn für den Knall brauchte man eine Explosion und für diese eine Mine.

Als Mina die Bar betrat, spürten alle den ersehnten Knall, und nun war die Bar *Tiberi* perfekt.

»Guten Morgen, ich habe gehört, hier gäbe es einen Barista, der den besten Cappuccino von Rom macht.«

Massimo lächelte, Carlotta lächelte, Marcello lächelte nicht, weil es sonnenklar war, dass die junge Frau nicht ihn meinte.

»Ciao, was führt dich denn hierher?«

Massimo bemühte sich um Zurückhaltung, tat, als werde ihm bei Minas Anblick weder heiß noch kalt, doch sein breites Lächeln verriet seine wahren Gefühle.

»Nun, ich habe gedacht, da habe ich den besten Barista der Welt gleich bei meiner Wohnung, da könnte er mir doch ein Frühstück machen.«

Massimo sah Mina in die Augen und dachte: Ist heute nicht Sonntag? Ist nicht mein freier Tag und die Bar geschlossen? Was mache ich hier im Winter am Ufer des Meers bei diesem blauen Himmel? Das Meer ist ja in den kalten Monaten am schönsten, wenn niemand am Strand ist und man alle Geräusche und Gerüche direkt erleben kann, ohne jemandem aus dem Weg gehen zu müssen.

»Was ist denn mit dem Barista in der Nähe deines Ladens, den du schon so gut kennst, wird er nicht böse sein, wenn du heute bei mir frühstückst?«

Massimo wollte gleich klarstellen, dass man im Leben nur einen Lieblingsbarista haben kann.

»Höre ich da so etwas wie Eifersucht heraus oder täusche ich mich?«

Massimo schüttelte den Kopf, verließ den Tresen, ging in den Lagerraum und holte den Barhocker, den er immer während der Mittagspause benutzte. Er ging wieder an den Tresen und stellte den Hocker vor die Kaffeemühle, den Platz bei der Kaffeemaschine, sozusagen direkt neben das Steuer seines kleinen Schiffes.

»Bitte, Mina, mach es dir bequem. Dies ist ab heute dein Platz.«

Ein erstauntes Raunen ging durch die kleine Bar. Alle kannten die goldene Regel des *Tiberi*: Neben der Kaffemaschine durfte niemand sitzen.

Nicht jeder weiß, dass das Wort »Bar« auf die *barra* genannte, unten am Tresen angebrachte Leiste zurückgeht, auf der Leute ihre Füße abstellen können, um es beim Trinken bequemer zu haben.

Marcello und Carlotta warfen sich einen Blick zu, der bedeutete: Jetzt wird's ernst. Massimo hatte soeben eine historische Tradition beendet, und das vor aller Augen.

Mina ging zu Massimo herüber, und bevor sie sich auf den Barhocker setzte, flüsterte sie ihm ins Ohr:

»Warum haben alle aufgehört, ihren Kaffee zu trinken, und starren mich so seltsam an?«

Massimo lächelte und schob ihr den Barhocker hin. »Vielleicht weil du Mina heißt und ich von klein auf Mino genannt werde. Und außerdem weil hier, seit es diese Bar gibt, noch nie jemand gesessen hat.«

Das Mädchen schüttelte den Kopf, lächelte schüchtern und nahm Pltz. Massimo trat wieder auf die andere Seite des Tresens und stellte sich hinter die Kaffeemaschine, wenige Zentimeter von der Welt entfernt.

»Was soll es sein, Signorina? Cappuccino und Cornetto?«

Mina schien wenig überzeugt. »Ich vertrage Milch nicht so gut, und morgens trinke ich eigentlich immer Ginseng-Kaffee und esse ein Stückchen Mürbeteiggebäck dazu.«

Massimo nickte feierlich. »Vertraust du mir?«

So etwas fragt man normalerweise nicht, wenn es um einen ganz normalen Kaffee geht, aber dies sollte eben kein normaler Kaffee werden, das war Massimo klar. *Caffè alla Nutella*, *marocchino*, Monet-Cappuccino oder schwarzer Tee genügten jetzt nicht mehr. Es musste etwas Neues sein, etwas Besonderes, er brauchte eine jener Kaffeekreationen, die auf der Zunge und im Herzen bleiben, einen Kaffee, der unvergänglich war wie ein Diamant.

Mina begriff die Bedeutung dieser Frage, und deshalb beschloss sie, dem Steuermann an der Kaffeemaschine zu vertrauen, wohl auch, weil am Horizont kein Eisberg zu sehen war, gegen den man hätte stoßen können. »Ja, natürlich.«

Massimo machte sich mit konzentrierter Miene an die Arbeit. Er nahm eine Dose mit leicht bitterem Ginseng-Kaffeepulver, schüttete den Inhalt in eine etwas größere Tasse, füllte sie zur Hälfte mit kochendem Wasser und rührte mit einem kleinen Löffel, bis das Pulver ganz aufgelöst war, danach nahm er die Kanne mit der Sojamilch und erhitzte sie, mit behutsam kreisenden Bewegungen, so dass sich auf der Oberfläche ein cremiger Schaum bildete, goss ihn über den Ginseng-Kaffee und bestreute alles mit reichlich Kakaopulver, fügte ein Tütchen Rohrzucker hinzu und gab acht, dass nicht ein Tropfen dieses flüssigen Kunstwerks verloren ging.

Mina hatte in andächtigem Schweigen zugeschaut und dann ein bisschen vor sich hingeträumt. Als die Tasse plötzlich vor ihr stand, kam es ihr vor, als sei sie aus dem Nichts gekommen. Die Stimme des Baristas drang weich an ihr Ohr.

»Ich hoffe, meine neue Kreation schmeckt dir. Wenn ja, muss sie einen Namen bekommen.« Massimo sah sie ein wenig verlegen und zugleich gespannt an, er wollte wissen, was seine neue Muse von dem Getränk hielt, das er nur für sie ersonnen hatte, und erst jetzt begriff Mina, welche Ehre ihr zuteilwurde.

Sie führte die Tasse an den Mund, schloss die Augen, und als sie jetzt den ersten Schluck des Kaffees nahm, spürte sie sogleich den besonderen Geschmack auf der Zunge.

Für einen Augenblick fühlte Mina sich zu Hause: In diesem Mikrokosmos, der aus Nirwana-Tropfen bestand, fand sie ihre ganze Welt. Eine Welt aus Satinschuhen, Seidenpashmina, Hüten aus weichem Wollstoff, aber vor allem aus leuchtenden Farben, die man mit der Hand berühren konnte. Sie hörte mit einem Mal die Musik und die Stimmen auf den Straßen des

Landes, aus dem ihr Vater kam, einem Land, in dem Einsamkeit unmöglich war.

Sie wollte etwas sagen, dann aber gab sie nur einen tiefen wohligen Seufzer von sich, und es war, als hätte sie damit alles gesagt.

Letztlich sind Atmen und Leben dasselbe, und Leben ist immer schön, denn Leben ist mögliches Glück.

Massimo beobachtete sie fasziniert und wartete auf die Antwort dieser jungen Frau, die in kürzester Zeit zur Göttin seines Kaffees geworden war.

»Und? Magst du ihn?«

Sie schüttelte den Kopf, und für einen Augenblick war unser Barista ganz verwirrt, dann aber begann sie zu lachen und katapultierte ihn von der Hölle ins Paradies.

»Nein, ich *mag* ihn nicht – mögen ist nicht das richtige Wort. Ich liebe ihn. Wie hast du das bloß hinbekommen? Das ist ja reine Zauberei.« Sie sah ihn entzückt an. »Dieser Kaffee ist magisch.«

Massimo kratzte sich verlegen am Kopf und konnte seinen Stolz kaum verbergen.

»Danke, ich freue mich, dass er dir so gut schmeckt. Dann nennen wir ihn doch einfach *caffè Mina*, denn offenbar hat er ja eingeschlagen wie eine Bombe.«

Er grinste, und dann brachen die beiden in einvernehmliches Lachen aus, das nach einer Pause in der Schule klang oder nach einem Picknick im Garten in der Frühlingssonne, ganz unbeschwert und leicht.

Dieses Lachen ging niemanden etwas an, nicht Carlotta, die schmunzelnd hinter der Kasse stand und zu ihnen hinübersah, nicht Marcello oder die anderen Gäste der Bar *Tiberi*.

Es war wie ein Feuerwerk mitten im Sommer, das ein Kind mit Entzücken bestaunt.

Als Mina die Bar verließ, um zur Arbeit zu gehen, zog sich Massimo für ein paar Minuten ins Hinterzimmer zurück, lehnte den Kopf gegen die Wand und schloss die Augen.

Er dachte an Geneviève, nur an sie und an den Schmerz, den er erlitten hatte, als sie für immer gegangen war, und der ihn begleitet hatte wie ein verspannter Nacken oder eine Gastritis.

Verblüfft stellte er fest, dass er sich in Minas Gegenwart besser gefühlt hatte, zum ersten Mal seit langem.

Mina war nicht ein neues Problem, das an die Stelle eines früheren trat, nein, es war ein Klopfen an die Tür seines Herzens, und nachdem er durch den Spion geschaut hatte, um zu sehen, wer dort stand, war er versucht, sie zu öffnen.

13
Parken in der zweiten Reihe

Die Tage vergingen, Mina kam oft zum Frühstücken in die Bar *Tiberi* und saß immer am selben Platz, den jetzt alle als ihren Platz betrachteten.

Während Massimo die Leute an der Bar bediente, holte Marcello den Barhocker aus dem Lagerraum und stellte ihn für Mina hin.

Die Gäste der Bar *Tiberi* brachten ihr viel Sympathie entgegen, und das aus einem einfachen Grund: Alle wussten, wie schlecht es Massimo nach Genevièves Verschwinden gegangen war. Ihn wieder lächeln zu sehen, brachte die unbeschwerte Atmosphäre von früher in die Bar zurück.

Sicher wäre auch der alte Dario von der jungen Frau begeistert gewesen. Er mochte sonnige Geschöpfe, die vor allem mit den Augen lachten. Die lebensfroh waren und deren positive Ausstrahlung einem zu Herzen ging.

Mina gefiel auch Carlotta, doch sie hielt noch etwas Distanz, damit das Mädchen begriff, dass die böse Königin ihre Prinzipien hochhielt und jeder einen vergifteten Apfel bekommen konnte und es von daher besser war, sich gut zu benehmen.

Massimo und Mina hatten sich angewöhnt, sich abends auf Facebook zu schreiben. Dann erzählten sie sich, wie der Tag gewesen war, und wünschten sich eine gute Nacht.

Aber bald merkten sie, dass ihnen der virtuelle Austausch nicht mehr genügte und der Moment gekommen war, weitere Schritte zu unternehmen.

Massimo überwand sein Zögern und beschloss, Mina eines Nachmittags mit einem Besuch in ihrem Laden zu überraschen.

Als er zu Marcello sagte: »Ich bin dann für eine Stunde weg, kümmere du dich um die Bar«, dachte dieser, er hätte sich verhört. Den Stammgästen ging es nicht anders. Sie hatten bisher immer gedacht, Massimo sei an den Tresen gekettet und nicht in der Lage, die Bar außerhalb der Öffnungszeiten zu verlassen.

Riccardo, der Friseur, kratzte sich am Kinn, als er Marcellos zweifelnde Miene sah. »Keine Sorge, Marcello, in einer Stunde kannst du nicht allzu viele Gäste vergraulen.« Er kicherte. »Häng doch ein Schild raus, auf dem steht: VORSICHT MARCELLO – LEBENSGEFAHR. So wie es auf den Hochspannungsleitungen mit dem Totenkopf steht.«

Marcello ignorierte den Scherz, denn der Gedanke, allein hinter der Bar zu stehen, erfüllte ihn mit Unbehagen. Das wurde auch nicht besser, als Luigi, der Schreiner, ihm seine Hilfe anbot. Alles wussten, dass Luigi, der Schreiner, zwei linke Hände hatte. Er hatte schon mehrfach seinen *caffè corretto* vergossen, statt ihn zu trinken, was würde er dann erst als Hilfskellner anrichten? Wie es bei seiner täglichen Arbeit als Schreiner funktionieren konnte, wusste Gott allein.

Zum Glück tauchte in diesem Moment Carlotta auf, die Massimo mit einer SMS herbeigerufen hatte, und Marcello seufzte erleichtert.

Mittlerweile war Massimo vor Minas Laden angekommen und parkte wie jeder gute Römer seinen Wagen in der zweiten Reihe. Er schrieb einen Zettel, auf dem stand, wo er sich aufhielt, und klemmte ihn gut sichtbar hinter den Scheibenwischer.

Als er fast vor dem Eingang des Ladens stand, fiel ihm auf, dass er mit leeren Händen gekommen war. Undenkbar, jemanden so zu besuchen.

Er sah sich suchend um. Da entdeckte er nur wenige Schritte von Minas Laden entfernt eine Bar. Sicher war es die Bar seines Rivalen, mit dem sich Mina so gut verstand und der frei Haus lieferte.

Er entschied sich, Mina dort einen Ginseng-Kaffee zu kaufen – auch natürlich, um zu sehen, wie großartig dieser Barista wirklich war. Er war ein bisschen enttäuscht, aber zugleich auch erleichtert, als er hinterm Tresen eine junge Schwarze sah, die ihm den Ginseng-Kaffee zubereitete und mit einem Lächeln überreichte.

Massimo verließ die Bar mit dem Plastikbecher in der Hand und linste, bevor er den Laden betrat, durch die Fensterscheibe, um Mina ausfindig zu machen.

Plötzlich tauchte sie, so wie sie es immer machte, wie aus dem Nichts auf und winkte ihm zu.

Massimo blickte einen Moment verlegen zu Boden, es war ihr sicher nicht entgangen, dass er heimlich nach ihr Ausschau gehalten hatte. Dann hob er den Kaffeebecher in die Höhe nach dem Moto: Hände sind schon oben, nicht schießen!, und Mina winkte ihn herein.

Massimo wusste zwar, für welche berühmte und schöne Firma Mina arbeitete, aber als er in ihrem Laden stand, war er dann doch überwältigt von den kaleidoskopartig bunten Stoffen verschiedenster Art und Farbe, die um Schaufensterpuppen drapiert, in der Auslage dekoriert, in Regalen und in diversen Nischen ausgestellt waren. Es kam ihm vor wie eine Ansammlung bunter Montgolfieren an einem endlos weiten Himmel.

»Gefällt es dir?«, fragte Mina, die sich neben ihn gestellt hatte. Er antwortete ihr so leise, als stünde er in der Sixtinischen Kapelle.

»Ja, sehr, ich bin schwer beeindruckt. Bis heute habe ich die Frauen nur um die Swarovski-Kristalle beneidet, aber jetzt beneide ich sie auch um die schönen Tücher. Das müssen ja ganz weiche Stoffe sein.«

»Sie werden auch von vielen Männern getragen. Nur in weniger leuchtenden Farben. Was führt dich hierher? Suchst du ein Geschenk für deine Schwester?«

Sie baute ihm eine Brücke, und Massimo wollte schon ihre Frage bejahen, doch dann beschloss er, auf die Stimme seines Herzens zu hören, und gab ehrlich zu, dass er einfach wissen wollte, wo sie arbeitete, »und für meine Schwester kaufe ich trotzdem etwas«.

Mina lächelte und zeigte auf den Pappbecher, den er immer noch in der Hand hielt. »Ist der für mich?«

Massimo blickte auf den Becher, als sähe er ihn zum ersten Mal. »Ja, ich dachte, du würdest dich über einen Ginseng-Kaffee freuen. Natürlich ist er nicht wie unserer, aber ich gebe zu, ich war auch neugierig auf den anderen Barista, der dir den Hof macht.«

Kaum hatte er es gesagt, hätte Massimo sich am liebsten auf die Zuge gebissen, aber es war zu spät.

»Der andere?«, hakte Mina gleich nach. »Was, gibt es denn noch einen Barista, der mir den Hof macht?«

Massimo merkte, wie er rot wurde.

»Also, willst du jetzt den Ginseng-Kaffee oder nicht?«, entgegnete er rasch. »Bevor er kalt wird, meine ich.«

Mina nahm ihm den Becher aus der Hand und trank einen Schluck, während sie Massimo in die Augen sah.

»Natürlich ist er nicht mit unserem *caffè Mina* zu vergleichen, über die Baristas kann ich nichts sagen, da ich voreingenommen bin.«

Massimo blieb noch ein paar Minuten bei Mina, aber bald waren viele Kunden im Geschäft, und er wollte sie nicht weiter bei der Arbeit stören.

Sie verabschiedeten sich, weil auch er wieder in seine Bar zurückmusste, aber als er im Auto saß und den Schal für Carlotta auf das Armaturenbrett legte, sah er seinen Zettel, der immer noch an der Windschutzscheibe steckte.

Ohne weiter nachzudenken, nahm er den Zettel, drehte ihn um und schrieb etwas auf die Rückseite.

Durch die Fensterscheibe sah Mina, wie Massimo eilig wieder zum Laden zurückkam. Er ging wortlos zu ihr, drückte ihr den Zettel in die Hand und verabschiedete sich erneut, nicht ohne sich bei der Kundin zu entschuldigen, deren Gespräch er unterbrochen hatte.

Mina wollte den Zettel nicht vor den Kunden lesen. So steckte sie ihn weg und wartete, bis das Geschäft wieder leer war. Dann nahm sie das Papierstückchen wieder zur Hand und entfaltete es.

Der Satz stand gut lesbar da und war eindeutig wie sein Inhalt. Kein Zweifel, wer der Barista war, der ihr den Hof machte. Mina lächelte und steckte den Zettel in die Hosentasche, doch gleich darauf las sie ihn noch einmal.

Vielleicht war dieser Satz etwas übertrieben, da sie sich doch gerade erst kennengelernt hatten, aber angesichts des Vergleichs mit der Ex-Freundin aus der Schule war es doch ein großer Schritt in die richtige Richtung. Er gefiel ihr, weil sich in den Worten eine kindliche Seele offenbarte, die sich nicht durch irgendwelche Formalitäten aufhalten ließ. Deshalb ging er ihr den ganzen Nachmittag über auch nicht aus dem Sinn:

Ich verehre dich!

14
Der Mut, die Dinge beim Namen zu nennen

Es ist schön, sich hinreißen zu lassen. Es ist richtig, sich hinreißen zu lassen. Sich hinreißen zu lassen ist ein Ausdruck von Treue zu sich selbst, und Treue tut gut.

Den ganzen Tag über versuchte Massimo, sich selbst zu überzeugen, dass die Sache mit dem Billett-doux eine wirklich gute Idee gewesen war. Auch wenn ein Teil von ihm inzwischen der Meinung war, er hätte es besser nicht getan. Er schämte sich jetzt, er schämte sich bei dem Gedanken, ihr wieder gegenüberzutreten, und so wagte er es kaum, hinaus auf die Piazza zu schauen, aus Angst, sie könnte dort auftauchen. Er war plötzlich sicher, ein Eigentor geschossen zu haben, schließlich wusste man doch, dass Frauen sich gerade in die Männer verlieben, die unerreichbar scheinen, und dass man seine Annäherungsversuche gut dosieren musste, um Damen nicht zu verschrecken oder gar lästig zu fallen. Jetzt würde Mina sicher nicht mehr in die Bar kommen.

Warum muss ich bloß alles immer so überstürzen?

Massimos Zweifel und seine Angst, zu aufdringlich gewesen zu sein, Mina in Verlegenheit gebracht zu haben und nun wie ein Idiot dazustehen, überwogen die kurze Freude darüber, dass er seine Gefühle spontan zum Ausdruck gebracht hatte.

Wie auch immer, was geschehen war, war geschehen und es nützte nichts darüber zu grübeln. Jetzt kann ich nur warten, sagte er sich zwischen zwei Cappuccinos, doch er konnte seinem eigenen Rat kaum folgen und fand keine Ruhe hinter dem Tresen.

Selbst Marcello, der trotz seines manchmal recht ungehobelten Auftretens doch auch eine gewisse Sensibilität besaß, erkannte, dass Massimo gerade ein emotionales Erdbeben erlebte, zeigte sich hilfsbereit und stellte keine überflüssigen Fragen.

Dummerweise war da noch ein anderer, wenn auch in einen düsteren Winkel seines Geistes verbannter Gedanke, der sich nun aus der Ferne vernehmen ließ. Dieser Gedanke hatte einen Namen – den des Mädchens aus Paris, das ihm das Herz kaputtgemacht hatte. Obwohl Mina eine große Anziehung auf ihn ausübte, konnte Massimo die Angst nicht verscheuchen, dass ihm irgendwann das Gespenst von Geneviève an die Kehle springen würde.

Der Gedanke, vielleicht auch Mina zu verlieren, erschien ihm so furchtbar, dass er sich bemühte, etwas an ihr zu finden, das ihm nicht gefiel, was ihm allerdings nicht gelang.

Das einzig Gute an der Angst ist, dass sie die Zeit manchmal sehr schnell vergehen lässt. So war der Nachmittag im Nu vorüber, und als er die Bar abschloss, merkte er, dass Marcello sich noch in einer Ecke herumdrückte.

»Was machst du denn noch hier?«, fragte er ihn.

»Wie, was ich hier noch mache, ich warte auf deine Anweisungen, Chef.«

»Tatsächlich? Gibt es irgendetwas, das du wiedergutmachen willst?«

»Was soll denn das jetzt? Kann man nicht mal nett und hilfsbereit sein, ohne dass man gleich verdächtigt wird? Eigentlich würde ich gern jeden Tag bis zum Schluss hierbleiben, aber ich habe den Eindruck, dass du beim Schließen der Bar lieber allein bist, ich meine, ich könnte das ja auch mal für dich machen. Ist schließlich kein Hexenwerk. Warum gehst du nicht nach Hause und ruhst dich aus? Du musst auch mal loslassen können.«

»Weißt du was?«, sagte Massimo und band sich seine Schürze ab. »Das ist eine gute Idee. Heute machst du den Laden klar. Ciao.«

Mit diesen Worten trat er aus der Tür, gefolgt von Marcello, der ihm nachrief: »He, warte! Das war doch nur ein Witz. Ich hab das gar nicht so gemeint!«

Doch offenbar hatte Massimo es so gemeint, und nun musste Marcello allein zurechtkommen.

Bereits nach fünf Minuten war Marcello in heller Panik. Musste er den Strom abstellen? Sicher nicht, aber vielleicht das Gas? Und was war mit der Kaffeemaschine?

Zum Glück klopfte in diesem Moment jemand gegen das halb geschlossene Gitter. Das war sicher sein Chef, der sich eines Besseren besonnen hatte und zurückkam. Doch wer nun durch das Gitter schlüpfte und die Bar betrat, war eindeutig eine zartere und weiblichere Gestalt als die des Inhabers der Bar *Tiberi*.

»Guten Abend«, sagte Mina fröhlich, doch ihre Stimme senkte sich, als sie entdeckte, dass am Tresen ein anderer stand, als sie erwartet hatte.

»Was ist los, bin ich so schrecklich?«, fragte Marcello gereizt.

»Nein, natürlich nicht, ich habe nur nicht mit dir gerechnet ...«

»Du suchst sicher Massimo, stimmt's? Immer suchen alle Massimo. Was hat er nur so Besonderes an sich? Nun ... Wie du siehst, schließe ich heute die Bar. Massimo ist gerade los, aber wenn du willst, rufe ich ihn auf dem Handy an.«

»Nein, nein, das ist nicht nötig, sicher ist er schon auf dem Weg nach Hause«, entgegnete Mina, doch ihre Stimme klang enttäuscht, und deshalb sagte Marcello:

»Hör mal: Wenn Massimo erfährt, dass du hier warst und ich ihn nicht angerufen habe, werde ich auf der Stelle entlassen, aber mach es, wie du willst. Ich muss ihn jedenfalls anrufen, und in fünf Minuten ist er hier.«

Auf diese Weise hatte Marcello es mit einer noblen Geste geschafft, zwei Fliegen mit einer Klappe zu schlagen. Er tat dem Mädchen einen Gefallen und kam darum herum, die Bar klarmachen zu müssen. Wenn das nicht genial war! Lächelnd griff er zum Hörer.

Massimo kam gar nicht auf die Idee, Marcello Vorwürfe zu machen, er war einfach nur selig, dass Mina gekommen war, und so kehrte er im Eiltempo in die

Bar zurück, während Marcello sich, sobald er da war, hastig aus dem Staub machte.

Draußen wurde es dunkel, und mit Mina allein zu sein, war wie ein Traum.

»Kann ich dir irgendetwas anbieten?«

»Nein, ich möchte nichts. Ich wollte dir nur für deinen Gruß danken.«

Massimo errötete bis über beide Ohren. »Und ich hatte schon gefürchtet, du würdest auswandern, um mich nie wiedersehen zu müssen.«

»Genau – das ist nämlich ein Abschiedsbesuch«, gab sie zurück, doch sie konnte nicht lange ernst bleiben. »Das war wirklich sehr süß von dir. Oft hat man zu große Angst, um zu sagen, was man denkt, im Guten wie im Schlechten. Ich finde es eigentlich schade, dass die Menschen sich meistens nicht trauen, die Dinge beim Namen zu nennen, aber du hast dich getraut.«

Sie lächelte ihn an, und Massimo sah in diesem Lächeln die Aufforderung, weiterhin mutig zu sein, sich auf seine Gefühle zu verlassen, der berühmten inneren Stimme zu folgen, dem Herzen recht zu geben, den Kopf zu verlieren, wenn auch nur für einen Moment. In einem Moment nämlich können so viele Dinge passieren wie sonst im ganzen Leben nicht. Massimo hörte auf seine innere Stimme, nahm allen Mut zusammen und machte aus diesem Moment eine Erinnerung, die man sorgsam für seine Geschichte aufbewahren sollte – der Moment, mit dem alles anfängt.

»Gehst du morgen mit mir abendessen?«

Das war mutig, aber es war nicht die innere Stimme, die sprach, es war Massimo selbst, der seinen Vorschlag so leise hervorbrachte, als fürchte er fast, dass das schöne Mädchen ja sagte. Die eigenen Dämonen schlafen nämlich nie. Doch als Mina laut und deutlich ihre Antwort gab, brachte sie alle Dämonen zum Schweigen – zumindest für den Moment.

»Ich gehe sehr gern mit dir essen, Massimo, aber das Restaurant bestimme ich.«

15
Asiatische Aromen

Das indische Restaurant *Jaipur* war eine Legende bei allen Liebhabern der exotischen Küche, aber Massimo, der nicht zu ihnen gehörte, kannte es nicht. Mina hatte ihm nur die Adresse genannt, ohne zu sagen, wohin sie mit ihm essen gehen würde, und eigentlich war das ja auch nicht das Entscheidende: Hauptsache, er konnte überhaupt mit ihr ausgehen.

An diesem Tag schloss er die Bar eine Stunde früher, und als er wenig später das Restaurant betrat, hatte er sofort das Aroma fernöstlicher Gewürze in der Nase. Sie wirkten wie Farben, die eine ihm unbekannte Welt heraufbeschworen.

Bunte Stoffbahnen bauschten sich zwischen dunklen Holzbalken an der Decke, fließend und elegant hingen sie herab und schmückten die Wände.

Massimo sah sich begeistert um und erkannte erst nach einer Weile das schönste Detail des Restaurants: Mina, die an einem Tisch saß und ihm entgegenblickte.

»Ciao, ich hoffe, ich habe dich nicht zu lange warten lassen.«

Mina lächelte und schüttelte den Kopf. »Nein, überhaupt nicht, du bist sogar zu früh, ich bin nur etwas eher gekommen, weil ich noch ein paar Telefonate erledigen wollte. Und? Wie findest du es hier?«

Massimo sah sich noch einmal um. »Es ist phantastisch. Wie in einem Märchen. Zuerst dachte ich, ich hätte mich in der Adresse geirrt, aber deine SMS, *Ich warte drinnen auf dich*, hat mich beruhigt. Magst du die indische Küche gern?«

»Ich war hier zum ersten Mal, als ich mit meinen Eltern und meiner Schwester von Verona aus Rom besucht habe. Du musst wissen, dass mein Vater aus Indien kommt, meine Mutter ist Italienerin. Deshalb wollte ich mit ihnen hierherkommen, ich wollte meinen Vater überraschen, ich hatte mich erkundigt und erfahren, dass dies eines der besten indischen Restaurants der Stadt ist.«

Ein Kellner kam an ihren Tisch, um die Bestellungen aufzunehmen. Mina orderte gleich zwei Probiermenüs, und nachdem sie gefragt hatte, ob Massimo Wein mochte, bestellte sie noch eine Flasche Weißwein.

»Sei mir nicht böse, wenn ich einfach so für dich mitbestellt habe, aber ich wollte, dass du die Spezialitäten kennenlernst, und das geht mit dem Probiermenü am besten.«

»Keine Sorge, das hast du gut gemacht, ich probiere gern so viel ich kann und verlasse mich auf dich. Erzähl mir mehr von deiner Familie, ich wusste ja nicht, dass du indische Wurzeln hast.«

»Meine Schwester Miriam sieht eher wie eine Inderin aus. Sie hat eine dunklere Haut und schwarze Augen. Ich hingegen komme nach meiner Mutter, die blass ist wie Schneewittchen und blaue Augen hat. Aber vielleicht kann man meine indische Herkunft an meinem Haar erkennen.« Sie wickelte sich eine dicke Strähne um den Finger und schenkte Massimo einen neckischen Blick.

Massimo hörte ihr begeistert zu und konnte die Augen nicht von ihr abwenden. »Deine Haare sind wunderschön«, erklärte er, »wie alles andere auch. Fährst du oft zu deiner Familie nach Verona?«

Mina runzelte kurz die Stirn, dann aber gewann ihre Fröhlichkeit wieder die Oberhand.

»Nicht so oft, wie ich möchte. Aber ich habe mich daran gewöhnt. Als ich ein Kind war, waren wir dauernd auf Reisen, ich mag gern Sprachen und Mode, und deshalb habe ich viel im Ausland gelebt. Trotzdem halten wir zusammen, meine Familie ist mir das Wichtigste, ohne sie käme ich mir verloren vor.«

Inzwischen hatte der Kellner die ersten Vorspeisen gebracht. Sie dufteten köstlich, und während sie umgeben von all den exotischen Aromen aßen, hatten sie fast das Gefühl, in Indien zu sein.

Sie hatten sich so viel zu erzählen, unterhielten sich angeregt und begannen einander zu entdecken. Während Massimos Leben wie ein offenes Buch war und sich die meiste Zeit im Umkreis der Bar *Tiberi* abgespielt hatte, war das von Mina sehr abwechslungsreich gewesen.

»Du sagst also, deine ganze Familie arbeitet für dieselbe Zeitung?«

»Ja, meine Eltern haben sich kennengelernt, als sie beide bei der Tageszeitung *L'Arena* in Verona arbeiteten, mein Vater war Drucker und meine Mutter Redaktionssekretärin. Und meine Schwester ist inzwischen als Journalistin für den Kulturteil verantwortlich.«

»Beeindruckend.«

Massimo nahm einen Schluck Wein und lachte ihr mit den Augen zu. Er war glücklich, das war nicht zu übersehen. Er wusste nicht, wann er zuletzt einen so schönen, lebendigen und erfüllten Abend verbracht hatte.

Würde doch nur die Zeit stehenbleiben und alles zehn Jahre lang einfach so bleiben wie jetzt gerade, dachte er. Und dann erinnerte er sich doch genau an das letzte Mal, als er sich so gefühlt hatte wie jetzt, und vor allem, mit wem.

Und da Frauen einen sechsten Sinn für Herzensangelegenheiten haben, spürte Mina sofort, dass er etwas auf dem Herzen hatte. Vor allem war sie neugierig zu erfahren, wie es denn sein könnte, dass ein Mann wie er noch Single wäre, und deshalb sagte sie:

»Und was kann mir Signor Tiberi denn über die Liebe erzählen? Wurde ihm früher mal das Herz gebrochen und er hat es noch nicht verwunden?«

Massimo wischte sich den Mund mit der Serviette ab und versuchte, einen Seufzer zu unterdrücken. »Ja, mein dummes Herz …«, sagte er mit einem schiefen Lächeln.

Und so kam es, dass der Barista der Frau, mit der er in einer verschwiegenen Ecke eines märchenhaften Restaurants saß, von einem Mädchen aus Frankreich erzählte, das keinen Kaffee mochte, vom plötzlichen Schnee, der einem manchmal in den Hemdkragen fällt, von der Vase, die sie ihm an den Kopf geworfen hatte, weil sie glaubte, er sei ein Einbrecher, von schwarzem Tee mit Rosenaroma, von einem nächtlichen Spaziergang durch die Ewige Stadt mit all ihren verwunschenen Brunnen, von seiner Reise nach Paris, von der Liebe, ihrem Ende und seinem großen Schmerz.

Während seiner Erzählung hatte Mina seine Hand genommen und nicht mehr losgelassen. Sie begleitete ihn auf dem schwierigen Weg in die Vergangenheit, nur einmal ließ sie seine Hand los und streichelte ihm über die Wange.

Diese spontane Geste überraschte Massimo so sehr, dass er seine Hand auf die ihre legte, aus Angst, sie könnte sie wieder fortnehmen. Ein paar Sekunden hielt er ihre Hand an seiner Wange. Er neigte den Kopf zur Seite, schloss für einen Moment die Augen, genoss die sanfte Berührung und sollte sie nie wieder vergessen. Später würde er seinen Enkeln erzählen, was ein *coup de foudre* ist.

»Jetzt weißt du alles über mich«, schloss er. »Wie du siehst, ist mein Herz nicht mehr ganz neu, es hat einige Beulen, aber dafür bekommst du es auch zu einem günstigeren Preis.«

»Mein Herz ist, ehrlich gesagt, auch nicht mehr ganz unversehrt, vielleicht nicht so vernarbt wie deines, aber sagen wir mal, es hat ein paar Kratzer.«

»Das tut mir sehr leid für dich, aber ein Teil von mir, der egoistische, ist froh. Wärest du mit einem anderen Menschen glücklich geworden, würdest du jetzt hier nicht mit mir beim Abendessen sitzen.«

Er drückte ihre Hand, und sie fragte sich, warum man Zärtlichkeiten am besten genießen kann, wenn man die Augen schließt, vielleicht, weil man so die Wärme der Haut besser spürt und damit auch die positive Energie.

Als sie ihre Lider wieder hob, schaute sie in Massimos Augen, und es war ein bisschen wie zu Hause zu sein. Nicht in Verona bei ihrer Familie oder in der Wohnung, in der sie bisher gelebt hatte, sondern dort, wo sie gern vom folgenden Tag an gewohnt hätte und für immer geblieben wäre.

»Vielleicht würde ich trotzdem hier mit dir essen, weil Menschen das Glück nicht suchen können, man findet es nur auf ganz verschiedene Weise und an allen möglichen Orten: Es ist das letzte Haus unseres Lebens.«

Sie redeten weiter, über Tiefgründiges, aber auch über Lustiges und Banales, und schließlich wollte sie wissen, was ihm denn nun am besten geschmeckt hätte.

Massimo musste lachen und legte einen Finger an sein Kinn.

»Ganz sicher das in Joghurt und Gewürzen marinierte Lamm, auch die scharf gewürzten gebackenen Kartoffeln und die Auberginencreme waren phantastisch, aber das frische *paneer*, so heißt es doch, oder?, mit den aromatischen Tomaten war eine der besten Sachen, die ich je gegessen habe.«

Mina nickte zufrieden und trank ihren letzten Schluck Wein.

»Ich freue mich, dass dir alles geschmeckt hat. Aber weißt du, worauf ich jetzt Lust hätte? Auf einen *caffè Mina*, oder besser gesagt unseren *caffè Mina*. Aber ich glaube nicht, dass sie ihn hier machen können.«

Zu ihrem Erstaunen stand Massimo wortlos vom Tisch auf. Mina sah, wie er mit dem Inhaber redete, der schließlich lachte und ihm auf die Schulter klopfte. Massimo zog etwas aus der Tasche seiner Jeans und zeigte seinem neuen indischen Freund, worauf dieser anfing zu lachen und dann auf die Kaffeemaschine neben der Kasse wies.

Ein paar Minuten später kam er mit einem *caffè Mina* an den Tisch zurück.

»Wie hast du denn das gemacht?«

»Das war nicht schwer. Ich habe dem Chef des Hauses die Wahrheit gesagt, nämlich, dass ich, seit ich dich kenne, immer ein Tütchen löslichen Ginseng-Kaffee bei mir trage, damit ich immer welchen für dich machen kann, egal, wo wir sind. Zuerst glaubte er mir nicht und dachte, ich sei ein bisschen verrückt, dann habe ich ihm das Tütchen gezeigt. Ich durfte seine Kaffeemaschine benutzen, und er gab mir Sojamilch, Kakao und Rohrzucker.«

Mina schüttelte den Kopf und probierte den Kaffee. »Du bist wirklich ziemlich verrückt, Massimo. *Mamma mia*, wie gut der schmeckt. Danke, edler Ritter.«

Massimo verbeugte sich lächelnd. »Immer wieder gerne, Mylady.«

Wenig später verließen sie das Restaurant und spazierten auf die Piazza Santa Maria zu, die nur ein paar hundert Meter vom Restaurant entfernt lag.

Es war trotz der Jahreszeit kein kühler Abend, und die Menschen schlenderten ohne Eile durch die kleinen Gassen Trasteveres. Vielleicht war es die Schönheit des Ortes, die Massimo nach Minas Hand fassen ließ, es konnte einfach nicht anders sein. Er schloss die Augen, um den Moment zu genießen. Es war wunderbar, Hand in Hand durch das älteste Viertel Roms zu gehen. Dass auch Mina schlechte Erfahrungen mit der Liebe gemacht hatte, ließ ihm keine Ruhe. Er wollte mehr von dieser Geschichte wissen, auch wenn er unsinnigerweise einen Stich der Eifersucht verspürte.

Und so fragte er sie nach einiger Zeit:

»Und wer hat deinem Herzen die Kratzer zugefügt?«

Mina senkte den Blick und sah auf die alten römischen Pflastersteine.

»Ein junger Mann, den ich glaubte zu lieben. Am Anfang war er zuvorkommend, freundlich, aufmerksam … Doch als er mein Herz erobert hatte, wurde er allmählich distanzierter, ging auf Abstand, wurde pedantisch, ungeduldig, unwirsch und viele andere nette Dinge. Er interessierte sich nicht mehr für mich, es war ihm egal, wo ich war, ob es mir gut ging, er blieb abends nicht wach, bis ich kam. Irgendwann begriff ich, dass ich mein Leben vergeudete, wenn ich mit ihm zusammenblieb, dass ich nicht glücklich mit ihm war und es auch nie mehr sein würde. Also trennte ich mich von ihm und entdeckte kurze Zeit später zufällig, dass er unter dem Ende unserer Beziehung keineswegs litt, sondern sich mit einer Kollegin amüsierte, vielleicht sogar schon, während wir noch zusammen waren.«

Massimo fasste ihre Hand fester.

»Oh, das ist aber ein ganz schöner Kratzer …«

»Aber vielleicht birgt er schon einen ganz zarten Hinweis auf künftiges Glück«, meinte sie versonnen.

Sie erreichten die Bar *Tiberi,* die immer etwas abweisend aussah, wenn das Gitter heruntergelassen war. Glücklicherweise sahen die Bewohner des Viertels es seit fünfzig Jahren häufiger offen als geschlossen.

Massimo ließ Minas Hand los und sah ihr in die Augen.

»Ich dachte gerade, dass ich dich, seit wir uns kennen, nie gefragt habe, wo genau du eigentlich wohnst. Wenn ich mich nicht irre, hast du gesagt, es sei nicht weit von hier.«

Mina lächelte.

»Ich wohne hier an diesem Platz. Meine Fenster sind dort oben, also kann ich genau sehen, was du machst. Ich habe dich im Auge, Barista.«

Sie deutete mit dem Finger auf die Fenster im Haus gegenüber der Bar, und Massimo lief ein Schauer über den Rücken. Von allen Häusern des Universums war Mina ausgerechnet in diesem gelandet. Er sah zum Himmel auf und hoffte auf ein Zeichen vom alten Dario, aber offenbar ließ dieser sich nicht aus der Ruhe bringen.

Massimo wusste, dass das Schicksal manchmal nicht mit Ironie geizte, aber in diesem Fall hatte es ihm wirklich übel mitgespielt. Da das Haus seit Jahren von äußerst sesshaften Menschen bewohnt war, gab es keinen Zweifel, welche von den Wohnungen Minas war.

Offenbar brachte die Liebe ihn auf die eine oder andere Weise immer wieder dorthin zurück.

»Was ist los, Massimo? Du bist blass geworden, als hättest du ein Gespenst gesehen. Bringst du mich noch an die Tür?«

Minas Stimme holte ihn in die Gegenwart zurück, und so ging er mit ihr an die Tür, die er leider nur zu gut kannte.

»Ja, sicher.«

Massimo wäre am liebsten vom Erdboden verschwunden, ihm wurde schwindelig, und sein Herzschlag setzte kurz aus. Mit anderen Worten, er hatte sowieso nicht mehr lange zu leben, und jetzt verdarb er noch den entscheidenden Moment nach einem wunderbaren Abend, an dem die Sterne für einen romantischen Ausgang günstig gestanden hätten. Die Sterne waren aber offenbar ganz anderer Meinung, sie planten eine neue Supernova. Massimo lehnte sich gegen die Hauswand, und Mina, die sich seine Panik nicht erklären konnte, ließ verwirrt ihren Hausschlüssel fallen. Gut erzogen wie er war, bückte sich Massimo, um ihn aufzuheben, aber als sei da ein unsichtbares magnetisches Feld, hinderte ihn die Erinnerung an die gleiche Szene in einer anderen Zeit und mit einer anderen Frau daran, nach dem Schlüssel zu greifen, und so hielt er in der Bewegung inne und rang nach Luft.

Mina hob den Schlüssel schließlich selbst auf und warf einen fragenden Blick auf den Mann, der ihr vor kurzem noch so höflich die Tür aufgehalten hatte, als sie das Restaurant verließen.

»Geht es dir nicht gut? Willst du einen Moment mit hochkommen und etwas trinken? Ich habe nicht viel da, aber einen Tee könnte ich dir machen.«

Der Tee hatte gerade noch gefehlt. Das war eindeutig zu viel. Er musste weg, weit weg, bevor die Wunde in seinem Herzen wieder aufbrach. Worauf wartete er noch? Er hatte sich doch geschworen, nie mehr einen Fuß in dieses von Erinnerungen vergiftete Haus zu setzen.

Massimo richtete sich auf und sah wie betäubt zu Mina, um sicher zu sein, dass sie nicht vielleicht doch Geneviève war. Es war wie ein Déjà-vu. Erst dann fiel ihm ein, dass Mina auf eine Antwort wartete.

»Du hast recht, ich fühle mich wirklich nicht gut«, sagte er mit einer Stimme, die selbst in seinen Ohren fremd klang. »Vielleicht habe ich zu viel getrunken, oder ich brüte irgendeine Erkältung aus. Es tut mir leid, aber ich gehe lieber nach Hause, es sind ja nur ein paar Schritte. Vielen Dank für den wunderschönen Abend.«

Er gab ihr einen raschen Kuss auf die Wange und ging eilig davon, und Mina stand da und fragte sich, was sie falsch gemacht hatte.

16

Folge den Schritten der Liebe

Carlotta fuhr aus dem Schlaf hoch, ihr war, als habe es bei ihr geklingelt. Sie sah auf ihren Radiowecker auf dem Nachttischchen: halb zwei.

Wenn jemand um halb zwei Uhr morgens bei einem klingelt, ist das kein gutes Zeichen. Aber vielleicht hatte sie es sich ja auch nur eingebildet und es war der Rest eines zu realistischen Traumes? Als sie sich jetzt entspannt ins Kissen fallen ließ, klingelte es erneut, heftiger und länger als vorher.

Jetzt fragte Carlotta sich, ob sie nachsehen sollte, wer da mitten in der Nacht bei ihr Sturm klingelte, oder ob sie zuerst herausfinden musste, ob ihr Verlobter noch lebte, der seelenruhig an ihrer Seite schlief, als ob nichts geschehen wäre.

Sie entschied sich für beides: Sie gab der neben ihr liegenden Mumie einen Stoß und stand dann auf, um nachzusehen, wen sie für immer aus ihrem Leben verbannen würde.

Endlich schlug Marcello die Augen auf und kehrte in die Welt der Lebenden zurück. Er sah, wie seine Verlobte entnervt aus dem Bett sprang, wenig später hörte er ihre erregte Stimme, doch die Worte verstand er nicht.

Carlotta öffnete die Wohnungstür, um den Störenfried hereinzulassen, mit aller Freundlichkeit, die ein Steuereintreiber verdient, dann aber sah sie ihren leichenblassen Bruder mit erschrocken aufgerissenen Augen. Da verschwand ihre Wut sofort, und sie empfing ihn mit schwesterlicher Fürsorge.

»Stellt euch das bloß mal vor! Wisst ihr, was das heißt?«

Carlotta und Marcello, von Müdigkeit gezeichnet, saßen am Küchentisch, zusammen mit dem armen Massimo, und natürlich wussten sie, was das hieß.

»Das ist ja wirklich ein unglaublicher Zufall. Wie in einem Film, in dem die Dinge geschehen müssen, weil das Schicksal es so will.«

»Ja«, entgegnete Massimo kläglich, »aber selbst im Film wäre so etwas ein bisschen an den Haaren herbeigezogen, das ist einfach zu unwahrscheinlich und doch …«

Marcello hatte das Kinn auf die Hand und den Ellbogen auf den Tisch gestützt und versuchte, die Augen offen zu halten, was ihm kaum gelang. Mit einem halb offenen und einem geschlossenen Auge, sah er aus wie jemand, der mit einer Waffe auf jemanden zielt.

»Ja, das ist wirklich seltsam, es gibt in Rom so viele Frauen und so viele Wohnungen, und jetzt muss diese Mina ausgerechnet in der Wohnung von deiner Ex leben. Man möchte fast meinen, du hast es extra gemacht. Wer weiß, wie das Unbewusste bei so etwas mitwirkt.«

Carlotta und Massimo warfen Marcello einen halb bewundernden, halb verdutzten Blick zu, und der begriff sofort.

»Ich sehe schon, ihr denkt wohl, dass ich, ungebildet wie ich bin, nicht mal weiß, was das Unbewusste ist. Ich bin aber doch ein Mann von Welt.«

Carlotta nickte ein wenig herablassend, dann wandte sie sich ihrem Bruder zu.

»Was willst du jetzt tun?«

Massimo ließ seinen Kopf in die Hände sinken. »Ich weiß es nicht. Seit zwei Jahren war das mein schönster Abend. Ich habe mich glücklich gefühlt, alles war ganz unbeschwert und heiter. Und dann das. Sie wohnt in Genevièves Wohnung, ist es zu fassen? Mit einem Mal stieg alles wieder in mir auf, und ich war total unsicher und blockiert. Womit habe ich das verdient, könnt ihr mir das mal sagen?«

Marcello zuckte mit den Schultern.

»Vielleicht ist es einfach nur Pech.«

Massimo dachte einen Moment nach, dann lehnte er sich zurück und lächelte.

»Ja, wahrscheinlich ist es nur Pech, genau wie in dem Lied von Lucio: *Das finden wir nur heraus, wenn wir leben.*« Dann stand er auf, küsste seine Schwester, gab Marcello die Hand und ging zur Tür.

»Danke, ihr beiden, es tut mir leid, dass ich euch geweckt habe, aber ich musste dringend mit jemandem reden. Wir sehen uns in ein paar Stunden in der Bar. Vielleicht gehe ich jetzt gleich schon hin.«

Carlotta umarmte ihn und drückte ihm einen Kuss auf die Wange.

»Wir sehen uns in ein paar Stunden, Bruderherz, mach dir nicht so viele Gedanken, es wird schon alles gut gehen. Wie sagt noch gleich Nicholas Sparks: *Folge den Schritten der Liebe.*«

Marcello überlegte kurz, dann sagte er:

»Aber das ist doch der Film, in dem sie am Ende stirbt! Oder stirbt er? Und erzählt mir jetzt nicht, dass die Geschichte im Buch ein Happy End hat.«

17
Eine gelungene Überraschung

»Nach allem, was ich sehe, braucht heute jemand bestimmt ein ordentliches Omelett. War es eine anstrengende Nacht, Mino?«, fragte Riccardo.

»Vielleicht ist die rollige Katze wieder in Trastevere aufgetaucht, die manchmal nachts Antonio, den Klempner, nicht schlafen ließ, das arme Schwein«, fiel Luigi, der Schreiner, ein, denn wenn es ums Witzemachen ging, hielten er und der Friseur zusammen wie Pech und Schwefel.

»Aber Antonio, der Klempner, ist doch tot, oder? Warum hast du ›armes Schwein‹ gesagt?«, wollte der chinesisch-römische Tabakhändler Ale Oh Oh wissen, der die Geschichte der Bar *Tiberi* und der ganzen Truppe, die sie bevölkerte, mittlerweile auch bestens kannte.

Marcello, der gerade die Kühlschränke einräumte, richtete sich auf, um seinen Beitrag zu leisten:

»Wer tot ist, ist tot! Nein, nein, Antonio der Klempner ist sturzlebendig, und er ist nicht arm, weil er tot ist, sondern weil er keine Lira hat oder besser gesagt keinen Euro.«

Alles lachte, und auch Massimo rang sich ein Lächeln ab, konnte sich aber kaum über die Scherze freuen.

Er hatte sich nachts im Bett gewälzt und sich gefragt, wie er sich gegenüber Mina hätte benehmen sollen, und er kam sich töricht vor, weil die Geschichte mit Geneviève ihm immer noch so sehr zu schaffen machte.

Doch es gibt Frauen, die können allein durch ihre Gegenwart den Tag wieder zum Besseren wenden.

Als Mina die Bar *Tiberi* betrat, hatte Massimo wieder Farbe im Gesicht und lächelte.

Wie selbstverständlich ging Mina zu ihrem Stammplatz, und als er ihr wenig später ihren Ginseng-Kaffee mit Sojamilch brachte, lächelte sie ihm zu, und die Bar wurde ein bisschen heller. Massimo fasste sich ein Herz.

»Entschuldige bitte, dass ich gestern Abend so schnell abgehauen bin, ich glaube, ich vertrage die exotische Küche nicht besonders.«

»Keine Sorge, du zartes Pflänzchen, nächstes Mal gehen wir in die Pizzeria«, sagte sie scherzend und legte den Kopf zur Seite.

Bei dem Wort Pizza leuchteten Massimos Augen und sein Gesicht strahlte.

»Ich mag Pizza sehr. Ist mein Lieblingsessen. Ich nenne es immer Henkersmahlzeit, denn wenn ich zum Tode verurteilt wäre, dann würde ich mir als letztes Essen eine Pizza Margherita, eine Coca-Cola und einen Eisbecher mit heißer Schokolade und Sahne wünschen.«

Mina schüttelte amüsiert den Kopf. »Meine Güte, das ist das Lieblingsessen eines Fünfjährigen! Na ja, ich mag auch gerne Pizza Margherita mit viel Käse und Würstl obendrauf, aber das kann ich wegen dieser blöden Laktose-Intoleranz vergessen.«

»Das ist ja wirklich tragisch. Vor allem, wenn man bedenkt, dass es hier nebenan eine Pizzeria gibt, in der sie eine besonders gute Pizza Margherita machen.«

Mina lachte. »Ja, wirklich jammerschade. Aber man gewöhnt sich daran, und es gibt Schlimmeres.«

»Das stimmt. Aber auf Pizza zu verzichten erscheint mir doch wie ein zu großes Opfer«, meinte Massimo kopfschüttelnd, und dabei kam ihm eine Idee.

Bereits am nächsten Abend bot sich eine gute Gelegenheit, Mina zu überraschen, und Massimo, der Überraschungen liebte, nutzte sie. Mina hatte ihm erzählt, dass sie bis acht Uhr im Laden bleiben müsse, um Inventur zu machen, und so stand er pünktlich mit seinem kleinen Fiat vor der Tür (eine Erinnerung an Tonino, den Automechaniker, der ihm das Auto für einen günstigen Preis überlassen hatte: »Du wirst mir ewig dankbar sein und immer an mich denken, wenn du in Rom Auto fahren musst.«).

Er war ein paar Minuten zu früh gekommen, um sie auf keinen Fall zu verpassen. Er fing an, sich ernsthaft Gedanken über sie zu machen, als sei sie schon seine Freundin. Bei diesem Gedanken musste er grinsen, doch dann fiel für einen Moment ein düsterer Schatten auf seine Seele, und er musste wieder an Geneviève denken. Zum Glück kam Mina in diesem Augenblick aus der Tür. Sie hatte ihn sofort gesehen, machte die Beifahrertür auf, und die düsteren Gedanken verflogen.

»Ciao, Massimo! Was machst du denn für ein griesgrämiges Gesicht? Ist alles in Ordnung, mein Schatz?«

Massimo sah ihr zu, wie sie den Sicherheitsgurt anlegte. Sie hatte ihn »mein Schatz« genannt. Erst jetzt fiel ihm auf, dass er bisher nie der Schatz von jemandem gewesen war, vielleicht hatte ihn seine Mutter so genannt, als er klein war, doch das war so lange her, dass er sich nicht mehr daran erinnerte. Er freute sich, dass er Minas »Schatz« war, und wünschte sich, dass sie ihn ab jetzt immer so nennen würde.

»Sehe ich so schlimm aus? Dabei bin ich doch so froh, dich zu sehen. Und was ist mit dir?«

Mina schnitt eine kleine Grimasse und lachte frei heraus, wie sie es oft tat. »Hmm, mal sehen … natürlich bin ich auch glücklich, Dummkopf.«

»Du warst aber gar nicht sonderlich überrascht, mich hier zu sehen.«

»Na ja, du hast mich so detailliert nach meinem Arbeitstag ausgefragt, dass ich ein bisschen damit gerechnet habe.« Sie sah sein enttäuschtes Gesicht. »Aber nur ein ganz kleines bisschen«, fügte sie rasch hinzu.

Massimo drehte sich um und holte vom Rücksitz einen Pizzakarton, den er Mina auf den Schoß stellte.

»Hier«, sagte er. »Du solltest sie essen, bevor sie kalt wird.«

»Ach, deshalb riecht es hier so gut«, sagte sie und öffnete begierig die Schachtel.

»Pizza Margherita mit Würstl für die Signora, schon fertig geschnitten. Der Mozzarella ist natürlich laktosefrei«, verkündete Massimo stolz.

Mina strahlte.

»Ich weiß nicht, was ich sagen soll. Du bist immer so aufmerksam. So perfekt. Ich möchte aber, dass wir die Pizza zusammen essen. Park das Auto irgendwo, wo wir stehen bleiben können.«

Sie fanden einen Parkplatz in einer nicht weit entfernten Gasse. Es war gemütlich und warm in dem kleinen Auto, und sie aßen schweigend und sahen sich ab und zu an, um sicher zu sein, dass der andere auch wirklich da war, hier in diesem besonderen Restaurant.

Dann nahm Massimo den leeren Karton, warf ihn nach hinten und holte eine Flasche Coca-Cola hervor.

»Es war gar nicht so einfach, eine klassische Flasche aus Glas zu finden.«

»Hast du gut gemacht, das ist viel schöner.«

Es wurde still im Wagen, aber es war eine Stille voller Anspielungen und Bedeutung. Das Halbdunkel umfing sie wie eine schützende Umarmung, der Verkehrslärm schien immer weiter entfernt, und der ruhige Atem der beiden trat an die Stelle von Worten. Sie lehnten ihre Köpfe in die Polster, schauten sich an und wussten, dass sie diesen Augenblick nie vergessen würden. Ihre Blicke sagten, dass Zeit etwas Relatives war, das man nicht messen konnte. Dass es Momente gab, die einen ein ganzes Leben begleiten würden, weil sie für immer dazugehörten.

Sie wussten, dass sie sich küssen würden, aber zuerst umarmten sie einander, um sich näherzukommen und den magischen Moment hinauszuzögern. Alles erschien ganz neu, als ob es zum ersten Mal passierte –

das beste erste Mal, das es nur geben konnte –, sie vergaßen, dass sie auf einem Parkplatz im Auto saßen, Raum und Zeit spielten keine Rolle mehr.

Endlich küsste Massimo sie, es war ein inniger, intensiver, langer Kuss. Er legte ihr die Hand in den Nacken, strich ihr übers Haar, und sein Körper gab ihm zu verstehen, dass er mehr wollte, und Mina erging es ebenso.

Mehrmals sagte sie »Warte!«, als habe sie Angst, er könne plötzlich verschwinden und sie allein lassen, aber Massimo wollte nicht fort, denn in diesem Augenblick wollte er nirgendwo anders sein. Er zog sie an sich, drückte sie sanft, fuhr mit der Hand über ihren Rücken, wollte jegliches Gefühl von Kälte und Alleinsein vertreiben, ihr zeigen, dass er von nun an da wäre, um ihr Herz zu wärmen.

Es kommt vor, dass Menschen sich kennenlernen und in kurzer Zeit starke Gefühle füreinander empfinden. Solche Menschen fühlen sich so sehr als Einheit, dass sie glauben, nur für diese Gemeinsamkeit geboren und für immer ein Teil voneinander zu sein.

18
Schönheit hat immer eine Ausnahme verdient

Schon als Junge hatte Massimo, wenn er froh oder traurig gestimmt war, das Bedürfnis verspürt, einfach loszulaufen.

Er hatte es nach einer Prüfung in der Schule gemacht, vor der er große Angst gehabt, die er aber dann mit Auszeichnung bestanden hatte.

Zum Erstaunen seiner Klassenkameraden rannte er los, den Ranzen auf dem Rücken, in Jeans und mit Turnschuhen an den Füßen. Er rannte am Tiber entlang, nachdem Geneviève ihn zum ersten Mal verlassen hatte und auch beim zweiten Mal, in seiner Barista-Schürze. Einige Bewohner des Trastevere, die ihn in seiner langen Schürze wie einen Wilden rennen sahen, dachten damals, er verfolge einen Dieb, und liefen hinter ihm her, um ihm zu helfen, den Übeltäter zu fangen.

An diesem Morgen aber beschloss Massimo zu laufen, weil sein Herz vor Freude überquoll. Er hatte nur wenig geschlafen und ließ alles, was am letzten Abend geschehen war, noch einmal Revue passieren. Um vier Uhr stand er auf und rannte los. Er lief durch die leeren Straßen, hörte das Wasser der kleinen Rinnsale sanft gurgeln und plätschern, und es klang wie das leise Rasseln eines Neugeborenen.

Ganz Rom schlief noch, und es hing ein großer Friede über der Stadt, die in einen tiefen und erholsamen Schlaf gesunken war.

Massimo erinnerte sich plötzlich daran, wie er seinen Vater einmal gefragt hatte, warum man diese Hunderte Rinnsale nicht mit einem Wasserkran versehen könnte, um ihren Lauf aufzuhalten und weniger Wasser zu verschwenden. Daraufhin hatte der Vater ihm erklärt, durch dieses Bewässerungssystem würden die Kanäle der Stadt gereinigt und ständig durchgespült.

Der kleine Massimo war mit dieser Antwort nicht zufrieden; er sah zwar ein, wie nützlich dieses System war, hatte sich aber eine romantischere Erklärung gewünscht.

An jenem Morgen lief Massimo anderthalb Stunden und machte sich tausenderlei schöne Gedanken. Sie alle waren durchdrungen von der Fröhlichkeit, die Mina ausstrahlte. Als er wieder zu Hause war, duschte er, zog seine Arbeitskleidung an und ging zur Bar, um sie ein wenig früher zu öffnen als gewöhnlich.

Franco, der Konditor, kam kurz vorbei, um seine Lieferung zu bringen, danach wollte Massimo das Eisenrollo schon wieder herunterlassen, um alles in Ruhe vorzubereiten.

In diesem Augenblick sah er Mina kommen. Sie trug das Lächeln im Gesicht, zu dem allein sie fähig war und das sogar vor Sonnenaufgang schon strahlte. Sie überquerte den kleinen Platz und steuerte mit leichtem Schritt auf die Bar *Tiberi* zu.

Nachdem Mina hereingekommen war, ließ Massimo das Rollo wieder herunter und verstieß damit gegen die zweite der zehn goldenen Regeln, die sein Vater vor Jahren aufgestellt hatte: sich nie mit einer Frau in der Bar einzuschließen.

Der Grund hierfür war ganz einfach und ging auf ein Missgeschick zurück, das Massimos Vater, kurz nachdem er die Bar aufgemacht hatte, zugestoßen war. Eines Morgens wollte der alte Signor Tiberi das Gebäck in der Vitrine an der Theke ordnen – es war frühmorgens, und er war allein in der Bar –, als jemand an das Gitter klopfte.

Er dachte gleich, es sei Antonio, der Klempner, der sich mal wieder nicht an die Öffnungszeiten hielt, denn diese Unart gab es schon damals. So ging er und zog das Gitter hoch, aber als es halb oben war, sah er, dass es nicht Antonio war, sondern eine wunderschöne junge Fremde, der offenbar schwindlig geworden war und die sich in der Bar ausruhen wollte. Signor Tiberi, der ein rührend gutes Herz hatte, wollte sie nicht allein draußen in der Kälte lassen und gewährte ihr Unterschlupf.

Vom nächsten Tag an redete man im Viertel über nichts anderes als über den Barista, der sich jeden Morgen vor Öffnung seiner Bar offenbar mit einer jungen, abenteuerlustigen Touristin amüsierte.

Daraufhin ließ die Signora Tiberi ihren Mann erst einmal für eine Woche auf dem unbequemen Wohnzimmersofa schlafen.

Irgendwann war die ganze Geschichte dann in Vergessenheit geraten, aber die Regel galt nun ein für alle Mal und der alte Tiberi hatte sie seinem Sohn immer wieder eingeschärft: sich nie in der Bar mit einer Frau einschließen, komme, was da wolle. Auch jetzt glaubte Massimo, die warnende Stimme seines Vaters zu hören, aber es war vorauszusehen, dass ihm die Regel in diesem Moment ganz egal war, denn Schönheit hat immer eine Ausnahme verdient, und Mina war schön wie ein Sonnenuntergang über dem Meer, der sogar den größten Spötter staunend verstummen lässt.

Er wollte einfach nur mit Mina allein sein, diesem Tag einen Sinn geben, vom ersten Kaffee am Morgen an, doch dieser sollte mit viel Wasser gemacht sein, ein *americano*, einer von denen, die kein Ende nehmen, denn wenn die Mischung stimmt, bleibt ein Kaffee immer ein Kaffee, auch wenn man heißes Wasser dazugibt.

»Was machst du hier schon so früh?«, fragte er.

Mina legte ihm die Arme um den Hals und sah ihm in die Augen, die ihr vorkamen wie zwei große Kaffeebohnen. »Ich bin aufgewacht und hab vom Fenster aus den stillen Platz und die kleine Bar gesehen, und ich kam mir vor wie in einem schönen Traum. Und dann sah ich, dass schon Licht war in der Bar, hab mich schnell angezogen und bin gekommen, um zu sehen, ob du Lust hast, mit mir gemeinsam zu träumen.«

Massimo streichelte ihr über die Wangen und kniff sie leicht in den Arm.

»Au, was machst du da?«

»Ich wollte dir nur beweisen, dass dies kein Traum ist. Das Schönste kann manchmal auch Wirklichkeit sein.«

Sie rieb sich über die Stelle, an der er sie gekniffen hatte. »Und was ist das Schönste, du vielleicht?«

Massimo zog sie an sich. »Nein, das Schönste sind wir beide.«

Dann drückte er sanft seine Lippen auf die von Mina und schloss die Augen, um diesen wahrhaft vollkommenen Augenblick zu genießen, der noch auf Besseres hoffen ließ.

19
Ein Schutzengel

Wie gern hätte Massimo die Sanduhr hingelegt, um die Zeit anzuhalten, die ganze Welt aufzuhalten, damit alles so blieb, wie es in diesem Moment war.

Doch die Zeit schritt unaufhörlich voran und das Weihnachtsfest rückte immer näher. Mina hatte tausend Kunden im Laden, viel mehr als sonst, und ihre Arbeitstage nahmen gar kein Ende. Sie hatte Massimo oft erzählt, wie müde sie abends immer war. Doch was sie mit ihm erlebe, gäbe ihr übermenschliche Kräfte, mit denen sie Berge versetzen könnte und in der Lage wäre, einen Monat unentwegt zu laufen, ohne auch nur eine Minute zu schlafen (laufen hieß hierbei, einen Meter über dem Boden zu schweben, wie es nur Verliebte tun, wobei der Energieverbrauch weit über der Norm liegt).

Massimo tat nichts lieber, als sich um sie zu kümmern, er wusste, welche Tramezzini sie am liebsten aß, und legte stets zwei für sie zurück, damit immer etwas da war, wenn sie Hunger hatte. Dazu brachte er ihr ein großes Glas frisch gepressten Orangensaft.

Der Orangensaft war Ausdruck einer ganz besonderen Zuneigung. Alle in der Bar *Tiberi* wussten, dass Massimo seine Zubereitung hasste.

Die alten Stammgäste nutzten nun jede Gelegenheit, um ihn damit aufzuziehen. »He, Mino, was ist los, du bist ja plötzlich der König des Orangensafts. Wenn ich mal einen will, sagst du immer: ›Du wohnst doch gleich um die Ecke, mach dir zu Hause einen, dann sparst du viel Geld!‹« Carlotta, die sich über das schöne Tuch aus Minas Geschäft sehr gefreut hatte und nun große Loblieder auf den Laden mit den feinen Stoffen und Schals sang, war froh, ihren Bruder so glücklich zu sehen.

Gleichzeitig hatte sie manchmal ein bisschen Angst, der gutmutige Massimo könnte wieder so einen Reinfall erleben wie mit Geneviève. Deswegen hielt sie sich etwas zurück und hütete sich, das Feuer weiter anzufachen. Dafür sorgten nämlich die anderen schon, die den bis über beide Ohren verliebten Massimo bei jeder Gelegenheit aufzogen. Sogar Buh, der Professor aus Pakistan, fing an, typisch römische Witze zu reißen, und meinte, dass sein Lieblingsbarista in letzter Zeit offenbar plötzlich zu einem weltbekannten Modeexperten geworden sei, der alles über Haute Couture und Prêt-à-porter wisse.

Dann kam der gefürchtete Moment, in dem Mina sich verabschieden musste, weil sie über Weihnachten zu ihrer Familie nach Verona fahren wollte. Es ging nur um wenige Tage, aber wie man weiß, begreifen Verliebte gar nichts und machen aus einer Mücke einen Elefanten. Da nützte es auch nichts, ihnen zu sagen, dass sie sich erst seit einem Monat kannten, und da sie es in den letzten dreißig Jahren auch ohneeinander geschafft hätten, würden sie mit einiger Wahrscheinlichkeit auch diesen schrecklichen Moment ohne schlimme Folgen überstehen.

Es war der 24. Dezember. Mina war noch bis mittags im Laden, danach wollte Massimo sie zum Bahnhof bringen. Vor lauter Aufregung bekam er Magenschmerzen, während er auf sie wartete. Am schlimmsten war für ihn, dass er sie nur noch kurz sehen konnte, gerade lang genug, um Abschied zu nehmen. Dass er nicht mehr die Zeit haben würde, dies vor einer so langen Trennung in gebührender Weise zu tun, machte ihn ganz schwermütig. Er bemühte sich, gute Miene zum bösen Spiel zu machen, schließlich wollte er die allgemeine Festtagsstimmung, die überall herrschte, nicht vermiesen.

Massimo hatte sich immer gefragt, ob Weihnachten die Menschen und die Stadt besser und magischer machte oder ob es die Menschen und die Stadt waren, die für die Magie an Weihnachten sorgten. Fest stand jedenfalls, dass das nahende Weihnachtsfest die Stammgäste der Bar *Tiberi* zwar verändert, aber nicht unbedingt besser gemacht hatte. Weiterhin rissen sie ihre Witzchen und zogen Massimo nach Strich und Faden auf.

Carlotta hatte die Bar geschmückt wie einen Weihnachtsbaum, und auch Marcello hatte sie ein tragende Rolle zugedacht. Der arme Kerl hatte sich, um seiner Verlobten einen Gefallen zu tun, bereiterklärt, während der Arbeit eine Weihnachtsmannmütze aufzusetzen, und zog den Spott derer auf sich, an denen Weihnachten abperlte wie Wasser an einem Regenmantel. Am gemeinsten war Riccardo, der Friseur, der sofort durch die Bar rief:

»He Marcello, diese Mütze solltest du immer tragen. Du wirkst darin so richtig intellektuell.«

Und wenn Riccardo mit seinen Späßen anfing, fielen die anderen sofort ein. Diesmal war es Luigi, der Schreiner:

»Ja, genau, du könntest direkt der kleine Bruder von Richard David Precht sein, auf dem Weg nach Lappland.«

Alles grölte vor Lachen.

Die meisten Fremden, die sich in der Ewigen Stadt niederlassen, folgen dem beliebten lateinischen Sprichwort »Wenn du nach Rom kommst, werde wie die Römer«, und auch die Neuankömmlinge in der Bar *Tiberi* waren stets bereit, sich mit der örtlichen Fauna zu vermischen. Professor Buh war da auch keine Ausnahme.

»Nicht Marcellos Mütze ist seltsam, sondern dass Luigi, der Schreiner, weiß, was intellektuell bedeutet«, erklärte er und hob den Zeigefinger.

»Ja. Unglaublich, dass Luigi, der Schreiner, weiß, wer Richard David Precht ist«, meinte jetzt auch der römisch-chinesische Tabakhändler, der gerne seinen Senf dazugab.

Jetzt fühlte sich Luigi, der Schreiner, nun doch in seiner Ehre angegriffen und verteidigte sich mit Zähnen und Klauen, allerdings wurde dadurch alles nur noch schlimmer.

»Klar weiß ich, wer dieser Precht ist, schließlich sehe ich auch die Werbung im Fernsehen.«

Massimo schaute all dem schweigend zu. Er hatte wichtigere Dinge im Kopf. Gleich würde er Mina sein Weihnachtsgeschenk überreichen. Einerseits konnte er den Moment kaum erwarten, andererseits fand er den Gedanken, sie ein paar Tage nicht zu sehen, unerträglich. Nicht nur, weil er wegen des für Verliebte typischen Mechanismus von Abhängigkeit und Entzug hin- und hergerissen war. Er hatte vor allem Angst, dass die bösen Geister wieder auftauchten und in Minas Abwesenheit mit neuen Folterinstrumenten über ihn herfielen.

Es war nichts zu machen, er hing an diesem Mädchen in einer Weise, die der gute Dario, Friede seiner Asche, ziemlich nervend gefunden hätte. Immer wieder stellte sich Massimo vor, dass sein Freund wie in den guten alten Zeiten alles kommentierte, was in seinem Leben geschah.

»Da hast du dich wieder mal ganz schön in die Nesseln gesetzt, mein Junge. Mach nur so weiter, dann steht dir bald das Wasser bis zum Hals.«

Ja, es war wieder passiert. Massimo wusste, dass er sich erneut bis über beide Ohren verliebt hatte und nichts dagegen tun konnte. So war er nun mal. Es war ihm nur ganz selten im Leben passiert, aber wenn Amor ihn am Wickel hatte, dann ging er mit Dart-Pfeilen auf Elefantenjagd.

Was hätte sein alter Freund wohl dazu gesagt, wenn er erfahren hätte, dass Mina ihm gestern Abend die Schlüssel zu ihrer Wohnung gegeben und gemeint hatte: »Wenn irgendwas ist, während ich weg bin, kümmere du dich darum.«

Sie konnte ja nicht wissen, dass Massimo, was diese Wohnung anging, ein Geheimnis hütete.

Ihre Liebesgeschichte trug zunehmend die Züge einer französischen Komödie, bei der ein paar nicht ganz unerhebliche Dinge, die man aus Sorglosigkeit oder Angst verschwiegen hat, später an die Oberfläche kommen und alles zu zerstören drohen.

Zwar hatte Massimo bei ihrem Essen im indischen Restaurant mit Mina über Geneviève gesprochen, wenn er aber jetzt im Nachhinein daran dachte, wurde ihm klar, dass er ein paar wesentliche Dinge ausgelassen hatte, und so konnte Mina nicht wissen, dass sie ihre Wohnung ausgerechnet von Massimos früherer französischer Freundin gemietet hatte.

Mina hatte ihm erzählt, sie habe die Wohnung über einen Makler aus Rom gemietet, und es hatte sie wohl kaum interessiert, wem die Wohnung eigentlich gehörte. Schon gar nicht hatte sie auf den Namen geachtet.

Irgendwie war Massimo etwas mulmig zumute gewesen, als Mina ihm den Schlüssel zum Haus in die Hand gedrückt hatte, aber er hatte keine Lust gehabt, mit ihr über diese Dinge zu reden, die schließlich ja auch der Vergangenheit angehörten.

Dies alles ging Massimo durch den Kopf, als er jetzt am Tresen stand, mit halbem Ohr auf das übermütige Gefrotzel in der Bar hörte, und das Gute an diesem Geschwätz war ja, dass er ohne größere Probleme seinen eigenen Gedanken nachhängen konnte.

Dann war der gefürchtete Moment gekommen, und er überließ die Bar den ungeschickten Händen von Marcello und der unerbittlichen Herrschaft der Königin und sprang ins Auto, um Mina im Laden abzuholen.

Auf dem Weg zum Bahnhof amüsierte sich Massimo über Minas Reaktion auf den wilden Autoverkehr der Hauptstadt und nahm sich vor, bald einmal mit ihr nach Neapel zu fahren. Wie durch ein Wunder fanden sie einen Parkplatz hinter dem Bahnhof, und

Massimo dachte wieder einmal voller Dankbarkeit an Tonino, den Automechaniker, und seinen gebrauchten Fiat, als er sich jetzt in die winzige Parklücke quetschte.

»Ich weiß nicht, ob ich es schaffe, dich bis zum Bahngleis zu begleiten, Mina.«

»Nein, nicht zum Bahnsteig. Da muss ich immer an Anna Karenina denken, Bahngleise sind zu traurig.«

»Na ja, hier ist es auch nicht viel besser«, sagte Massimo und sah auf den öden Bahnhofsvorplatz, »aber wenn du da bist, sieht alles gleich viel schöner aus.«

Sie küsste ihn, und ihre Augen versicherten ihm, dass sie bald wieder da wäre und die wenigen Tage der Trennung ihre Beziehung nur festigen konnten.

»Ich würde dich am liebsten mitnehmen!«, sagte sie dann.

Massimo zog sein Päckchen aus der Tasche. Sie nahm es und strahlte wie ein Kind.

»Ich glaube, es kann dir in Zeiten der Trennung nützlich sein«, meinte er, bevor sie es öffnete.

»Das ist ja wunderschön«, rief sie aus, »ich habe mir so etwas immer gewünscht, wie hast du das nur gewusst?«

»Ich wusste es nicht. Aber ich habe jemanden gesehen, der es trug, und da habe gleich an dich gedacht. Wenn ich dich schon nicht beschützen kann, weil du wegfährst, dann wird es mein Schutzengel tun.«

Es war ein Engelsrufer, ein Glöckchen aus zwei kleinen Silberkugeln, eine in der anderen, die man eigentlich in der Schwangerschaft trug, damit das Ungeborene im Bauch der Mutter immer, wenn sie sich bewegte, die sanften Klänge hörte.

Anscheinend beruhigen sich Kinder, wenn sie den Engelsrufer hören, und fühlen sich von einer himmlischen Macht geschützt. Und Massimo, der sich immer Gedanken um Gina machte und der nicht wollte, dass ihr etwas zustieß, während er nicht da war, hatte solch einen Schutzengel für das passende Geschenk gehalten. Dann hätte sie immer jemanden dabei, der auf sie aufpasste.

Mina umarmte ihn. »Danke, das ist so eine liebe Idee. Aber ich hätte im Notfall natürlich lieber dich in meiner Nähe.«

Es war Zeit, sich zu verabschieden. Massimo zog Mina an sich, um sie zu küssen, aber dann hielt er einen Moment inne. Sie suchten sich mit den Augen und sahen sich nur an wie an jenem ersten Abend im Auto, und schließlich atmeten sie tief ein und gaben sich einen zarten Kuss auf den Mund, der bedeutete: Ich bin bei dir und ich bleibe bei dir.

20
Zwischen den Jahren

Massimo verbrachte die Feiertage immer bei seiner Schwester, sie war schließlich seine einzige Verwandte, und jetzt war noch Marcello zu ihnen gestoßen, der nicht wusste, was er mit sich anfangen sollte, und sich an Carlotta klammerte wie ein Schiffbrüchiger an seine Planke.

Carlotta gehörte nicht zu den Frauen, die gerne am Kochtopf stehen, deshalb bestellten sie das Essen für Heiligabend und für den ersten Feiertag in einem Restaurant, dessen Besitzer sie gut kannten. Massimo bekam, was er sich in diesen Tagen wünschte: Ruhe, Erholung und Unbeschwertheit. Seit er erwachsen war, hatte er eine Abneigung gegen Weihnachtshysterie und tausend Geschenke entwickelt, umso mehr genoss er die friedliche Zeit zwischen den Jahren.

Am Tag des heiligen Stephanus besuchte er einen Freund und stets gern gesehenen Gast der Bar *Tiberi*, der lange nicht mehr dort gewesen war.

Es war der Dichter und Kunstkritiker Giuseppe Selvaggi, und Massimo hat ihn erst später im Leben kennengelernt.

Wie alles, was die Beliebtheit des Baristas ausmachte, der jeden Tag so treu hinter seinem Tresen stand, hatte auch die erste Begegnung mit dem Dichter etwas Magisches und stand vermutlich in den Sternen.

Giuseppe, der damals schon alt war, hatte gerade eine Operation hinter sich, durch die er vorübergehend erblindet war, was seine Empfindsamkeit noch verstärkte. Nach und nach war es ihm besser gegangen, er gewann sein Augenlicht zurück, und dann kam der Tag, als er zum ersten Mal wieder allein nach draußen ging. An jenem Frühlingsmorgen, der für ihn eine so außerordentliche Bedeutung hatte, führte ihn sein Weg zufällig an der Bar *Tiberi* vorbei. Massimos Kaffee war der erste, den er in einer Bar trank, als er wieder sehen konnte. Deshalb verspürte er gleich eine große Sympathie für den aufgeweckten jungen Mann hinter dem Tresen, der ihm gar nicht wie jemand vorkam, der von Geburt an dazu bestimmt war, Kaffee zu kochen, und doch so einen wunderbaren Cappuccino zubereitete, dass er das Gefühl hatte, nie einen besseren getrunken zu haben.

Nachdem er so manchen Kaffee getrunken und viele Gespräche mit Massimo geführt hatte, sagte Selvaggi eines Tages lächelnd zu ihm:

»Meine Tochter fragt mich immer: ›Warum trinkst du deinen Kaffee nicht zu Hause? In der Bar ist doch immer so ein Betrieb, du kannst ihn doch gar nicht genießen.‹ Dann antworte ich ihr, dass die Begegnung mit dir für mich ein großes Glück ist.«

Der alte Dichter sah Massimo ernst an. »Für die Italiener ist es immer so wichtig, Erfolg zu haben, bei der Arbeit, in der Liebe oder mit einem Sechser im Lotto. Aber ich weiß, dass ich noch viele schöne Stunden mit dir haben werde, Barista.« Und er sollte recht behalten. Die beiden wurden gute Freunde, und der Professor, wie Massimo ihn respektvoll nannte, lud den jungen Mann oft zu sich nach Hause ein, wenn die Bar geschlossen war. Dann erzählte er ihm bei einem Glas guten Rotweins, wo er im Krieg gewesen war oder wie er einmal einen berühmten Mafia-Boss interviewt hatte.

Der Dichter und der Barista redeten über Gedichte, Kunst, über das Leben und die Liebe, und es waren immer ganz besondere Abende.

Dann klingelte eines Morgens in der Bar *Tiberi* das Telefon. Die Tochter des Professors war am Apparat und sagte, dass ihrem Vater ein Unglück widerfahren sei. Massimo ging schnell zum Haus des alten Freundes, und als er sich neben ihn auf das Sofa setzte, erkannte er, dass es seinen Professor nicht mehr gab. An seinem Platz saß ein zerstreuter alter Mann und sagte zu ihm: »Endlich bist du gekommen, der Boiler, für das Badezimmer, den du eingebaut hast, funktioniert nicht.«

Da gab Massimo ihm einen Kuss auf die Wange, umarmte ihn fest zum Abschied und ging. Als er allein im Aufzug war, weinte er.

Zwei Tage später starb der Professor. Da blieb ihm nichts anderes übrig, als ihm den ersten Kaffee am Morgen zu widmen.

An diesem Tag des heiligen Stephanus blieb er noch lange auf dem Friedhof, freilich nicht, weil es ein so fröhlicher Ort war, sondern weil er inzwischen so einige Freunde dort hatte. Zuerst ging er zum Professor, dann zu Dario, dann zu der Signora Maria, die früher in dem Haus gegenüber der Bar gewohnt und um die er sich immer gekümmert hatte, und schließlich zu seinen Eltern.

Als er am nächsten Morgen wieder die Bar aufschloss, vermisste er Mina sehr, aber jetzt würde es nicht mehr so lange bis zu ihrer Rückkehr dauern, der erste Abschiedsschmerz war vorüber und nun war er bereits in der Phase, in der man die Abwesenheit des anderen nutzt, um sich auf dessen Rückkehr zu freuen.

An diesem Tag herrschte in der Bar *Tiberi* eine friedliche Stimmung, die üblichen Gäste waren gekommen und andere, die länger nicht mehr da gewesen waren, wurden freudig begrüßt. Auch Spartaco ließ sich endlich mal wieder blicken.

Roberto Spartaco, den die anderen nur Spartaco, den Schnorrer, nannten, gehörte zu jenen, die einen fragen: »Hör mal, ich schulde dir doch noch fünf Euro, oder? Leih mir noch mal fünf, dann sind es zehn.«

Er war früher LKW-Fahrer gewesen und ein enger Freund von Antonio, dem Klempner, und bei den Frauen des Viertels galt er als der ideale Held einer Liebesgeschichte.

Immer, wenn er Massimo sah, fragte er ihn: »Wie läuft's denn so im Kaffeegeschäft? Wenn du immer noch hier stehst, wohl nicht so gut, was?« Dann sah er sich die Schlagzeilen und die Fotos im *Corriere dello sport* an. Bücher las er nie, er wartete lieber darauf, dass ein Roman verfilmt wurde, um zu erfahren, wie die Geschichte ausging. Lesen lag ihm einfach nicht.

Spartaco hatte eine Frau, und oft hörte man ihn sagen: »Ich habe einfach zu spät geheiratet!«

Wenn Luigi, der Schreiner, ihn dann daran erinnerte, dass er doch mit zwanzig geheiratet habe, grinste er und meinte nur: »Ja, aber wenn ich früher geheiratet hätte, dann hätte ich die Strafe schon hinter mir.«

In Wahrheit liebte Spartaco seine Frau, aber eben auf seine Weise. Manchmal wurde er geradezu lyrisch, wenn er von ihr sprach. Er war immer auf der Suche nach Glück, aber »mit dem Geld der anderen«, und er machte sich den Spruch »Glück im Spiel, Pech in der Liebe« zu eigen. Seit Jahren kaufte er sich jeden Morgen ein Rubbellos, kam damit in die Bar und rubbelte das Gewinnfeld frei. Dies war einer der Gründe, weshalb Massimo in der Bar einen Defibrillator angebracht hatte – nur für den Fall, dass er jemals gewann.

An diesem Morgen ereignete sich ein kleines Wunder. Spartaco gewann fünfzig Euro und lächelte selig. Aber er hielt sich zurück mit seiner Begeisterung, vielleicht, weil er ahnte, dass sich gleich alle möglichen Hände heben und Schulden einklagen würden. Da klingelte plötzlich sein Handy, er las den Namen, sah sich verwirrt um und fragte sich, wo der Spion versteckt war.

»Hallo, der Einkauf? Ja, ja, ich bin doch schon unterwegs. Natürlich denke ich an die Milch. Die Blutdrucktabletten für deine Mutter? Klar, ich gehe danach in die Apotheke. Reinigung? Nein, kein Problem, die liegt ja auf dem Weg. Nein, ich vergesse deine Zigaretten nicht. Kein Problem, meine Liebe. Soll ich dir eine Illustrierte mitbringen? Nein, ach so, du hast sie schon beim Friseur gelesen. Also gut, ich bringe dir trotzdem die *Gala* mit, dann hast du was zu schmökern. Ja, wenn du noch was brauchst, ruf einfach an! Ciao.« Sein Lächeln war verschwunden.

Spartaco sah Massimo an, steckte seufzend sein Telefon in die Tasche und wurde poetisch. »Wenn ich lächele, ruft sie mich an und macht mich traurig, denn nach dem Sonnenuntergang gibt es nur Regen.« Mit diesen Worten verließ er die Bar *Tiberi*, in der so viele Anekdoten zu Hause waren – von Leuten, die man gut kannte, und Leuten, die man aus den Augen verloren hatte. Denn die kleine Bar *Tiberi* war wie die Stadt Rom; immer gab es neue Überraschungen, man konnte ein Leben lang dort Kaffee trinken und jeden Tag Geschichten hören, die man noch nicht kannte. Hier trafen sich alle, hier wurden Spitznamen erfunden und Schicksale geteilt.

Die Geschichte des Viertels wurde in der Bar *Tiberi* geschrieben, und manchmal war Massimo ein wenig stolz auf sich. Immerhin machte er den berühmtesten Kaffee Roms. So mancher seiner Kaffeekreationen wurde nachgesagt, dass sie eine besondere Wirkung hatten, ja, dass man sich gar verlieben würde, wenn man sie trank.

Massimo stand in Gedanken versunken hinter dem Tresen und lächelte. Er wusste, dass man letztlich einfach nur lieben musste, um guten Kaffee zu machen.

An den Tagen zwischen den Jahren tauchen manchmal auch Gespenster aus der Vergangenheit auf. Diesmal geschah jedoch nichts dergleichen. Vielleicht, weil Minas Abwesenheit die ganzen Gedanken unseres sehnsüchtigen Baristas in Anspruch nahm, vielleicht, weil sich die Geister geschickt verbargen. Jedenfalls war Massimo in friedlicher Stimmung und ahnte nichts.

21
Römische Gitarre

Dreimal am Tag telefonierte Massimo mit Mina, ein unverzichtbares Heilmittel, das er nach den Mahlzeiten einnahm. Marcello zog ihn jedes Mal auf, wenn er glückstrahlend vom Telefonieren zurückkam, und meinte, diese Anhängigkeit würde noch ein böses Ende nehmen. Aber was wissen normal Sterbliche schon, wenn es um das höchste aller Gefühle geht.

Am Abend des 30. Dezember kam Mina zurück, und Massimo wartete mit klopfendem Herzen am Bahnhof Roma Termini auf sie. Er hatte eine Willkommensüberraschung bei sich, die eine echte Liebeserklärung war. Mina hatte ihm am Telefon gesagt, dass sie nichts zu Mittag gegessen hätte und fast stürbe vor Hunger. Daraufhin war Massimo zu dem indischen Restaurant gegangen, wo sie sich zum ersten Mal verabredet hatten, und hatte ein Probiermenü zum Mitnehmen geholt.

Mina war ziemlich überrascht, als Massimo, der sie mit einer langen Umarmung und einem noch längeren Kuss begrüßt hatte, die Wagentür aufriss, damit sie einsteigen konnte, dann ein Tischtuch, Gedecke und Gläser hervorzauberte, alles auf ihrem Schoß aufbaute und sagte: »Das Abendessen ist angerichtet, Signorina.«

Mina war sprachlos, gerührt, und eine kleine Träne des Glücks lief ihr über die Wange.

Massimo wischte ihr die Träne mit dem Zeigefinger weg. »Na, na. Weinst du etwa? Hättest du lieber eine Pizza gehabt?« Er lächelte, und dieses Lächeln gefiel Mina vielleicht noch besser als das Essen, das Brot und das Gedeck. Sie war hingerissen von diesem römischen Lächeln, das unbefangen und zugleich zärtlich war.

Sie drehte sich vorsichtig zu ihm um und umarmte Massimo ganz fest.

»Nein, du Dummkopf. Alles ist perfekt, ich weine nur, weil noch nie jemand so etwas Schönes für mich gemacht hat.«

Massimo strich ihr über den Rücken und freute sich, dass seine Überraschung gelungen war.

»Du wirst dich daran gewöhnen müssen, dies ist erst der Anfang. Den Nachtisch gibt es ein anderes Mal, und natürlich fehlt noch ein Kaffee, aber den bereite ich dir selbst zu, so schlecht ist mein Kaffee ja nicht, wie man hört.«

Mina seufzte glücklich. »Du hast mir so gefehlt!«, sagte sie dann, und Massimo antwortete: »Du bist nicht die beste aller Frauen, du bist das Beste von allem.«

Zu Silvester und Neujahr unternahm Massimo normalerweise nichts Besonderes. Er machte sich nichts aus Gala-Diners, Silvesterbällen oder pompösen Konzerten – alles Veranstaltungen, »die einem auf die Eier gehen«, wie sein alter Freund Dario es einmal so treffend formuliert hatte.

Meistens blieb er nicht einmal bis Mitternacht wach, so müde war er. Das war auch kein Wunder, schließlich stand er morgens um halb fünf auf, arbeitete zehn Stunden am Stück, und wach zu bleiben, bis es endlich zwölf Uhr schlug, kam ihm vor wie eine Herkulesaufgabe.

Wenn ihn jemand fragte, wie er Silvester verbracht habe, antwortete er immer: »Eigentlich feiere ich gerne, aber lieber allein.«

Als Mina ihn nun fragte »Was machen wir eigentlich an Silvester?«, konnte Massimo schlecht sagen: »Ach, lass uns einfach in deine oder in meine Wohnung gehen und die ganze Nacht miteinander verbringen, denn das wäre mein sehnlichster Wunsch …«, und so dachte er sich schnell einen Plan B aus.

Als Erstes fiel ihm ein Abendessen im Restaurant *Da Albertone* ein. Der Restaurantbesitzer war ein Freund seiner Eltern, und sein Restaurant galt als eines der besten in Rom.

Wie an jedem Morgen war Alberto auch an diesem letzten Tag des Jahres in die Bar *Tiberi* gekommen, um seinen Kaffee zu trinken, und hatte Massimo einen Flyer mit dem Menü seines Silvesteressens dagelassen. »Du weißt ja, auch wenn du dich erst zehn Minuten vor Mitternacht entscheidest, für dich haben wir immer einen Tisch«, hatte er gesagt.

Massimo lächelte freundlich und steckte den Flyer in seine Hosentasche. Als Mina ihn dann aber eine halbe Stunde später fragte, was denn ihre Pläne für Silvester seien, konnte Massimo nicht anders, als Albertos Flyer aus der Hosentasche zu ziehen und ihn dieser bezaubernden Frau zu überreichen, die das neue Jahr mit ihm beginnen wollte. »Ich hatte gedacht, wir könnten hier feiern. Das Restaurant gehört einem alten Freund, es ist sehr schön dort, und das Essen ist ausgezeichnet.«

Mina antwortete mit dem Satz, den jeder Mann gerne hört, der einigermaßen romantisch veranlagt ist: »Mir ist alles recht, Hauptsache, ich bin mit dir zusammen.«

Da tat Massimo etwas, was er noch bei keiner Frau gemacht hatte, nicht einmal bei Geneviève.

Der Barista war immer sehr zurückhaltend, besonders wenn es um persönliche Dinge ging. Er war der Einzige in Trastevere, über den es keine Gerüchte und keinen Tratsch gab. Er galt als ein Mann, dem man nichts nachsagen konnte, und selbst wenn er eines Tages nackt durch die Straßen von Trastevere gerannt wäre, hätten die Leute gesagt: »Das soll Massimo sein? Nein, das kann nicht sein, es sei denn, er dreht gerade einen Film.«

Als Carlotta, Marcello und die anderen Stammgäste nun sahen, wie er hinter dem Tresen hervorkam, Minas Hand nahm, mit ihr auf die Mitte der Piazza ging und sie dort vor aller Augen leidenschaftlich küsste, musste selbst Riccardo, der Friseur, zugeben: »Wenn das Massimo passiert ist, dann gibt es für uns alle noch Hoffnung.«

Es wurde ein schöner Abend, das Essen war gut und reichlich. Und während sie Kutteln auf römische Art, die traditionellen Linsen mit Kochwurst, Rigatoni und Lammbraten schmausten, wurde es Mitternacht.

Nach dem Silvester-Trinkspruch sorgte Alberto selbst für die Unterhaltung seiner Gäste, nahm die Gitarre und begrüßte das neue Jahr mit römischen Canzoni. Dabei ging er singend zwischen den Tischen hin und her.

Das berühmteste Lied von allen sang er am Tisch von Massimo und Mina und sah dabei seinem jungen Freund fest in die Augen.

In diesem Moment war Massimo plötzlich ganz woanders, sein Geist, seine Seele und auch ein Teil seines Herzens lagen unter einem weißen Leintuch auf einer Terrasse – in einer Augustnacht unter einem römischen Sternenhimmel, in einem Sommer, der so weit zurückzuliegen schien, dass es ihn vielleicht nie gegeben hatte.

Doch manchmal genügt eine Hand, um gerettet zu werden. Mina verschränkte ihre Finger mit den seinen, und da kehrte Massimo zu ihr zurück, er sah sie an, als sehe er die Madonna, und sang mit Alberto die letzte Strophe der berühmten Canzone *Nina nun fa' la stupida stasera*.

Es war gegen zwei Uhr morgens, als sich Mina und Massimo von Alberto verabschiedeten und Hand in Hand das Restaurant verließen. Die Musik der Silvesterbälle wurde allmählich leiser, Gruppen von lärmenden Jugendlichen liefen von einer Diskothek zur nächsten.

Massimos Schritt wurde langsamer. Sie näherten sich einer Pension mit dem Namen *La camera rosa*, einem winzigen Zwei-Sterne-Hotel, eines von jenen, in dem einem kein Champagner aufs Zimmer gebracht wird. Dorthin zu gehen schien ihm ideal, er wollte heute Nacht nicht in einer ihrer Wohnungen sein. Am Hoteleingang blieb er stehen, nahm Minas beide Hände und sagte: »Lass uns hier übernachten. Ich möchte mit dir schlafen.«

Sie sah ihn lächelnd an. »Hier? Warum denn gerade hier an diesem Ort? Können wir nicht nach Hause gehen?«

Das Zimmer war einfach eingerichtet, es erinnerte Massimo an die Kabine eines Kreuzfahrtschiffes, vielleicht, weil er davon träumte, selbst einmal auf eine Seereise zu gehen.

Massimo und Mina sprachen nicht, als sie ins Zimmer traten mit dem Gefühl, dass in diesem Moment etwas Neues begann, zugleich war dieses Neue ihnen schon ein wenig vertraut. Und doch war es für sie neu wie beim ersten Kuss, sie genossen die Aufregung des Unbekannten, das seine Wurzeln in tiefer Urzeit zu haben schien.

Massimo streichelte ihre Wange und küsste sie zärtlich.

Langsam zogen sie sich aus, ohne Eile, ohne Hast, sondern in aller Ruhe und mit dem Gefühl, etwas Heiliges zu vollziehen.

Sie legten sich unter die Decke und umarmten einander fest, nicht, weil es kalt war, sondern um zu sehen, ob ihre Körper gut zueinanderpassten.

Sie küssten und streichelten sich, als müssten sie die Grenze überwinden, die aus ihnen zwei verschiedene Personen machte.

»Mina«, sagte Massimo leise. »Ich will dich ganz und gar.«

Und da legte sich Mina auf ihn, und damit war auch die letzte Schranke gefallen. Sie erkannten, dass sie beide ihren Weg gegangen waren mit dem einen Ziel, sich hier zu treffen, eine Einheit zu werden und von jetzt an denselben Weg zu gehen.

In dieser Nacht stellte Massimo fest, dass es nicht nur am Himmel Sternbilder gab, sondern dass sie auch auf dem Körper einer Frau zu entdecken waren und ein Mann sie mit den Lippen zählen konnte.

Am Ende war Mina schon ganz kalt, sie setzte sich auf und bat Massimo, die Augen zu schließen. Er sollte ihr auch versprechen, sie nicht zu öffnen, und er hielt sich zunächst auch daran. Aber wie bei Orpheus und Eurydike konnte er sein Versprechen nicht halten und sah sie an, weil er sie so sehr liebte, aber glücklicherweise stürzte Mina deswegen nicht in den Hades hinab.

Das Schönste an dieser letzten Nacht des alten und der ersten des neuen Jahres war für Massimo jedoch, sie aufstehen und ganz nackt und unbefangen ins Badezimmer gehen zu sehen, ohne Verlegenheit, aber mit einem Lächeln, so als wäre die Liebe mit ihm das Natürlichste auf der Welt und so selbstverständlich wie wie Atmen.

Er lehnte sich in den Kissen zurück und wartete, bis sie aus der Dusche kam. Als sie das Wasser abgestellt hatte und den Vorhang beiseiteschob, nahm er ein Handtuch und legte es ihr um die Schultern.

In diesem Moment bemerkte er, dass auf ihrer rechten Schulter der Buchstabe M eintätowiert war.

»Was ist das?«, fragte er.

»Der Anfangsbuchstabe meines Vornamens.«

Massimo lächelte. »Nein, es ist der Anfangsbuchstabe von meinem Namen. Du wusstest, dass du mir eines Tages begegnen würdest, du hast auf mich gewartet.«

22
Wie schön es ist, sich am Abend zu lieben

Nach dieser Nacht geriet alles in Bewegung, sogar das Wasser des Tibers floss aufgeregter durch Rom, und der Kaffee schien ungeduldig in der Tasse zu schaukeln. Zur Mittagszeit packte Massimo ein paar Tramezzini ein, und unter den erstaunten Blicken der Stammgäste verließ er die Bar, um zu seiner Liebsten zu eilen. Diese hatte sich in ihrer Boutique für die Mittagspause eingeschlossen und wartete bereits, um ihn und die Tramezzini zu verspeisen.

In einem Rausch der Farben, zwischen zarten und schweren Stoffen liebten Massimo und Mina sich, auf dem Boden, auf dem Sessel, vor dem Regal mit den Tüchern, die über ihnen hingen wie ein sanfter Regen geometrischer Muster und besonderer Malereien.

Es war ein Sturm der Liebe, der auf seinem Weg Glücklichsein, Lachen und den Wunsch hinterließ, sich wieder und wieder ins Auge des Zyklons zu begeben.

Die schönsten Stunden jedoch waren die, welche Mina und Massimo in dem rosafarbenen Zimmer verbrachten. Jeden zweiten Abend ging Massimo mit Mina in die kleine Pension, in der sie sich in der Silvesternacht zum ersten Mal geliebt hatten.

Das Zimmerchen war ihr Liebesnest geworden, das kleine Haus unter dem alten Baum, in das sie sich zurückzogen, weit weg von allem und jedem, war ihr Versteck, und keiner außer ihnen kannte es.

Mina sah glücklicherweise nur die romantische Seite dieser besonderen Treffen. Es schien ihr nicht in den Sinn zu kommen, wie absurd es war, Geld für ein Zimmer auszugeben, wo sie doch beide eine Wohnung hatten, in der man hätte zusammenkommen können.

Und Massimo hütete sich, dieses Thema anzusprechen. Solange sie nichts sagte, ging er der Frage, weshalb er nicht mit ihr in seine oder ihre Wohnung ging, aus dem Weg, obwohl er wusste, dass das nicht klug war. Es war auch keine gute Ausgangsbasis für eine ernsthafte Beziehung, und deshalb fühlte er sich Mina gegenüber manchmal ein wenig schuldig.

Aber die Angst davor, dass Mina sich unwohl fühlen würde, wenn sie herausfinden würde, wem die Wohnung, in der sie lebte, gehörte, brachte Massimo dazu, sein Geheimnis zu wahren. Er genoss ihre Treffen im rosa Zimmer und beruhigte sich damit, wie originell es doch sei, sich dort zu begegnen.

Von Anfang an hatte er geahnt, dass dieses Geheimnis irgendwann zum Problem werden könnte. Aber der Zeitpunkt, ganz unbeschwert darüber zu reden, war verpasst, und der Moment, ihr sein Herz ganz zu offenbaren, war noch nicht gekommen, so schien es ihm besser, über die ganze Sache noch zu schweigen, anstatt sie mutig anzugehen.

Als sie wieder einmal eines Abends bei Kerzenschein in dem rosa Zimmerchen im Bett saßen und nach der Liebe miteinander redeten, alles voneinander wissen wollten und versuchten, die Zeit nachzuholen, als sie sich noch nicht gekannt hatten, kuschelte sich Mina an ihn und meinte:

»Erzähl mir doch mal die Geschichte aus der Bar, an die du dich besonders gern erinnerst. Mit der Zeit möchte ich deine Geschichten natürlich alle hören.«

Massimo zog sie zärtlich an sich und lächelte. Wenn er mit Mina zusammen war, konnte er gar nicht anders, als dieses strahlende Lächeln zu zeigen, dass schon fast in seinem Gesicht festgeschrieben war.

Schon wenn er an Mina dachte, lächelte er beseelt und glücklich. In letzter Zeit war ihm das sehr oft passiert, und wenn er dann vom Tresen aufsah, bemerkte er die kritischen Blicke seiner Schwester Carlotta, die von Marcello und den anderen treuen Gästen der Bar *Tiberi*.

»Was gibt's denn jetzt wieder zu lachen?«, fragten sie. »Hast du was genommen? Du siehst aus, als wärst du dauerbekifft.«

Aber dann antwortete Massimo nur:

»Das könnt ihr nicht verstehen.«

Es war tatsächlich so, niemand konnte das verstehen. Liebe begreift man nicht, man erlebt sie. Und er und Mina liebten sich – jede Stunde, jeden Tag und eben auch an diesem Abend.

Massimo seufzte glücklich, dann ließ er seine Gedanken zurückwandern und suchte in der Bibliothek seiner Erinnerungen nach einer passenden Geschichte, aber es waren so viele, dass ihm die Auswahl schwerfiel.

»Du willst wirklich alle Geschichten hören? Dann musst du wohl den Rest deiner Tage mit mir verbringen.«

Mina sah ihn schelmisch an und gab ihm einen Kuss auf den Mund.

»Wenn du dich gut benimmst, würde ich selbst das ins Auge fassen«, erklärte sie und ließ sich wieder neben ihn zurückfallen.

»Na schön, mal sehen. Dann erzähle ich dir die Geschichte meiner Geburt und warum die Bar an diesem Tag trotzdem geöffnet blieb.«

»Das wundert mich überhaupt nicht. Ich bin sicher, dass die Sonn- und Feiertage nur erfunden wurden, damit die Bar *Tiberi* auch mal ab und zu geschlossen bleibt«, warf Mina ein.

»Jetzt unterbrich mich nicht, du Neunmalkluge! Sonst verliere ich noch den Faden.« Er tastete mit der Hand unter der Bettdecke, als suche er etwas, aber Mina schob sie beiseite.

»Nun erzähl schon, ich bin gespannt wie ein Flitzebogen!«

»Also schön. Wie ich schon sagte, hatte die Bar auch am Tag meiner Geburt auf. Mein Vater, das musst du wissen, hätte sich eher am Tresen anketten lassen, als seine Bar zu schließen. Selbst am Tag seiner eigenen Hochzeit hat er sich erst eine Stunde vorher im Lagerraum umgezogen, ist dann zur Kirche gerannt und wäre beinahe nach meiner Mutter am Altar angekommen. Das hat sie ihm nie verziehen und noch jahrelang vorgeworfen.

Mein Vater hat sich immer damit verteidigt, dass es doch verrückt wäre, die Bar nicht wenigstens morgens offen zu lassen, da die Kirche doch gleich gegenüber lag, und darin bestärkte ihn sein bester Freund, der auch sein Trauzeuge war und für mich so etwas wie ein zweiter Vater und bis zu seinem Tod auch der Teilhaber meiner Bar. Er hieß Dario, und ich mochte ihn wirklich sehr. Er fehlt mir, aber das ist eine andere Geschichte.«

Massimos Stimme klang plötzlich traurig, und Mina streichelte ihm über die Wange.

»Das tut mir leid, ich wollte dich nicht traurig machen, ich dachte, du erzählst mir etwas Lustiges.«

Massimo nahm ihre Hand und hielt sie an seine Wange, und dies wurde mit der Zeit eine ihrer Lieblingsgesten.

»Entschuldige, ich wollte ja auch eine ganz andere Anekdote zum Besten geben, von Dario erzähle ich dir ein anderes Mal. Also wie gesagt, verließ mein Vater die Bar während der Öffnungszeiten nie. Und das war auch am Tag meiner Geburt nicht anders. An einem Morgen Ende Juli platzte bei meiner Mutter die Fruchtblase, als sie gerade hinter dem Tresen stand, genau da, wo ich jetzt arbeite. Meine Geburt begann sozusagen in der Bar *Tiberi*. Mein Vater bereitete gerade die Tramezzini für die Mittagspause zu und sah nicht ein, dass er die Arbeit unterbrechen sollte. So bat er Dario, meine Mutter ins Krankenhaus zu begleiten.

Den ganzen Tag über schickte er irgendwelche Leute zu ihr. Antonio, den Klempner, mit ein paar Babykleidern, Gino, den Metzger, mit etwas zu essen und schließlich sogar den Schuhmacher, der fragen sollte, ob sie etwas brauchte und ob alles in Ordnung sei. Gegen Abend, als ich dann endlich auf die Welt kam, fragte die Hebamme meine Mutter ein wenig verwirrt: »Wer ist denn jetzt eigentlich der Vater von diesem Kind?«

Mina fing an zu lachen, und sie lachte lange und ausgiebig, sie lachte Tränen. »Dein Vater muss ja ein ganz besonderer Mensch gewesen sein. Mein Gott, mir tut der Bauch weh vor Lachen. Ich versuche gerade, mir deine Mutter vorzustellen. Ich wäre furchtbar wütend gewesen.«

»Das war sie auch, und um sich zu rächen, erzählte sie der Hebamme, Antonio, der Klempner, sei mein Vater. Und als später alle im Krankenhaus vorbeikamen, um mich in Augenschein zu nehmen, auch mein Vater, kam die Hebamme mit mir auf dem Arm, legte mich Antonio in den Arm und sagte vor allen anderen: ›Hier ist Ihr Sohn, er sieht Ihnen sehr ähnlich.‹ Da lachten alle, nur mein Vater war ziemlich sauer.«

Mina kicherte und schmiegte sich enger an Massimo.

»Rache ist süß. Deine Eltern waren sicher ein Paar, bei dem sich keiner die Butter vom Brot nehmen ließ.«

Massimo küsste sie auf die Schulter und grinste: »Ja, das kann man wohl sagen.«

23
Roma nun fa' la stupida stasera

An jenem Tag hatte es unaufhörlich geregnet, man glaubte, nicht in Rom zu sein, sondern in Seattle, der regenreichsten Stadt Amerikas. Carlotta seufzte und dachte an einen ihrer Lieblingsfilme, *Schlaflos in Seattle* mit Meg Ryan und Tom Hanks.

Manchmal fragte sich Massimo, ob seine Schwester vielleicht eine gespaltene Persönlichkeit besaß, denn sie konnte mühelos von der Einfühlsamkeit der Mutter Teresa von Kalkutta zur Gemeinheit der bösen Königin aus *Schneewittchen* umschwenken.

Das ahnten wohl auch manche Gäste, wenn sie in die Bar kamen, um einen Kaffee zu trinken, und Carlotta mit bitterböser Mine am Tresen stehen sahen. Manchmal bestellten sie dann doch lieber ein Fläschchen Fruchtsaft, das frisch geöffnet wurde. Wenn man einer Person nicht traut, ist es besser, sich keinen Kaffee von ihr machen zu lassen.

Marcello war der Einzige, der gegen die Stimmungsschwankungen von Carlotta immun war. Er war über beide Ohren verliebt, außerdem extrem gutmütig und wusste sie zu nehmen. Er las ihr jeden Wunsch von den Augen ab und sagte ihr nur, was sie hören wollte.

Als der arme Marcello jetzt geduldig zuhörte, wie Carlotta ihm die ganze Story von *Schlaflos in Seattle* erzählte und ihm erklärte, bei so einem Sauwetter wäre genau der richtige Tag, um ihn sich abends zusammen nach dem Essen anzusehen, kam Massimo auf eine Idee: Er schickte Mina eine SMS, dass er sie bald abholen würde, und fuhr dann mit seinem kleinen Fiat durch die Fluten und hoffte, nicht in den Wassermassen unterzugehen.

Mina schloss ihren Laden, stellte die Alarmanlage ein und rannte, die Jacke über dem Kopf, zu Massimos Wagen, der wie gewöhnlich in der zweiten Reihe parkte.

»*Mamma mia*, heute hat es ja gar nicht aufgehört zu regnen, ich hatte schon Angst, mein Laden wird überschwemmt.« Sie beugte sich zu Massimo hinüber und gab ihm einen Kuss, bevor sie sich anschnallte.

»Gut, dass es nicht aufgehört hat zu regnen, sonst wäre mir meine Überraschung vermasselt worden.«

»Was für eine Überraschung denn?«

Mario lächelte listig, antwortete jedoch nicht, er schaute in den Seitenspiegel, um zu sehen, ob die Straße frei war, und fuhr dann im Eiltempo zur Uferstraße.

Sie kamen zum Pantheon, das schon in der Dunkelheit lag. Der Regen prasselte auf ihren Regenschirm, als er Mina unterhakte und darauf zueilte.

Mario, der Wächter, der sich selbst den Herrn der Schlüssel nannte, wartete am Eingang auf sie, der jetzt bereits für das Publikum geschlossen war. Er gab Mina die Hand, stellte sich vor und umarmte seinen Lieblingsbarista.

»Auf so eine Idee kannst auch nur du kommen«, sagte er und zwinkerte Massimo zu. »Du lässt dir ja wirklich etwas einfallen, um eine Frau zu beeindrucken, was? Aber ich bin natürlich immer froh, wenn sich jemand an die alten Legenden Roms erinnert und sie hochhält.«

Massimo lächelte verlegen.

»Danke, Mario, ab morgen kriegst du immer einen Kaffee umsonst in der Bar *Tiberi.*«

Mario lachte und schlug dem Barista freundschaftlich auf die Schulter.

»Bist du wahnsinnig? Wenn deine Schwester erfährt, dass du einem Gast einen Kaffee ausgibst, schließt sie dich im Keller ein. Nun lass uns aber gehen, es soll doch nicht aufhören zu regnen, wenn es am schönsten wird.«

Mina hatte den beiden Männern schweigend zugehört, jetzt packte sie Massimos Arm fester. »Ich sterbe vor Neugier, jetzt mal los!«

Mario ging voran, und sie liefen um das Pantheon herum, bis sie zu einer in der Dunkelheit kaum zu erkennenden kleinen Eisentür kamen.

Der alte Wärter zog einen Schlüsselbund aus seiner Manteltasche und steckte nach einigem Suchen den richtigen Schlüssel ins Schloss. Er öffnete die Tür und begann, die Geschichte eines faszinierenden römischen Gebäudes zu erzählen.

»Es heißt, der erste Herrscher von Rom sei während eines Gewitters von dieser Stelle aus in den Himmel entschwunden. Seither gibt es hier jedes Jahr ein Ritual zur Erinnerung an dieses übernatürliche Ereignis. Deshalb könnte es hier auch früher schon ein Heiligtum gegeben haben, ein eher kleines allerdings.«

Für Mario war dies nicht eine der üblichen Führungen, bei der er auswendig gelernte Fakten herunterrasselte, es war eine ganz besondere Geschichte, die er nur an wenige weitergab.

»Dann, im Jahr 27 vor Christus, beschloss der Architekt Agrippa, der Schwiegersohn von Augustus, das Pantheon zu bauen, auch um den neuen Kaiser in die Nähe der mythischen Figur des Romulus zu rücken. Später wurde das Pantheon immer wieder von Bränden und anderen Missgeschicken heimgesucht, bis es unter Kaiser Hadrian die heutige Gestalt erhielt. Der Durchmesser und die Innenhöhe sind gleich, sie betragen 43 Meter und 30 Zentimeter, das sind 150 römische Fuß. Seht ihr die Öffnung in der Mitte der Kuppel?«

Mario wies mit dem Finger zur Decke des Gebäudes, und Mina und Massimo blickten in den schwarzen, von Blitzen erhellten Himmel.

»Viele nennen diese Öffnung ›das Auge‹«, fuhr Mario mit seiner Erzählung fort. »Die Öffnung hat einen

Durchmesser von neun Metern, und vom 12. bis 21. Juni fallen die Sonnenstrahlen genau auf die Mitte des Eingangsportals. Es ist die größte Kuppel der gesamten Architekturgeschichte, 43 Meter Durchmesser! Stellt euch das bloß vor! Ich habe mir immer gesagt, dass Zahlen bis zu einem gewissen Grad eine Vorstellung von der Größe vermitteln, aber dieser Anblick ist mehr wert als tausend Worte.«

Mina stand mit offenem Mund da und staunte, während sie stumm zu der kreisrunden Öffnung hochblickte und nach Massimos Hand fasste.

Auch Massimo schwieg. Erinnerungen stiegen in ihm auf, als er jetzt unter der gewaltigen Kuppel des Pantheons stand. Mario war ein alter Freund der Familie Tiberi, und die Geschichte, die er gerade erzählt hatte, hatte Massimo schon einmal gehört – vor Jahren, bei einem der letzten Ausflüge, die er mit seinem Vater unternommen hatte. Auch an diesem Tag hatte es in Rom ein Gewitter gegeben, das kein Ende zu nehmen schien, und Massimos Vater wollte seinen Sohn mit etwas Besonderem überraschen, genau wie er jetzt Mina. Für einen Augenblick erfasste ihn die Melancholie, und er konnte einen Seufzer nicht unterdrücken. Mina bemerkte es und drückte seine Hand.

»Alles in Ordnung?«

»Ja, alles in Ordnung. Das letzte Mal war ich mit meinem Vater hier. Das war, kurz bevor er krank wurde.«

Mina strich ihm über den Handrücken. »Das tut mir leid.«

Auch Mario schien bewegt von der Erinnerung an seinen alten Freund. »Dein Vater war ein wundervoller Mensch, und sein Tod war ein großer Verlust für uns alle«, sagte er leise, »aber du bist wie er und hast im Herzen der Menschen, die ihn liebten, seinen Platz eingenommen. Und jetzt erklärst du dieser schönen Frau mal, warum du sie hierher gebracht hast, ausgerechnet heute Abend. Ich lasse euch dann mal allein und warte am Ausgang.«

Als Mario im Dunkel der römischen Kirche verschwunden war, sah Massimo Mina mit einem rätselhaften Lächeln an und winkte ihr, ihm zu folgen.

»Komm, lass uns in die Mitte der Kirche gehen.«

Als sie genau unter dem Auge des Pantheons angekommen waren, stellte sich Massimo ihr gegenüber und nahm ihre Hände.

»Oje, wollen wir uns wirklich hierher stellen. Es regnet doch wie verrückt …«

Mina blickte besorgt zu der großen Öffnung in der Kuppel. Und da erst bemerkte sie etwas, das ihr bisher gar nicht aufgefallen war.

»Hier kommt ja gar kein Regen rein, wie ist denn das möglich?«

Massimo ließ ihre Hand los und hielt seine Handfläche nach oben.

»Ist das nicht unglaublich? Es kommt kein Regen herein. Als ich das zum ersten Mal erlebte, dachte ich, es wäre Zauberei. Doch dann hat Mario uns erklärt, dass es hier drin doch regnet, es aber eine Drainageanlage gibt, in der Mitte, aber auch an der Seite am Boden, so dass das Wasser abfließt und sich keine Pfützen bilden.«

Massimo zeigte auf die kleinen Löcher im Boden zu seinen Füßen.

»Wenn du aber die Eingangstüren schließt und im Inneren des Gebäudes die Temperatur ziemlich hoch ist, dann schafft die Öffnung an der Decke einen Kamineffekt, einen warmen Luftzug, der aufsteigt und die Wassertropfen in Dampf verwandelt. Auch wenn draußen heftiger Regen fällt, hat man hier drinnen den Eindruck, dass es gar nicht regnet.«

Mina schaute noch einmal nach oben und sah Massimo dann lächelnd an.

»Eines musst dir mir aber noch verraten. Was ist denn nun das Romantische an dieser Überraschung? Hat es etwas mit uns zu tun?«

Er nickte und blickte ihr fest in die Augen.

»Es kann nicht immer die Sonne scheinen, Mina, aber das ist ganz unwichtig für mich. Denn solange du bei mir bist, regnet es nie.«

Dann nahm er ihre Hand, öffnete sie und hielt sie unter das Auge des Pantheons und dann an seine Wange. Mina ließ es gerne geschehen, stellte sich auf die Zehenspitzen und küsste ihn.

24
Kostbar wie eine seltene Briefmarke

»Jetzt bist du an der Reihe, mir eine Geschichte aus deinem Leben zu erzählen, ein Geheimnis, etwas, das niemand weiß oder nur ganz wenige Menschen.«

Sie waren wieder in ihrem rosa Zimmer, das Licht der Kerzen umschmeichelte sie, es leuchtete in den Stunden der Liebe, die sie der Welt stahlen.

Mina drehte sich auf die Seite und sah Massimo an.

»Es ist nicht leicht, etwas zu finden, das keiner weiß oder nur wenige. Ich habe keine Geheimnisse zu enthüllen oder besondere Geschichten zu erzählen. Aber ich bin gespannt, ob du eine Sache bemerkt hast. Sie ist nicht so offensichtlich, aber manchmal schäme ich mich ein wenig und habe Angst, dass es doch jemandem auffällt«, erklärte sie und senkte den Blick, aber Massimo nahm ihr Kinn in die Hand und sah ihr in die Augen.

»Ganz gleich was es ist, es verblasst neben allem, was an dir so wunderbar ist.«

Sie beugte sich vor und küsste ihn leicht auf die Lippen. »Wo hast du dich eigentlich bisher versteckt?«

»Nirgendwo. Manchmal versteckt man sich aus Angst davor, etwas zu erleben, was einem wehtut, aber so kann es auch passieren, dass man etwas Schönes oder Kostbares verpasst ...« Er nahm sie noch fester in den Arm wie immer, wenn ihn das überwältigende Gefühl überkam, sie für immer an sich binden zu wollen.

Mina lächelte und schmiegte sich in seine Arme. »Weißt du eigentlich, dass ich gerade dabei bin, mich in dich zu verlieben?«, sagte sie leise.

Massimo küsste sie auf die Stirn. »Wie seltsam, das wollte ich auch gerade sagen.«

Mina hob den Kopf und sah ihn belustigt an.

»Bist du dir sicher? Du kennst mein Geheimnis noch nicht. Du könntest deine Meinung ändern.«

Da dachte Massimo an sein Geheimnis. Für einen Moment fragte er sich, wie lange er die Geschichte mit dem rosa Zimmer noch weitertreiben könne. Wie sollte er ihr bloß erklären, dass Mina in der alten Wohnung von Geneviève wohnte und dass er damit nicht fertigwurde?

Wenn er an Geneviève dachte, empfand er immer noch diesen Stich im Herzen, und er wollte auf keinen Fall die Vergangenheit wieder aufleben lassen, was unweigerlich passiert wäre, wenn er diese Wohnung betreten hätte. Denn jetzt gab es Mina in seinem Leben und nach so langer Zeit war er endlich wieder glücklich. Um nichts auf der Welt wollte er dieses wiedergefundene Gefühl aufs Spiel setzen. Sein Herz würde ab jetzt nur noch für sie schlagen.

Der Schatten verschwand, und Massimo strich Mina eine Haarsträhne aus dem Gesicht.

»Nun erzähl mir schon dein Geheimnis, ich bin ganz Ohr.«

»Ich weiß nicht, ob du es bemerkt hast, aber ich schiele ein ganz klein wenig auf dem rechten Auge.

Das ist nie behandelt worden. Ich mache mir manchmal Sorgen, denn es könnte schlimmer werden und eines Tages meine Sehkraft beeinträchtigen. Ich traue mich aber nicht, zum Arzt zu gehen, denn ich möchte nicht erfahren, wie schlimm es wirklich ist. Deshalb schiebe ich die Sache ständig vor mir her.« Sie lächelte verlegen.

Massimo streichelte ihre Wange und schwieg.

Er hatte die Fehlstellung ihres Auges bemerkt, als sie zum ersten Mal miteinander schliefen, weil er die ganze Zeit den Blick nicht von ihr hatte abwenden können.

»Das ist mir noch gar nicht aufgefallen«, log er, »aber ich habe irgendwo gelesen, dass wir gerade dann vollkommen sind, wenn wir kleine Fehler haben, es macht uns einzigartig. In einer Welt, in der die meisten Leute alles tun, um gleich auszusehen, kann man sich durch etwas Besonderes von der Menge unterscheiden und wird dadurch kostbar wie eine seltene Briefmarke, auf der eine Zahl oder ein Buchstabe fehlt.«

Mina lachte leise. »Irre ich mich oder hast du mich gerade als Briefmarke bezeichnet?«

Massimo grinste. »Wahrscheinlich deshalb, weil ich gerne hätte, dass du an mir festklebst«, sagte er und fuhr mit einer Hand über ihr nacktes Bein.

In den nächsten Tagen tat Massimo in der Bar etwas, was er nie zuvor gemacht hatte, und zwar vor den Augen sämtlicher Stammgäste und Freunde.

Er legte Mina die Arme um den Hals und zog sie an sich, als hätte er sie hundert Jahre nicht gesehen, und wollte sie gar nicht mehr loslassen.

Luigi, der Schreiner, hörte auf, in seinem Cappuccino zu rühren, und starrte wie alle anderen zu den beiden Verliebten hinüber.

»Die tun ja so, als wären sie ganz allein in der Bar«, zischte er Riccardo, dem Friseur, halblaut zu. »Denken die etwa, sie wären in einer Vorabendserie?«

Wie auf ein Kommando fingen alle an, wie üblich ihren Senf dazuzugeben.

»Vorabendserie? Nein, aber was die beiden offenbar dringend brauchen ist ein Zimmer!«, schaltete sich Marcello ein.

Carlotta, die hinter der Kasse stand, lächelte versonnen. Irgendwie schien sie gerührt von dieser Liebe, die in ihren Augen gut und richtig war.

»Kannst beruhigt sein, ein Zimmer haben sie schon«, sagte sie dann.

Buh, der Professor, wurde auf pakistanische Art romantisch und sonderte einen lyrischen Satz ab, den man auch fern seiner Heimat verstand:

»Er muss sie wirklich sehr lieben.«

Da leuchtete das Gesicht von Luigi, dem Schreiner, auf.

Er beugte sich zu Riccardo, dem Friseur, hinüber und meinte:

»Dabei fällt mir ein … Hat dir dein Onkel Pino nie die Geschichte von Peppino, dem Zelletta, erzählt?«

Es war eine rhetorische Frage, denn natürlich kannte Riccardo, der Friseur, diese Geschichte nur zu gut. Sein Onkel hatte sie oft zum Besten gegeben. Er blickte etwas unschlüssig in das erwartungsvolle Gesicht des Schreiners und wusste, wenn er nein sagte, würde diese Anekdote aus der Bar *Tiberi* gleich in epischer Breite erzählt werden.

Er schwieg und Luigi schwieg auch, und dann befreite der römisch-chinesische Tabakhändler Ale Oh Oh den Friseur aus seiner Verlegenheit.

»Wer ist denn Peppino, der Zelletta? Und was bedeutet Zelletta überhaupt?«

Luigi, der Schreiner, war begeistert, ein neues Opfer gefunden zu haben. Das war die Gelegenheit, seine Geschichte loszuwerden.

»Tja, das war so ... Er wurde Zelletta genannt, weil er sich nie gewaschen hat, Zelletta kommt von ›zella‹, was Schmutz bedeutet. Zelletta bedeutet Schmutzfink. Aber das war nicht das einzige Problem, was dieser Mann hatte.«

»Ja, bei Zelletta liefen viele Dinge schief«, warf Carlotta ein, die gern miterzählen wollte. Sie war damals noch ein kleines Mädchen gewesen, aber an Zelletta konnte sie sich gut erinnern.

Luigi, der Schreiner, setzte seine Erzählung eilig fort, damit ihm niemand mehr in die Quere kam, um ihm die Lorbeeren streitig zu machen.

»Nun ja – von Problemen zu sprechen, ist eigentlich nicht ganz richtig«, sagte er und riss das Gespräch wieder an sich. »Damals ließ sich Minos Vater, Friede seiner Asche, nämlich davon überzeugen, in der Bar *Tiberi* eine Jukebox aufzustellen. Das war etwas ganz Neues, und nach einem halben Tag sah es hier so aus, wie in der Bar aus der amerikanischen Serie *Happy Days.*«

»Ach, und du warst dabei sicher dieser Idiot, der …«, mischte sich Marcello ein, der Luigi gern aufzog, auch wenn er die Chuzpe des Schreiners, der nie seinen Kaffee bezahlte, weil er immer sein Portemonnaie »vergessen« hatte, heimlich bewunderte.

Carlotta blitzte ihren Verlobten heftig an, bevor er seinen Satz beenden konnte.

Luigi, der Schreiner, tat, als habe er nichts gehört – wie hatte Dario doch immer so schön gesagt: »Einfach ignorieren« – und redete weiter.

»Na, jedenfalls, Peppino, der Schmutzfink, war von der Jukebox total begeistert, und immer lieh er sich ein paar Münzen von Minos Vater, um sein Lieblingslied zu hören: *Immensamente* von Umberto Tozzi. Er hörte es so oft, dass irgendwann die Platte ausgetauscht werden musste. Peppino warf das Geld ein, drückte die Tasten, stützte sich auf die Jukebox, ließ den Kopf hängen und sang das Lied leise mit. Eines Tages betrat er die Bar vollkommen nackt. Er stellte das Lied an, hörte es so wie immer, und bevor er ging, drehte er sich um, sang mit weit erhobenen Armen laut den Refrain und forderte Minos Vater auf, mitzusingen. Dann sangen sie beide, und es klang eher wie das Gegröle im Stadion. Anschließend verließ Peppino die Bar mit einem zufriedenen

Grinsen. Eine Woche später erfuhren wir, dass er in eine Anstalt gekommen war, nachdem er in einer Apotheke splitterfasernackt Kopfschmerztabletten verlangt hatte.«

Riccardo, der Friseur, schüttelte den Kopf.

»Das war's schon?«, frotzelte er. »Ich fürchte, ich bin zu spät zu euch gestoßen, denn die einzige spannende Geschichte heute wird sein, welche Ausreden du dir diesmal ausdenkst, um deinen Kaffee nicht zu bezahlen.«

Alle brachen in lautes Gelächter aus, nur Carlotta wischte verstohlen eine kleine Träne von ihrer Wange.

Die Erinnerung an ihren Vater war einer der Hauptgründe, weshalb sie wieder nach Rom zurückgekommen war, in der Bar arbeitete und Massimo half. Ihr Vater hatte sein ganzes Leben der Bar *Tiberi* geweiht.

Auch Massimo hörte nur zerstreut hin, denn ihn beschäftigte etwas ganz anderes. Er hatte Marcello bereits gesagt, dass er am Nachmittag nicht da sein würde. Dann nahm er Mina bei der Hand, verabschiedete sich von den Freunden und ging mit ihr nach draußen. Es war ein schöner Tag, mitten im Winter zeigte sich erstes Frühlingslicht.

»Was für eine Überraschung hast du heute für mich?«

Massimo machte ein ernstes Gesicht. »Versprich dir nicht zu viel. Diesmal ist es eher etwas Nützliches, aber ich hoffe, es wird dir helfen.«

Sie sah ihn fragend an.

»Entschuldige. Wenn du nicht willst, mache ich alles rückgängig. Aber nach dem, was du mir erzählt hast, dachte ich, ich könnte dir damit behilflich sein.«

»Du sprichst in Rätseln, Massimo.«

»Nun ja, es ist einfach so, wenn du beunruhigt bist, dann bin ich es auch, und deshalb habe ich für heute Nachmittag für dich einen Termin beim Augenarzt vereinbart und würde dich dorthin begleiten. Du wirst sehen, alles wird in Ordnung sein.«

Mina sah ihn mit großen Augen an und schwieg.

»War das falsch von mir?«

Sie schüttelte den Kopf.

»Hast du Angst?«

»Nein, nein, das Komische ist ja, dass ich mit dir vor nichts Angst habe.«

»Aber du siehst nicht besonders glücklich aus, weinst du etwa?«

Mina lächelte verlegen und wischte sich über die Wange.

»Es ist nur, weil sich noch nie jemand so um mich gesorgt hat wie du.«

Wie es so oft im Leben geschieht, erwiesen sich Minas Ängste, deretwegen sie das Problem so lange vor sich hergeschoben hatte, am Ende als unbegründet. Man müsste immer den Mut haben, der Wirklichkeit ins Auge zu sehen, denn oft sind die Dinge lange nicht so schlimm, wie man befürchtet hat. Nach einer gründlichen Untersuchung stellte sich heraus, dass mit den Augen alles in Ordnung war und es keinen Grund zur Sorge gab.

Massimo und Mina waren froh und erleichtert, als sie die Arztpraxis verließen. Das war ein Grund zu feiern, und wie hätte man der Göttin des Sehens besser huldigen können als mit einem der schönsten Blicke auf Rom?

Die legendäre Parkbank des Monte Mario war den meisten Leuten unbekannt, nur alteingesessene Römer wussten davon und kannten den Weg dorthin. Glücklicherweise kannte Massimo den Weg, und so verabredete er sich mit seiner Liebsten am frühen Sonntagmorgen.

Seit sechzig Jahren hatte die Bar *Tiberi* sonntags immer Ruhetag, und daran hatten sich alle Mitglieder der Familie Tiberi stets gehalten.

Mario parkte den Wagen, die Luft war frisch und der Himmel klar, als legte ihnen die Stadt diesen Tag zu Füßen.

Vor dem Eingang des Parks auf dem Monte Mario zog sich ein schmaler Pfad hin, auf dem ein einsamer Mann seinen Hund spazieren führte.

Massimo nahm Mina nicht bei der Hand. Er hatte herausgefunden, dass sie sich lieber bei ihm einhakte, weil sie sich dann beim Gehen an ihn schmiegen und ab und zu ihren Kopf an seine Schulter legen konnte. Während sie den schmalen Pfad hochstiegen, blickte Massimo zu dem Mann hinüber und fragte sich einen Moment, ob er es wohl als Glück ansehe, einen vierbeinigen Freund zu haben und diesen fast unwirklichen Moment kapitolinischen Friedens zu genießen. Als er genauer hinsah, bemerkte er, dass der Mann den

Hund wirklich gernhatte, denn manchmal bedarf es nur einer einfachen Berührung, um zu erkennen, ob jemand wirklich lieben kann.

Nach einer Weile betraten sie den dichten Wald des Monte Mario. Blätter und Zweige bewegten sich sanft in einer leichten Morgenbrise, der Tau auf den Pflanzen um sie herum atmete die Luft des Lebens.

Schweigend lauschten sie. Nicht, weil sie sich nichts zu sagen hatten, sondern weil manchmal das Stillsein wertvoller ist als das Reden. Sie atmeten im gleichen Rhythmus, und wenn man jemandem nahesteht, ist gemeinsames Atmen so, als hätte man vorher immer die Luft angehalten.

Massimo schlug einen Weg ein, der direkt nach oben führte, hundert Meter gingen sie ihn, dann teilte er sich in zwei noch schmalere Pfade, und sie nahmen den linken.

Sie gingen jetzt Hand in Hand weiter, der Weg führte inzwischen immer steiler nach oben, und plötzlich tauchte auf der Höhe wie aus dem Nichts, als hätte sie ein magischer Spiegel in eine ganz andere Welt geführt, ein atemberaubendes Panorama auf.

Hier stand eine einzelne Bank, die legendäre Parkbank des Monte Mario, von der aus man einen einzigartigen Blick auf die schönste Stadt der Welt hatte.

Überwältigt ließ Mina Marios Hand los und näherte sich der leeren Holzbank wie im Traum.

Sie setzte sich und konnte den Blick nicht mehr von dieser unglaublichen Landschaft und ihrer überirdischen Schönheit abwenden. Dann schien sie plötzlich aufzuwachen, glücklich darüber, dass Massimo diesen besonderen Ort mit ihr teilte.

Sie wandte sich um und schenkte Mario eines ihrer schönsten Lächeln. Mit einer Geste lud sie ihn ein, sich neben sie zu setzen, als seien sie die Helden eines Kinofilms.

»Komm her zu mir.«

Massimo näherte sich ihr nur langsam, es schien, als fürchte er, den Zauber des Ortes mit einer zu schnellen Bewegung zu stören.

Eigentlich wollte er nur, dass jeder mit Mina verbrachte Augenblick eine Ewigkeit dauerte. Das Schöne währte oft viel zu kurz, und mit ihr zu sein war das Schönste von allem.

Vorsichtig setzte er sich neben sie und nahm ihre Hand, doch das genügte ihr nicht. Sie zog ihn an sich und legte ein Bein über das seine.

Massimo lächelte, dann legte er einen Finger an seinen Mund und berührte damit ihre Wange.

Das hatte er schon öfter so gemacht, und immer fragte sie sich, warum er sie nicht gleich auf die Wange küsste. Als sie ihn jetzt fragend ansah, meinte er:

»Mein Vater hat das immer bei meiner Mutter gemacht, und eines Tages habe ich ihn gefragt: ›Papa, was machst du, es wäre doch viel einfacher, Mama gleich auf die Wange zu küssen?‹ Da sah er mich an, als hätte ich ihm die dümmste Frage der Welt gestellt, und sagte ernst: ›Vor langer Zeit habe ich deinen Opa genau dasselbe gefragt, weil es mir komisch vorkam, was er da machte, und dein Opa hat nur gesagt: ›Gibt es irgendeinen Grund, jemanden mehr zu lieben als sich selbst? Man liebt und basta!‹ Diese Antwort hatte nicht viel mit meiner Frage zu tun, und doch verstand ich, was er meinte – nämlich dass man in der Liebe oft Dinge ohne jeden Grund tut, einfach so.«

Mina nickte. Sie lächelte glücklich und hörte gar nicht mehr auf zu lächeln, denn Verliebte lächeln ununterbrochen. Sie legte den Arm um seinen Hals und zog ihn näher zu sich heran, um ihn zu küssen, doch dann richtete sie sich auf.

»Warte!«

Mina beugte sich vor und begann, in ihrer Tasche nach etwas zu suchen.

Massimo sah sie amüsiert an. »Kann ich dir helfen?«

»Nein, ich habe es schon.«

Sie nahm ihr Mobiltelefon heraus und tippte etwas auf das Display.

»Glaubst du, das ist der richtige Moment, um Nachrichten zu verschicken?«, meinte Massimo und zwickte sie in den Arm.

»Sei doch mal still!«, sagte sie. »So, jetzt hab ich's. Gestern im Laden wurde im Radio dieses Lied gespielt, und ich habe gleich an dich gedacht.«

Sie ließ sich wieder zurücksinken, schmiegte sich an Massimo und atmete tief ein, um alles zu genießen, diesen Augenblick, diesen Ort, diesen Mann und dieses Lied, das so gut dazu passte.

Während ihre Blicke sich in der Weite der Stadt Rom verloren, wurden die Klänge zu Komplizen der Schönheit der Landschaft, und Mina lieh sich die Stimme von Tiziano Ferro, um Massimo zu sagen, dass er ihr größtes Geschenk war.

So ist das Leben, man verbringt es allein auf der Suche nach etwas, und eines Tages wird einem klar, dass man, um das Wichtigste von allem zu finden, das Glück, nur anzuhalten und mit dem richtigen Menschen auf einer Bank zu sitzen braucht.

Kurz bevor sie sich wieder auf den Weg machten, nahm Massimo den schwarzen Filzstift zur Hand, den er von zu Hause mitgebracht hatte, und reichte ihn Mina.

»Schreib etwas auf die Bank, einen Satz, und vielleicht, wenn alles gut geht, kommen wir in einem Jahr wieder und lesen ihn dann.«

Mina sah ihn etwas skeptisch an, dann nahm sie den Stift und öffnete ihn. Sie schüttelte den Kopf mit einem amüsierten Gesichtsausdruck.

»Vielleicht, wenn alles gut geht?«

»Vielleicht, wenn alles gut geht«, wiederholte er, nahm ihr Kinn in die Hand und gab ihr einen Kuss.

»Und warum sollte es gut gehen?«

»Weil ich dich liebe.«

Er hatte es einfach so gesagt, ohne weiter nachzudenken.

Minas Augen leuchteten, sie legte den Stift für einen Moment auf die Bank, nahm Massimos Hände und drückte sie.

»Dies scheint mir ein guter Grund, dass alles gut geht …«

»Mir auch.«

Sie nahm den Stift und begann zu schreiben und hoffte, dass es in diesem Jahr nicht zu oft regnen würde, damit der Regen nicht alles wieder auslöschte, aber man weiß ja, dass Liebe allem standhält, auch schlechtem Wetter.

Massimo las den Satz, den sie auf die Bank geschrieben hatte, und war mehr als einverstanden.

Es gibt keinen besseren Platz als uns beide zusammen.

25

Besser eine unangenehme Wahrheit als eine schöne Lüge

Sie hatten gleich bei Betreten ihres rosa Zimmers bemerkt, dass hier jemand gewesen war und die Einrichtung verändert hatte. Unmöglich, das mit feuerrotem Samt bezogene Bett zu übersehen, das für das Zimmer viel zu groß war. Zuerst störte es sie, dann liebten sie sich darauf und es gefiel ihnen. Und dann brachte die Verunstaltung ihres Liebesnestes durch den schlechten Geschmack anderer Mina vielleicht zu der Befürchtung, ein Schatten lege sich über ihr gemeinsames Glück.

»Massimo?«

»Ja. Geht es dir gut?«

Mina lächelte. Es rührte sie, dass er stets besorgt war, ob es ihr gut ginge, ganz so, als sei dies für ihn das wichtigste Lebensziel. Nie hatte sie einen Mann wie ihn kennengelernt, und in kürzester Zeit war er der Einzige geworden und hatte alles hinweggefegt, was früher gewesen war.

Er war der Erste, der ihr das Gefühl gab, wichtig zu sein, mehr noch als ihre Eltern, er hatte ihr das Gefühl gegeben, eine ganz besondere Frau zu sein, er hatte Saiten in ihr zum Klingen gebracht, die sich zu einer wunderbaren Musik aus Tönen jeglicher Couleur vereinten.

»Mir ist es nie besser gegangen. Aber darf ich dich etwas fragen?«

»Oje, das klingt ernst. Muss ich mir Sorgen machen?«

»Solange du mir die Wahrheit sagst, nicht.«

Die Wahrheit. Massimo musste plötzlich an all die Sätze über Ehrlichkeit in Beziehungen denken wie etwa: »Man kann kein gutes Paar werden, wenn man eine Liebesgeschichte mit einer Lüge beginnt«, oder: »Besser eine unangenehme Wahrheit als eine schöne Lüge.«

Er wusste, dass diese Sätze richtig waren, ihm war aber auch klar, dass ehrlich zu sein manchmal nicht so einfach war, vor allem wenn dies bedeutete, jemandem wehzutun.

So hoffte er, dass Minas Frage ihn nicht zwingen würde, zu lügen oder etwas vor ihr geheim zu halten, wie er es bereits in Bezug auf ihre Wohnung gemacht hatte – der Wohnung, die der Frau gehörte, die ihm das Herz gebrochen hatte.

In Gedanken schlug er ein Kreuz und wandte sich ihr zu.

»Du kannst mich alles fragen, was du möchtest.«

Mina legte sich auf die Seite, sah ihn ernst an und sagte dann ganz leise:

»Versteh mich bitte nicht falsch, Massimo, ich liebe dieses Zimmerchen, und wenn ich Millionärin wäre, würde ich zuallererst dieses kleine Hotel kaufen. Wenn es mir gehörte, hätte ich schon längst andere Vorhänge angebracht und ein paar persönliche Gegenstände hineingestellt. Trotzdem frage ich mich, warum wir nicht einfach in unsere Wohnungen gehen können, um uns zu lieben? Ich kenne dich ja nun ein wenig, und deshalb nehme ich an, es geschieht aus Achtung vor mir, weil du in deiner Wohnung mit anderen Frauen zusammen warst, besonders mit der, die dir das Herz gebrochen hat, bevor ich kam, um alles wieder zusammenzusetzen, aber …«

Massimo wollte sie unterbrechen, aber Mina legte ihm einen Finger an den Mund, damit er schwieg.

»Das wäre aber kein Problem für mich, wir haben doch alle eine Vergangenheit, und wer sie verleugnen will, der ist ein Dummkopf. Ich meine, deine Vergangenheit hat dich zu dem gemacht, der du heute bist. Deswegen möchte ich kein Jota an deiner Geschichte ändern, aber eines möchte ich doch wissen: Was spricht denn bloß dagegen, dass wir in meine Wohnung gehen?«

Das war die gefürchtete Frage. Massimo spürte, dass er nun nicht mehr darum herumkommen würde, Mina die Wahrheit zu sagen.

Er wollte gerade anfangen, ihr die Geschichte mit Geneviève zu erzählen, da sah sie ihn mit ihren Rehaugen an, und ihr herzförmiger Mund erledigte den Rest.

Im Bruchteil einer Sekunde sah Massimo, wie Mina unglücklich durch ihre Wohnung gehen würde, dass sie sich nicht mehr hinsetzen oder im Schlafzimmer schlafen könnte, ohne daran erinnert zu werden, dass dies der Ort war, an dem der Mann, den sie liebte, mit jener Frau zusammen gewesen war, die er vor ihr geliebt hatte und vielleicht sogar noch mehr geliebt hatte als sie.

Und so ließ Massimo ein paar Einzelheiten weg – um genau zu sein, ließ er alles weg, was er ihr eigentlich hatte erzählen wollen. Er tat genau das Falsche, aber er konnte nicht anders, denn mit der Sturheit von jemandem, der unbedingt alles richtig machen will, stellte er sich vor, was sonst alles schiefgehen könnte.

Er erzählte von der Signora Maria, die früher die Besitzerin der Wohnung an der kleinen Piazza gewesen war, und fing damit an, wie ihr armer Ehemann in die Bar *Tiberi* gekommen war, um Milch zu holen, und wie er das Baby entdeckt hatte, das in einem Bettchen hinter der Kasse verzweifelt schrie.

»Die beiden hatten nie selbst Kinder gehabt, und deshalb hatten sie mich besonders gern. Spontan schlugen sie meinen Eltern vor, dass sie auf mich aufpassen könnten, während sie arbeiteten; sie wohnten ganz in der Nähe. Meine Mutter kannte das Paar nur flüchtig, wusste aber, dass die beiden an der Piazza Santa Maria di Trastevere als freundlich und zuverlässig galten, und so beschloss sie, die Hilfe des Mannes mit den sanften braunen Augen anzunehmen und ihm ihren kleinen Sohn anzuvertrauen. Seitdem verbrachte ich einen großen Teil des Tages im Haus der Signora Maria, die mich aufnahm und versorgte wie ihr eigenes Kind, und ich habe sie geliebt wie eine zweite Mutter.«

Dann erzählte Massimo Mina von den letzten Lebensjahren der Signora Maria, von ihrem gebrochenen Bein, von den vielen Tassen Kaffee, die er ihr nach oben in die Wohnung gebracht hatte, und von ihrer Beerdigung.

»Die Wohnung, in der du jetzt wohnst, ist genau die, in der ich so viele glückliche Jahre verbracht habe und in der am Ende meine liebe Signora Maria gestorben ist. Nach ihrem Tod erbte eine entfernte Verwandte die Wohnung. Soweit ich weiß, lebt sie nicht in Rom und hat die Wohnung deswegen vermietet.« Massimo zuckte die Achseln und schaute Mina mit schlechtem Gewissen an. »Ich bin einfach noch nicht so weit, diese Wohnung wieder zu betreten, vielleicht kommt dir das dumm vor, aber ich habe einfach Angst vor all den Erinnerungen …«

Von seiner ersten Begegnung mit ebenjener jungen Erbin, die ihm eine Vase auf dem Kopf zerschmettert hatte, weil sie ihn fälschlicherweise für einen Einbrecher hielt, so dass er ins Krankenhaus musste, und die ihn dann verführt und ihm das Herz gestohlen hatte, erzählte er natürlich nichts.

»Früher oder später komme ich zu dir, keine Sorge, gib mir einfach noch ein bisschen Zeit.«

Mina strich ihm über das Haar, sah ihn ernst an, und es war schwer zu ergründen, was sie dachte, doch dann sagte sie in dem Bewusstsein, dass dieser Mann das Beste war, was ihr hatte passieren können:

»Eigentlich ist es ja auch ganz gleich, wo wir uns lieben, oder? Hauptsache, wir lieben uns, alles andere zählt nicht. Ich war immer überzeugt davon, dass das Schicksal irgendwo in Gestalt eines bestimmten Menschen auf einen wartet, und für mich ist es genau so gekommen. Denn du warst dieser Mensch.«

Massimo umarmte sie, dann zog er sie sanft zu sich, bis sie auf ihm zu sitzen kam.

»Ich war es nicht, ich bin es. Ich bin deine Bestimmung und du bist meine, es musste zwischen uns so kommen. Wir haben unser Leben gelebt, unsere Erfahrungen gemacht, Menschen kennengelernt und Menschen verloren, von denen wir glaubten, dass sie unser Schicksal seien, aber seine wahre Bestimmung verliert man nie.« Er lächelte sie an. »Lass uns für immer zusammenbleiben, bis zum Ende.«

Mina spürte, dass er wieder Lust auf sie bekam; er begehrte sie jedes Mal so, als sei er noch nie mit ihr zusammen gewesen.

Ihr erging es ebenso.

Wenn es eine Fee gegeben hätte, bei der sie drei Wünsche hätte äußern können, dann hätte sie einen ganz sicher für Massimo reserviert, oder zwei, vielleicht sogar alle drei.

»Gott, bist du schön!«, seufzte er. »Bist du vielleicht nur ein Traum? Gibt es dich wirklich? Du verschwindest doch nicht plötzlich einfach, oder?«

Sie sah ihn an und schüttelte langsam den Kopf.

»Nein, Massimo, ich bleibe hier.«

26
An den Ufern des Tibers

Die Tage vergingen, und zwischen Massimo und Mina lief es wunderbar, das fanden auch alle Besucher und Freunde der Bar *Tiberi* und freuten sich darüber.

Sie hatten mit Massimo gelitten, als ihn »diese Französin« verlassen hatte, hatten diese zutiefst unglückliche Zeit eines Lebens ohne Liebe mit ihm durchgestanden und mit grüblerischen Mienen am Tresen gesessen und mit den Köpfen genickt, doch jetzt, da die dunklen Zeiten in der Bar *Tiberi* offensichtlich vorüber waren, taten sie alles, damit sich die Frau, die das Licht in das kleine Reich des Baristas zurückgebracht hatte, heimisch fühlte.

Nicht zuletzt deshalb, weil Luigi, der Schreiner, über sie gesagt hatte: »Na, wenn die redet, versteht man sie wenigstens.«

Sogar die strenge Carlotta hatte Gefallen an Mina gefunden und ließ keine Gelegenheit aus, mit ihr zu plaudern, wenn sie in die Bar kam. Vielleicht auch, weil sie ihr wie alle anderen dankbar dafür war, dass das Lächeln auf das Gesicht ihres Bruders zurückgekehrt war.

Mit Geneviève hatte sie sich sowieso nie besonders gut verstanden, zum einen wegen des eher verschlossenen Charakters der Französin, die in einer ganz eigenen Welt zu leben schien, zum anderen aus einer gesunden schwesterlichen Eifersucht heraus – immerhin hatte die junge Pariserin ihr die Rolle der wichtigsten Frau im Leben ihres Bruders streitig gemacht.

Ausschlaggebend war am Ende jedoch wohl die fehlende Chemie zwischen den beiden, wie sie manchmal sofort zwischen zwei Menschen besteht, die sich gerade erst kennenlernen. Sie waren sich immer fremd geblieben. Das war mit Mina anders, und die beiden Frauen verstanden sich von Tag zu Tag besser und waren sogar Freundinnen geworden.

Carlotta besuchte Mina öfter in ihrem Laden und brachte ihr immer eine Süßigkeit mit. Dann setzten sich die beiden auf die Bank vor dem Laden, Mina teilte die Süßigkeit mit ihr, und sie gönnten sich eine kleine Pause.

Manchmal erzählte Carlotta Mina Geschichten aus Massimos Kindheit, und dann hörte Mina jedes Mal begierig zu. Wenn man sich in jemanden verliebt hat, möchte man schließlich gern alles über ihn erfahren, von der Kindheit an. Auch Massimo freute sich über diese neue Vertraulichkeit zwischen seiner Schwester und seiner Liebsten und nahm es als gutes Zeichen.

»Er war manchmal wirklich schlimm«, sagte Carlotta, als sie wieder einmal mit Mina auf der Bank vor dem Laden saß. »An seinem ersten Schultag hat er seine Lehrerin angespuckt, daran erinnern sich alle in Trastevere bis heute. Sie standen zusammen mit den Eltern am Schuleingang, und der Schulrektor rief die Schüler einzeln auf, um sie ihren Lehrern zuzuweisen. Als mein Bruder an die Reihe kam, sah er die Lehrerin, die, wie meine Mutter mir erzählt hat, wirklich ziemlich hässlich war. Er heulte los und sagte, zu der wolle er nicht in die Klasse.

Da ging die Lehrerin zu ihm und zog ihn hinter sich her zu den anderen Kindern seiner Klasse. Mino riss sich los und schrie: ›Nein, zu dir geh ich nicht, du siehst aus wie eine Hexe.‹ Er spuckte sie sogar an, kannst du dir das vorstellen?«

Mina musste lachen und schüttelte den Kopf. »Und was passierte dann?«

»Nicht viel. Massimo wurde nach Hause geschickt und durfte erst am nächsten Tag wiederkommen. Ich glaube, er gewann damit den Weltrekord, schon am ersten Schultag der Schule verwiesen zu werden.«

Die beiden Frauen lachten, und ihr Lachen schien ansteckend zu sein, denn die Passanten, die vorüberkamen amüsierten sich, ohne zu wissen, warum. Hätte Massimo gewusst, wovon sie redeten, wäre er sicher nicht so erbaut darüber gewesen, dass die beiden Frauen sich so gut verstanden.

Massimo hob einen kleinen Ast vom Boden auf und warf ihn gedankenverloren in den Tiber. Seit Mina ihm vor ein paar Tagen gesagt hatte, dass sie noch nie am Flussufer spazieren gegangen sei, überlegte er, wie es für sie am schönsten sein würde. Denn so ist die Liebe: Als ob man jeden Tag die Kerzen einer Geburtstagstorte ausblasen und einen Wunsch aussprechen kann, den der Liebste einem sofort erfüllt.

Am Sonntagmorgen traf sich also Massimo mit Mina vor seiner Haustür, hakte sich bei ihr unter und führte sie zum Tiber hinunter. Hand in Hand gingen sie am Ufer des Flusses spazieren, der friedlich in der Morgensonne schimmerte. Nach einer Weile sah ihn Mina von der Seite an.

»Eine Sache würde mich ja doch interessieren«, sagte sie und beschloss, ihn ein wenig zu necken. »Deine Schwester hat mir so allerhand erzählt über dich. Du musst ja ein schlimmes Kind gewesen sein, und da habe ich mich gefragt, wie du es nur geschafft hast, so nett zu werden, wenn du früher solch ein Rüpel warst.«

Massimo lachte. Dann setzte er sich auf die Mauer am Flussufer, winkte sie zu sich und sagte:

»Komm her, dann erzähle ich es dir.«

Mina lächelte und schien es sich einen Moment zu überlegen, dann ging sie zu ihm, setzte sie sich neben ihn und ließ die Beine baumeln. Unter ihnen floss gemächlich das dunkelgrüne Wasser des Tiber.

Massimo nahm ihre Hand und drückte sie sanft, dann gab er ihr wie immer einen leichten Kuss auf die Wange.

Wie gut ihm doch ihre linke Wange gefiel. Er konnte sich nicht erklären warum, aber er fand sie ganz wunderbar. Vielleicht weil sie auf der Seite des Herzens lag und er sich vorstellte, dass alle Zärtlichkeit von dort gleich in ihr Herz drang. Es war seine Art, ihr schweigend zu sagen: »Ich liebe dich.« Und wenn sie ihn dann immer in dieser besonderen Weise ansah und ihre Hand um seinen Nacken legte, als wollte sie ihm antworten »Ich liebe dich auch«, wusste er, dass sie ihn verstand.

Oft sagen einem die einfachsten Gesten, dass man nicht allein auf der Welt ist.

Massimo folgte dem Flug eines Vogels mit den Augen, der knapp über der Wasseroberfläche segelte.

»Ja, es stimmt schon. Ich glaube, ich war wirklich ein schlimmes Kind. Meine Mutter war damals ziemlich verzweifelt. Sie wusste bald nicht mehr, an welchen Heiligen sie sich wenden sollte, und so beschloss sie, den ›Weg des Herrn‹ auszuprobieren, wie man so sagt, vielleicht, weil Antonio, der Klempner, an dem Tag, an dem ich mit meinem kleinen Rad wie ein Wilder in der Bar herumfuhr und ihm den Fuß quetschte, in seinem Schmerz aufheulte: *Mamma mia*, dieser wilder Bengel ist ja wahnsinnig, du solltest mit ihm zum Exorzisten!

Natürlich ging meine Mutter nicht mit mir zum Exorzisten. Aber sie suchte den Priester von Santa Maria in Trastevere auf und bat ihn um Hilfe. Der beschloss, dass ich Messdiener werden sollte. So begann meine kirchliche Karriere, die gut fünf Jahre dauerte. Vielleicht geschah es aus Ehrfurcht vor dem Priester, der zugleich streng und charismatisch war, vielleicht hatte auch der liebe Gott ein Einsehen, jedenfalls wurde ich mit der Zeit ruhiger, ließ meine wilden Streiche sein und wurde ein friedlicher und wohlerzogener Junge.

Als Messdiener war ich so perfekt, dass Don Amedeo mich an dem Tag, als die RAI die Messe in seiner Kirche ausstrahlte, sogar an seiner Seite haben wollte. Alle waren wahnsinnig stolz auf mich. Die Messe wurde damals von Papst Johannes Paul II. gefeiert, und das Foto, auf dem der Papst mir die Hand gibt und mich anlächelt, hielt meine Mutter in Ehren wie eine Reliquie.«

»Nicht schlecht.« Mina grinste.

»Ja, nicht wahr? Es ging sogar so weit, dass mich Don Amedeo eines Tages zur Seite nahm und fragte, ob ich ins Seminar gehen wolle, um wie er Priester zu werden.«

Mina griff sich an die Stirn und schüttelte lachend den Kopf. »Oh Gott, das war gefährlich!«

Massimo gab ihr einen leichten Schubs mit der Schulter. »He, da gibt es nichts zu lachen, ich wäre der schönste Priester von ganz Rom geworden! Aber Don Amedeo merkte wohl an meiner wenig überzeugten Reaktion, dass dies sein Wunsch war und nicht meiner, und so kam er nicht mehr auf diesen Vorschlag zu sprechen. Stattdessen schrieb er einen Empfehlungsbrief für mich an eine von den Salesianern geführte Schule in Trastevere. Vielleicht bin ich deshalb der Massimo von heute, weil ich drei Jahre in dieser großartigen Schule verbracht habe, der Massimo, in den du dich verliebt hast. Du bist doch in mich verliebt, oder?«

Die Frage überraschte Mina, doch sie freute sich, dass er sie gestellt hatte.

Manchmal verliert man zu viel Zeit, indem man um wichtige Dinge kreist, ohne sie anzusprechen, dabei genügt es, sich nicht davor zu fürchten, was unser Leben zum Besseren wenden und uns glücklich machen kann.

Mina ließ den Kopf an Massimos Schulter sinken und schloss die Augen, als suchte sie in Gedanken nach etwas, das die Schönheit des Ortes nicht störte. Am Ende fand sie, was sie suchte. Es war keine Antwort auf Massimos Frage, sondern Worte, die sie überflüssig machten. Mina schlug die Augen wieder auf und blickte träumerisch über den Fluss.

»Ich hab mal auf Facebook ein Gedicht gelesen. Es war von einem Mädchen namens Giulia und fiel mir auf, weil es *Sosehrverliebt* hieß. Einfach so, als ein Wort. Ich fand, dass es einfach alles sagt, und habe es mir gemerkt.

Sosehrverliebt

Du bist die reine Poesie
Dies eine Wort vergess ich nie.
Deinen Atem spüre ich
Und ich lieb' dich mehr als mich.
Ich lieb' dich ohne Reue
Tag und Nacht aufs Neue
Ich bin sosehrverliebt
Ach, dass es so viel Liebe gibt.
Jeder kann es gleich erkennen,
Dass ich süß wie Zucker bin
Weil sosehrverliebt ich bin.

Ist das nicht hübsch? Manchmal sind Jugendliche beim Erkunden ihrer Gefühle viel mutiger als Erwachsene.«

Massimo küsste sie, legte einen Arm um sie und zog sie an sich.

»Weißt du was? Ich liebe dich unendlich. Alles an dir: was du sagst, wie du es sagst, was du denkst, deine Reife, deine Tiefe, deine so natürliche Art, süß und sexy zu sein. Und deine Augen, deine Augen vor allem. Dieses Leuchten darin, das alles sagt und alles weiß. Und dein Körper, der aus einem Marmorblock von Michelangelo zu kommen scheint, der Meister hat nur das Überflüssige weggenommen, denn das Werk steckte schon drinnen.«

Mina legte sanft ihre Wange an die von Massimo und rieb sich an ihr. Dabei kamen ihr die Straßenmaler in den Sinn, die sie vor kurzem auf der Piazza Navona gesehen hatte und die Touristen porträtierten. Sie hatte fasziniert beobachtet, wie die Maler mit Kohle zeichneten und dann zuletzt mit dem Finger darüberfuhren, das Gezeichnete verwischten und eine Art Clair-obscur hervorbrachten, das den Linien und Umrissen der gezeichneten Gesichter Echtheit verlieh. Und jetzt verwischte Mina mit ihrem Gesicht seine Worte und machte sie klarer und wahrhafter.

Sie beendete ihr Werk mit einem Kuss, dann sprang sie plötzlich auf, lief ein Stück vor, drehte sich zu Massimo um und rief:

»Wer zuerst da ist, kriegt einen *Frappé*!«

Massimo fragte erst gar nicht: »Wohin denn?«, schließlich fließt der Tiber bis nach Ostia, aber um Mina nicht zu verlieren, wäre er sowieso um die ganze Welt gerannt.

Er lief also hinter ihr her, sie war ja die Frau, die er liebte. Irgendwann stoppte Mina ab und blieb keuchend bei der Treppe stehen, die zur Straße hinaufführte.

Massimo war gleich hinter ihr, und dann standen sie eine Weile nebeneinander und warteten darauf, dass sie wieder Luft bekamen.

Massimo nahm ihr Gesicht in beide Hände und zog es ganz nah an seines heran.

»Weißt du was? Du raubst mir wirklich den Atem!«

»Dann nimm doch meinen!« Sie lachte. Dann presste sie ihren Mund auf den seinen, denn in der Liebe kommt nie einer zuerst an, und um den *Frappé* zu trinken, den er ihr schuldete, hatten sie noch ein Leben lang Zeit.

»Na, schmeckt es dir?«

Mina nickte und trank durch den Strohhalm den kalten *Frappé,* der mit viel Eis und Sojamilch zubereitet worden war.

Massimo spendierte ihn ihr, und damit es auch wirklich der beste Café war, saßen sie nun in einem der berühmtesten Eiscafés von Rom.

Es war eine kleine Eisdiele in einer Gasse hinter der Piazza Navona, die es dort sicher schon immer gegeben hatte, die aber nur echte Römer kannten.

Sie saßen auf einer Marmorbank vor der Fontana dei Quattro Fiumi, tranken ihren *Frappé*, einen mit Pistazien, einen mit Haselnuss, und beobachteten eine junge Frau in leuchtend bunten Kleidern, die, ohne zu sprechen und mit langsamen Gesten, die Leute einlud, sich Zettel aus einem kleinen Flechtkorb zu nehmen.

Es standen kleine Botschaften darauf, Sprüche, wie man sie in Glückskeksen findet.

Am meisten waren die Kinder von den anmutigen Bewegungen der bunten Fee begeistert, vorsichtig traten sie näher an sie heran, mit einer ehrfürchtigen Scheu, die durch das sanfte Lächeln der Fee gleich wieder verschwand.

Sie kniete sich vor sie hin, streichelte ihnen über die Köpfe und gab ihnen dann ein buntes Blättchen, das sich die Kinder von den Eltern vorlesen ließen, die sie an der Hand hinter sich hergezogen hatten, nicht aus Angst, allein zu der Fee zu gehen, sondern um den magischen Moment mit Mama und Papa zu teilen.

Wer wollte, konnte für den Zettel ein Geldstück in einen anderen Korb werfen.

Massimo schaute amüsiert zu, wie ein Kind, nachdem der Vater ihm sein Portemonnaie hingehalten hatte, eilig alle Münzen herausklaubte und in den Korb warf, bevor der Vater es davon abhalten konnte.

Alle Leute sahen den Vater an und fragten sich einen Moment, ob er sich wohl wieder etwas von dem Geld zurücknehmen würde, doch er fühlte sich beobachtet, nahm das Kind bei der Hand, ging schnell mit ihm weiter und machte ihm wohl leise Vorwürfe wegen seiner Großzügigkeit.

»Ich fürchte, der Junge wird so schnell keine Spielsachen mehr bekommen«, meinte Massimo, bevor er Mina den x-ten Kuss auf die von ihm bevorzugte linke Wange gab.

»Aber die Frau hat das Geld verdient, der kleine Junge hatte völlig recht«, protestierte Mina. »Sie ist so faszinierend und wundervoll wie die Prinzessin aus *Tausendundeiner Nacht*.«

»So wie du.«

Jetzt gab sie ihm einen Kuss auf die rechte Wange.

»Besten Dank, aber ich glaube, ich habe etwas von meiner orientalischen Ausstrahlung verloren – wenn ich sie überhaupt je hatte.«

»Wann warst du eigentlich das letzte Mal in Indien?«

Mina ließ die zauberhafte Fee, die weiterhin von den Kindern umringt war, nicht aus den Augen.

»Das war bei der Beerdigung meines Großvaters. Damals war ich fünfzehn und musste mit meiner Familie nachts fliehen, um wieder nach Italien reisen zu können.«

»Was meinst du mit ›nachts fliehen‹?«

»Das, was es heißt. Ohne dass meine Eltern davon wussten, hatte mein Onkel eine Heirat zwischen mir und meinem Cousin arrangiert, er hatte mich ihm als Ehefrau versprochen. Dieser Cousin war ein recht hübscher Junge und seit meiner Ankunft in Mumbai hielt er sich immer in meiner Nähe auf und begleitete mich überallhin.

Er war sehr nett, machte mir alle möglichen Geschenke, kaufte mir Eis, und eines Abends versuchte er dann, mich zu küssen, aber ich wollte das nicht und habe mich geweigert.«

»Gott sei Dank, das hast du gut gemacht!«

Mina lachte und stieß ihn in die Seite.

»Dummkopf! Meine indischen Verwandten hatten heimlich schon alles organisiert, in der Hoffnung, dass mein Vater am Ende doch einverstanden wäre und sich nicht dem letzten Willen meines Großvaters widersetzen würde.

Glücklicherweise saß meine Mutter eines Nachts, als sie nicht schlafen konnte, im Garten und rauchte eine Zigarette. Da hörte sie, wie meine Onkel und Tanten über die letzten Hochzeitsvorbereitungen sprachen. Erschrocken weckte sie meinen Vater auf und erzählte ihm, was sie gerade erfahren hatte. Er überlegte keine Sekunde, holte meine Schwester und mich aus dem Bett, half meiner Mutter, alles zusammenzupacken, und kurz vor dem Morgengrauen, als alle anderen noch schliefen, verließen wir das Haus, stiegen in ein Taxi, fuhren zum Flughafen und nahmen den nächsten Flug nach Italien.«

Massimo schüttelte den Kopf.

»Unglaublich, dass solche Dinge heute noch passieren können. Erinnere mich daran, dass ich deinem Vater von Herzen danke, wenn ich ihn kennenlerne. Aber keine Angst, ich habe dir den Eiscafé nicht ausgegeben, um dich zum Heiraten zu überreden.«

»Nein? Ich hatte schon gedacht …«

Mina senkte den Blick und malte mit der Schuhspitze kleine Kreise auf den Boden.

Da nahm Massimo ihr das leere Frappéglas aus der Hand, stellte es auf die Bank und zwang sie, ihm in die Augen zu sehen.

»Mina. Für mein schönstes Lachen bist immer du der Grund, auch für meine unstillbare Lust. Du bist der deutliche Beweis, dass Märchen wahr sind, jede Geste von dir, jeder Kuss, jede Zärtlichkeit, jedes Wort ist ein buntes Blättchen, das sich als Botschaft an mein Herz richtet, die immer gleich lautet: *Einzigartige Dinge heißen so, weil nichts mit ihnen vergleichbar ist* – und du bist für mich einzigartig.«

Mina küsste ihn auf die Nasenspitze, und nach ein paar Sekunden des Schweigens sagte sie leise:

»Holst du mir auch so ein Blättchen bei der bunten Fee?«

27
Die Liebe als Reisebegleiter

»Weißt du, warum ich rote Ampeln mag? Weil ich dich dann immer küssen kann.«

Massimo sah auf die Straße, sobald es grün wurde, und fuhr dann eilig weiter Richtung Minas Laden.

»Vor lauter Küssen wirst du mich noch umbringen«, meinte er.

Mina, die ihn noch umschlungen hielt, öffnete erstaunt den Mund und suchte einen Moment nach der passenden Antwort.

»Das musst gerade du sagen, du machst doch von morgens bis abends nichts anderes!«, sagte sie dann.

Massimo versuchte sich zu befreien, ohne die Hände vom Steuer nehmen zu müssen. »Nun lass schon los, wir bauen sonst noch einen Unfall.«

Da hörte sie auf, ihn zu necken, ließ von ihm ab, lehnte sich in ihrem Sitz zurück und machte ein beleidigtes Gesicht.

»Der Unfall ist schon passiert, du Idiot.«

Massimo fing an zu lachen. »Du siehst süß aus, wenn du dich ärgerst, schade, dass das nicht öfter passiert.«

Er lachte erneut und wollte eine Hand auf ihr Knie legen, aber Mina wehrte ihn heftig ab und schmollte.

»He! Hör auf! Da vorne steht Polizei!«

Sie setzte sich sofort gerade hin, wie ein Mädchen in der Schule, das der Lehrer im Unterricht beim Schwätzen mit der Banknachbarin erwischt hat.

»Meinst du, sie haben uns gesehen?«

»Wer?«

»Na, die Polizisten?«

»Welche Polizisten?« Er grinste.

Erst jetzt merkte Mina, dass er sie angeführt hatte und da gar keine Polizisten waren.

»Also, du bist wirklich … Aber es ist schon besser so.«

Mina ließ sich in den Sitz zurückfallen, und Massimo lenkt das Auto weiter durch die verstopfte Stadt. Sie schwiegen.

»Woran denkst du?«, fragte Mina nach einer Weile.

»Ich dachte gerade an den Spruch auf dem Blättchen der Fee und habe mich gefragt, welchen Ort du wohl am liebsten besuchen würdest. Natürlich mit der Liebe als Reisegefährten.«

Mina holte das Blättchen aus der Hosentasche und las den Spruch noch einmal durch.

Mit der Liebe als Reisegefährten wird jeder Ort der schönste sein, den du je gesehen hast.

Sie waren überrascht gewesen, wie sich das Schicksal damit amüsierte, ihnen ausgerechnet diese Botschaft zukommen zu lassen, gerade nachdem sie über Indien gesprochen hatten.

»Hmmm …«, machte Mina. »Es gäbe vielleicht schon einen solchen Ort … Hast du schon mal von den Häftlingen gehört, die lebenslänglich haben und eine Postkarte mit dem Bild des Ortes an ihre Zellenwand hängen, zu dem sie gern reisen würden, wenn sie irgendwann aus dem Gefängnis herauskommen? Ich habe auch eine solche Postkarte in meinem Herzen. Von einem Ort.«

Sie lehnte den Kopf zurück und sah aus dem Fenster. »Kennst du den Film *Corellis Mandoline*? Es ist eine sehr berührende Geschichte, die während des Zweiten Weltkriegs auf der Insel Kefalonia spielt. Ich wollte mehr über diese Geschichte wissen, da habe ich im Internet gesucht und ein Bild von einem Dorf gefunden, das auf einer Klippe liegt, mit weißen Häusern und flachen blauen Dächern oder Kuppeln. Es war so schön, so faszinierend, etwas so Besonderes, dass ich dachte, das Dorf müsse auf einem anderen Planeten liegen. Erst später habe ich entdeckt, dass ich auf eine falsche Seite gekommen war und das Bild nichts mit Kefalonia oder dem Krieg zu tun hatte, sondern eine Ansicht von Santorin war. Seitdem träume ich davon, eines Morgens in einem dieser Häuser aufzuwachen und mich wie auf einem anderen Planeten zu fühlen.«

Massimo nickte. »Du kommst doch schon von einem anderen Planeten und musst gar nicht erst nach Santorin fahren. Aber ich kenne es und auch den Film, der ist wunderschön. Besonders die Szene, in der er sich für sie eine Melodie ausdenkt, die er vor dem ganzen Dorf spielt und nach ihr benennt …«

Sie unterbrach ihn. »Ja, genau! Pelagia, was auf Griechisch bedeutet ›vom Meer‹.«

»Warum bist du denn noch nie hingefahren?«, fragte Massimo. »Nach Santorin, meine ich.«

Mino sah ihn gedankenverloren an. »Weil das kein Ort ist, an den man allein fährt, und wenn man nicht die Liebe als Reisegefährten hat, kann kein Ort der schönste sein, den man je gesehen hat. Und ich möchte, dass Santorin für mich ein solcher Ort wird.«

»Dann lass uns zusammen hinfahren, lass mich dein Reisegefährte sein, wenn ich bei dir bin, sind ich und die Liebe dasselbe.«

Die Idee war ihm gekommen, nachdem er Mina am Laden abgesetzt hatte.

In letzter Zeit kam es häufig vor, dass Hauseigentümer, um die Kosten für Renovierungen zu finanzieren, einer Firma ihre Fassade zur Verfügung stellten. Diese konnte die Fläche dann zu Werbezwecken nutzen, und die Bauarbeiten waren hinter einer Plane verborgen. Massimo starrte auf das riesige Smartphone neuester Generation, das auf der Fassade des Gebäudes neben Minas Laden prangte, und da hatte er die Idee. Aufgeregt fuhr er zurück in die Bar, um gleich alles in die Wege zu leiten.

»Das meinst du jetzt aber nicht ernst?«, fragte Marcello wenig überzeugt.

»Und ob«, sagte Massimo. »Ruf deinen Cousin an, diesen Maler. Er soll gleich herkommen. Und sag ihm, er soll sich besser beeilen.«

»Soll ich ihm sagen, wenn er nicht sofort herkommt, wird er es bereuen?«

»Na, nun übertreib mal nicht, aber wenn er das glaubt, soll's mir recht sein.«

Marcello grinste, nahm sein Mobiltelefon zur Hand, und während er nach der Nummer seines Cousins suchte, machte er aus seiner Verblüffung keinen Hehl.

»Was sollen denn die Gäste denken? Was sagen die bloß, wenn sie das sehen?«

Massimo sah Marcello streng an, damit er begriff, dass es ihm ernst und die Diskussion beendet war.

»Sie sollen nicht denken, sie sollen ihren Kaffee trinken, und du sollst dir Mühe geben, damit er auch schmeckt!«

Schließlich tippte Marcello die Nummer seines Cousins ein und hielt sich das Telefon ans Ohr.

»Alva, du musst sofort in die Bar *Tiberi* kommen, du sollst etwas malen. Wenn du nicht kommst, wirft Massimo mich raus!«

»Einen Penny für deine Gedanken!« Dies war ein Satz, den manche Mädchen benutzten, um zu sagen, dass sie bereit waren, dafür zu zahlen, um zu erfahren, was die Jungen dachten, mit denen sie zusammen waren.

Doch bei Massimo musste niemand etwas zahlen, man sah auch so, dass seine Gedanken immer Mina galten. Er war wie ein offenes Buch, und wenn er liebte, wusste man das sofort, auch konnte man deutlich erkennen, in wen er verliebt war. In kurzer Zeit hatte sich deshalb in ganz Trastevere die Geschichte von der Frau aus Verona herumgesprochen, die in die Bar *Tiberi* gekommen war, um einen *caffè alla Nutella* zu trinken.

Mina hatte es bemerkt, als sie in Trastevere einkaufen ging. Leute, die sie kaum kannte oder noch nie gesehen hatte, behandelten sie äußerst zuvorkommend, gaben ihr einen Preisnachlass, boten ihr nur die beste Ware an – und das alles nur deshalb, weil sie Massimos Freundin war.

Psychologen nennen dieses Phänomen Assoziation: Wenn Mina mit Massimo zusammen war, dann musste sie ein besonderer Mensch sein.

Deshalb war sie ganz traurig gewesen, als Massimo ihr tags zuvor gesagt hatte: »Heute Abend können wir uns nicht sehen, denn wenn die Bar geschlossen ist, muss ich etwas Wichtiges erledigen.«

Das Problem war jedoch nicht, dass er etwas Wichtiges zu erledigen hatte, sondern dass er auf jeden Fall vermeiden wollte, dass Mina etwas von der ganzen Sache erfuhr.

Deshalb rief er sie auch nicht an wie sonst, um ihr eine gute Nacht zu wünschen, sondern schickte ihr nur eine SMS: *Ich kann dich jetzt nicht anrufen, wir sprechen uns morgen wieder, gute Nacht, Pelagia.*

Die Anspielung auf den Film, von dem sie am Nachmittag gesprochen hatten, milderte ihre Enttäuschung ein wenig.

Eigentlich hatte sie die Nacht mit ihm verbringen wollen. Das taten sie sonst jeden Samstag in ihrem rosa Zimmer, und es war wunderbar, zusammen aufzuwachen und miteinander zu schlafen, vor dem Frühstück, nach dem Frühstück, vor dem Duschen und nach dem Duschen, und sie hatte genug davon, ihm jeden Abend auf Wiedersehen zu sagen und ihn dann auf der anderen Seite der Piazza nach Hause gehen zu sehen.

Zuhause war für sie beide der Ort, an dem sie zusammen sein konnten. Mina hatte schon überlegt, ob sie ihre jetzige Wohnung aufgeben und sich eine neue suchen sollte, wusste aber, dass eine so nahe gelegene schwer zu finden war, wenn sie nicht ein Vermögen kosten sollte.

Außerdem war es zu schön, ihn anzurufen, sobald sie aufgewacht war, durch das Fenster zu sehen, wie er aus der Bar kam, und mit ihm zu sprechen. Dann sahen sich beide schmachtend an wie Romeo und Julia – nur mit dem Unterschied, dass sie sich sicher sein konnten, dass ihre Geschichte von nichts und niemandem in Frage gestellt werden würde.

Einmal hatte sie sogar ein Foto gemacht, auf dem man Massimo vor der Bar stehen sah, über seinem Kopf das himmelblaue Leuchtschild BAR TIBERI.

Am nächsten Morgen musste Mina ihr Geschäft selbst öffnen, weil die Mitarbeiterin krank war, deshalb stand sie früher auf als sonst und nahm sich nicht einmal Zeit, die Fensterläden zu öffnen.

Sie schminkte sich vor dem Spiegel im Bad, dachte kurz an die leichte Enttäuschung, die sie gestern Abend verspürt hatte, und entschied dann, dass dies nichts sei angesichts des großen Glücks, das ihr widerfahren war. Immerhin wusste sie jetzt, mit wem sie nach Santorin fahren würde, und das war unbezahlbar.

Da hörte sie das Piepsen ihres Telefons, das eine neue Nachricht ankündigte.

Sie kam von Massimo. *Willkommen in Santorin, Pelagia, zeig dich mal am Fenster.*

Als Mina ans Fenster trat und zur Bar *Tiberi* hinüberschaute, traute sie ihren Augen nicht. Da war statt des Eingangs Santorin in seiner ganzen Schönheit zu sehen.

Marcellos Cousin hatte sich selbst übertroffen und das heruntergelassene Rollo der Bar *Tiberi* in ein Kunstwerk verwandelt, das mit den Gemälden aus der Sixtinischen Kapelle durchaus mithalten konnte.

Mina holte tief Luft und schüttelte ungläubig den Kopf.

Die weißen Häuser, die blauen Kuppeln, das Meer und das auf die Klippen scheinende Morgenlicht – all das war so perfekt, so bezaubernd, so wirklich, dass sie die Zeit nicht mehr wahrnahm und ganz vergaß, wo sie sich befand.

Einen Moment glaubte Mina, ihr Traum habe sich erfüllt, mitten im Herzen von Rom, und als Massimo sich vor die griechische Landschaft stellte und eine kleine Verbeugung andeutete, befand sie, dass dies der schönste Ort sei, den sie je gesehen hatte.

28
Rom kennt keine Grenzen

Am Sonntag darauf beschloss Massimo, Mina zu einem der schönsten Badeorte der Umgebung zu führen, nach San Felice Circeo. Diesen Ort gab es seit der Antike, und er war hundert Kilometer von Rom entfernt. Das war zwar nicht dasselbe wie ein Flug nach Santorin, doch die Klippen im Park von Circeo brauchten sich vor denen der griechischen Insel nicht zu verstecken. Sie waren am Nachmittag losgefahren, um den Sonnenuntergang zu sehen, der Massimo als der beste Moment schien, um die prächtigen Farben der goldüberglänzten Landschaft zu genießen.

Minas Füße versanken im nassen Sand. Der kühle Schaum der anlandenden Wellen benetzte ihre Haut, was für eine Wohltat!

Während Massimo neben ihr ging, überlegte er, wann er zum letzten Mal hier gewesen war. Er konnte sich nicht mehr daran erinnern. Möglich, dass es vor dem Tod seines Vaters gewesen war, vielleicht war er gerade deshalb so lange nicht mehr hierhergekommen. Doch jetzt war er mit sich und der Welt im Reinen.

Und das verdankte er ohne Zweifel der Frau an seiner Seite.

Er lächelte zufrieden, und Mina bemerkte es.

»Du hast so ein Lächeln im Gesicht, du denkst sicher an etwas Schönes. Was ist es denn?«

»Woran ich denke? Das fragst du noch? Sieh mal, was für ein prächtiger Tag heute ist, das leuchtende Meer, der Strand, das reinste Paradies …«

»Und du hast eine umwerfend schöne Frau bei dir. Meintest du das?«

»Genau das meinte ich. Außerdem ist diese Frau äußerst bescheiden. Demut ist ihre wichtigste Tugend.«

Mina lachte, dann bespritzte sie ihn mit dem Fuß und lief los. Wieder einmal. Massimo war auch diesmal verblüfft und blieb einen Augenblick stehen, bevor er ihr hinterherlief.

Als er sie fast erreicht hatte, hielt sie an, ließ sich in den Sand sinken und blickte aufs Meer.

»Jetzt habe ich dich fast so weit, dass du gemeinsam mit mir läufst!«

Massimo setzte sich neben sie, und zusammen bewunderten sie das kristallklare Wasser, auf das die Abendsonne schien. Sie lehnte ihren Kopf an seine Schulter.

»Wie kommt es nur, dass ich mit dir immer so besonders schöne Orte sehe?«

»Wir Römer haben eben ein Riesenglück, unsere Stadt und ihre Umgebung zeichnen sich seit Jahrhunderten durch Schönheit aus. Rom kennt keine Grenzen. Auch außerhalb der Stadt findet man immer unvergessliche Dinge, Filialen des Zentrums der Welt, die seine nie aufhörende Liebesgeschichte noch unendlicher machen. Denk nur an die Villa d'Este oder die Villa Hadriana in Tivoli, an die römischen Burgen oder an diese herrliche Küste, an der sich nicht nur die Imperatoren erholten, sondern ganz normale Leute.«

Massimos Stimme wurde leiser, als sei er bei diesen letzten Worten irgendwie traurig geworden.

»Alles in Ordnung?«, fragte Mina, besorgt über diesen plötzlichen Stimmungsumschwung.

»Ja. Es ist nur … beim letzten Mal war ich mit meinem Vater hier. Meine Eltern liebten diesen Strand. Hier haben sie sich den ersten Kuss gegeben. Wenn meine Mutter das erzählte, machte sie sich immer darüber lustig, dass Papa dabei die Sonnenbrille aufgelassen hatte. Das hat sie ihm nie verziehen.«

Massimo warf eine Muschel in die leise plätschernden Wellen.

»Die beiden müssen ein schönes Paar gewesen sein.«

»Ja, sie liebten sich sehr. Ich glaube, es ist kein Zufall, dass meine Mutter kurze Zeit nach ihm gestorben ist. Wenn sie meinem Vater die Geschichte mit der Sonnenbrille vorwarf, verteidigte er sich immer damit, dass er sie überall sonst stets ohne Sonnenbrille geküsst habe.«

»Und du? Bist du wie dein Vater?«

»Ich bin besser … Ich trage keine Sonnenbrille.«

Er fasste sie am Kinn und küsste sie zärtlich.

»Lass uns weitergehen, ich will dir die schönsten Klippen der Welt zeigen, bevor es dunkel wird.«

Mina stand auf, klopfte sich den Sand aus den Kleidern und machte ein paar Schritte dicht am Wasser entlang.

Massimo blieb noch einen Moment sitzen, um ihr zuzuschauen, während er eine Hand vor die Stirn hielt, um sich vor der tiefstehenden Sonne zu schützen. Dann stand auch er auf und folgte ihr. Sie gingen über einen kleinen versteckten Pfad, der hinter dem Strand anfing, und Mina fiel gleich auf, wie anders es dort war.

Zuallererst die Stille, in der man nur den Wind und das Meer hörte. Dann die Gerüche, die sich hier ungehindert in der Luft ausbreiten konnten. Und schließlich die Farben – so viele Farbtöne, die jetzt die Hauptrolle an diesem so zauberhaften Ort spielten, der von fast unwirklicher Schönheit war.

Die Sonne begann hinter dem Horizont zu verschwinden und machte Platz für einen blassen Mond.

Das gelbliche Licht wurde allmählich zu diffusem Rot, und jede Pflanze, jeder Baum, die Sträucher, die Blätter und Blumen schienen wie in goldenes Licht getaucht. Ein Spiel von Licht und Farben, eines Henri Latour würdig.

Plötzlich hörten sie in einiger Entfernung Flügel schlagen. Es war eine weiße Möwe. Massimo schwieg, er wollte den Zauber dieser wundersamen Stille nicht durch unnötige Worte verderben.

Sie sprach als Erste wieder.

»Ich dachte gerade, wie sehr man diese Stille vergeudet, wenn man nichts zu sagen hat.«

»Was meinst du damit?«

»Bleib hier stehen und schau mir zu!«

Sie rückte von ihm ab, ließ ihn mitten auf dem Pfad zurück und kletterte auf die erste erreichbare Spitze der Klippe.

Ein paar Zentimeter vor dem Abgrund blieb sie stehen, der Wind verfing sich in ihrem langen dunklen Haar, unter ihr die Schaumkronen des Meeres, die sich wie bittende Hände auf sie zubewegten.

Massimo sah Mina besorgt zu, und als sie jetzt noch einen Schritt weiter nach vorn machte, setzte sein Herz fast aus, und er rannte los, um sie festzuhalten, doch ein paar Schritte hinter ihr blieb er stehen. Mina hatte die Hände an den Mund gelegt und rief aus Leibeskräften etwas dem Meer entgegen.

»Mino, ich liebe dich!!!«

Als sie sich zu ihm umwandte, Haare und Kleider voller Wasserspritzer, geriet sie ins Stolpern und verlor das Gleichgewicht.

Sie fiel nicht, denn Massimo war sofort an ihrer Seite und fing sie auf.

So blieben sie in einer heftigen Umarmung stehen, und sein Pullover wurde ganz feucht von ihren Haaren.

»Bist du verrückt, du hättest abstürzen können!«

Er strich ihr das nasse Haar aus dem Gesicht, und sie blickten auf das unter ihnen liegende Meer.

Mina sah ihn mit großen Augen an.

»Das hättest du nie zugelassen.«

»Nein, das hätte ich nicht, allerdings. Du hast mich ganz schön erschreckt.«

Er nahm ihre Hand, und sie verschränkten ihre Finger ineinander.

»Es wird bald dunkel, lass uns zurückgehen.«

Hand in Hand gingen sie den steinigen Weg hinunter, und ihr Lächeln leuchtete in der Dämmerung.

29
Römische Leidenschaft

Rom ist eine Stadt, in der es so gut wie nie schneit, und deshalb erinnert sich jeder an die wenigen Male, als es wirklich passierte, ganz genau.

Auch Massimo hatte einmal ein großes Schneetreiben erlebt, aber die Flocken waren ihm nicht nur in den Kragen gefallen, sondern hatten ihn ganz und gar zugedeckt.

Rom war auf Schnee so wenig vorbereitet, wie Massimo auf Geneviève vorbereitet war.

Als die junge Französin mit den grünen Augen die Bar *Tiberi* betrat, passierte gerade etwas, das bereits zu einer ganz anderen Epoche gehörte.

Luigi, der Schreiner, wollte allen Anwesenden einen ausgeben, weil er fünfhundert Euro im Lotto gewonnen hatte, im Tabakladen des römischen Chinesen Ale Oh Oh. Dieser behauptete jetzt, er müsse einen Anteil vom Gewinn bekommen, womit Luigi, der Schreiner, nicht im Geringsten einverstanden war.

»Aber du musst mir etwas abgeben«, beharrte Ale Oh Oh. »Du musst mir gegenüber genauso großzügig sein wie das Schicksal dir gegenüber.«

Unter allgemeinem Gelächter schüttelte Luigi den Kopf.

»Du bekommst keine Lira, ich meine, keinen Euro.«

Wie üblich mischte sich Riccardo, der Friseur, ein, um die Stimmung aufzuheitern und Frieden zwischen den beiden zu stiften.

»Hör mal, Luigi, Ale Oh Oh hat dir den Schein immerhin gegeben. Er hat ihn unter zig anderen rausgefischt, und nicht zuletzt deswegen hast du gewonnen.«

Marcello fühlte sich verpflichtet, Luigi, den Schreiner, zu verteidigen.

»Was redest du da für einen Schwachsinn? Jetzt hat Luigi endlich mal Geld, um für die anderen zu zahlen, und da soll es die chinesische Mafia bekommen? Die haben Geld genug, um Krieg zu führen, hast du nicht mitbekommen, wie sie im Japanischen Meer ihre Nuklearwaffen erproben?«

Da blickte Carlotta, die auf ihrem Thron hinter der Kasse saß, von dem Buch auf, das sie gerade las, um in ihrem Reich wieder Ordnung zu schaffen.

»Das ist Nordkorea! Die machen die Nukleartests im Japanischen Meer, nicht China.«

Die letzten Worte blieben ihr im Hals stecken, als sie sah, wer da gerade zur Tür hereinkam.

Massimo sah, wie seine Schwester blass wurde, als habe sie ein Gespenst gesehen. Er hörte auf, mit den anderen zu lachen, und folgte ihrem Blick. Einen Moment setzte sein Atem aus und dann auch noch sein Herz, als er nun völlig entgeistert den Namen der Frau aussprach, die für so lange Zeit seine Träume und Albträume beherrscht hatte.

»Geneviève …«

Luigi, der Schreiner, und Marcello murmelten wie der Chor in der griechischen Tragödie »Ach du grüne Neune!«, der eine, weil er die Frau erkannt hatte, die den Barista so unglücklich gemacht hatte, der andere, weil er den Namen wiedererkannte, den er so oft schon gehört hatte.

Dann senkte sich ein tiefes Schweigen über die Bar *Tiberi*, die mit einem Mal gar nicht mehr die Bar *Tiberi* zu sein schien, sondern eher die Bar aus dem Western *Zwölf Uhr mittags* oder etwas in der Art. Und alle, die nicht begriffen, was da gerade geschah, orientierten sich an der Reaktion der Stammgäste, die sich mucksmäuschenstill verhielten.

Als stünde Massimo im Bann der Erdanziehungskraft, kam er mit schweren Schritten hinter dem Tresen hervor und ging auf Geneviève zu, die mitten in der Bar auf ihn wartete, den unvermeidlichen Rollkoffer neben sich.

Massimo empfand nichts, spürte nichts, er war in einem Zeittunnel, der endlos und ohne Begrenzung schien, und als er nur noch ein paar Zentimeter von Geneviève entfernt war, streckte er die Hand aus, um zu sehen, ob dies vielleicht nur ein Traum war.

Sie tat, was sie immer getan hatte, als sie noch zusammen waren. Sie neigte den Kopf zur Seite, fasste nach seiner Hand, schloss die Augen und öffnete sie wieder, und dann sagte sie dieselben Worte wie damals:

»Nein, ich bin kein Traum, ich bin hier, bei dir ...«

Dann bemerkte Geneviève die seltsame Stimmung in der Bar. Etwas war völlig anders, etwas fehlte, und zwar etwas extrem Wichtiges. Sie sah sich um, als spüre sie erst jetzt, was es war, es war wie eine Leerstelle, begleitet von einem Kälteschauer.

Sie sah Marcello hinter dem Tresen stehen, einen Mann, den sie hier noch nie gesehen hatte, und da kam ihr plötzlich das Spiel *Findet den Eindringling* in den Sinn, und es gab keinen Zweifel darüber, wer der Eindringling war. Geneviève schaute Massimo durchdringend an, dann sah sie Massimo an, und in einem Ton von jemandem, der ein Unwetter heraufziehen sieht, nicht nur einen kleinen Sommerregen, sondern einen ganzen Orkan, fragte sie:

»Mino, wo ist denn Dario?«

Carlotta warf Marcello einen warnenden Blick zu, der ihm bedeutete, nur ja den Mund zu halten und sich besser in Sicherheit zu bringen.

Massimo versuchte, Genevièves Blick auszuhalten und sich nicht aus der Ruhe bringen zu lassen, doch der Schmerz über den Verlust seines alten Freundes ließ seine Augen feucht werden, und die Verlegenheit darüber, Geneviève nicht davon in Kenntnis gesetzt zu haben, wie es sich eigentlich gehört hätte, beschämte ihn so sehr, dass seine Wangen flammend rot wurden. Mit einem Mal wurde ihm klar, dass er nie im Leben etwas Dümmeres getan hatte.

Die Ohrfeige kam für ihn völlig überraschend.

Genevièves Arm war so schnell durch die Luft gesaust, dass er den Schlag erst bemerkte, als er das Brennen auf der Wange spürte.

Alle in der Bar sperrten verblüfft den Mund auf und schwiegen, nur Luigi, der Schreiner, packte den römisch-chinesischen Tabakhändler Ale Oh Oh am Arm, den die Szene sichtlich erschüttert hatte, und sagte leise:

»Keine Sorge, das macht sie immer. Sie ist *Französin*, weißt du?«

Massimo rührte sich nicht, er wusste, dass er die Ohrfeige verdient hatte, und so schwieg er weiter. Wenn man eine Dummheit gemacht hat, was soll man dann schon sagen? Erst als zwei Tränen über Genevièves Wangen rollten, nahm er sich zusammen und tat, was er am besten konnte: Menschen trösten, die er gernhatte.

Er nahm sie in den Arm.

Sie ließ sich in seine Arme fallen, fing an, zu klagen und zu schluchzen, und fragte immer wieder: »Warum hast du mir nichts gesagt? Warum? Ich wäre doch gekommen, um mich von Dario zu verabschieden.«

»Weil wir beide keine Freunde sein können, Geneviève«, antwortete Massimo mit heiserer Stimme. »Weil ich dich nicht mehr hier haben wollte, weil mein Herz gerade erst aufgehört hatte zu bluten und es nie gesund geworden wäre, wenn ich dich wiedergesehen hätte.«

Geneviève machte sich von ihm los. Massimo trat zur Seite, nahm eine Papierserviette und wischte sich über die Augen. Er konnte nicht umhin zu denken, dass sie sich nicht verändert hatte. Sie war immer noch wunderschön.

»Entschuldige, Mino, ich wollte dir nicht wehtun«, sagte sie schließlich und strich ihm sanft über die Wange, auf der sich ein feuerrotes Mal zeigte.

»Ich dir auch nicht. Komm, wir gehen jetzt zu ihm.«

30
Römische Nacht

In so gut wie jeder Liebesgeschichte, die etwas auf sich hält, gibt es jemanden, der stirbt oder gestorben ist. Das muss nicht unbedingt einer der beiden Liebenden sein, es kann sich auch um Verwandte oder Freunde handeln.

Das ist deshalb so, weil die Liebe seit Urzeiten mit Leben und Tod zu tun hat, und die Geschichten, die man sich am besten merkt, die unvergesslichen, enden schlecht, oder einer der Liebenden stirbt.

Auch in der Geschichte von Massimo und Geneviève hatte der Friedhof eine gewisse Rolle gespielt.

Der Tod der Signora Maria hatte Geneviève, die bis zu diesem Zeitpunkt nichts von ihrer Tante gewusst hatte, nach Rom geführt, das Grab von Melanie auf dem Père-Lachaise war ein Symbol für die enge Bindung zu ihrer Schwester, in der Geneviève gefangen war; der Friedhof war der Ort, an dem Leben, Tod und Liebe einander begegneten, um zu besprechen, was zu tun war, und wer von beiden die Verliebten bis zum Ende ihrer Liebesgeschichte begleiten sollte.

Meistens, sogar fast immer, übernahm die Liebe diese schöne Aufgabe, weil die Liebe heimlich in das Leben verliebt ist und umgekehrt, so suchen sie jede Entschuldigung oder jeden Vorwand, um zusammenzubleiben, im Einvernehmen mit dem Tod, der sich auf sein Terrain zurückzieht und weiß, dass er dazu bestimmt ist, allein zu bleiben, bis seine Zeit gekommen ist.

Leider will das Schicksal oft, dass der Tod zum Zuge kommt. Dann ist es mit dem Leben und der Liebe vorbei. Und doch sagen manche, die Liebe bleibe oft doch erhalten, selbst wenn ein Leben vorüber ist.

»Mino, wie hast du es nur geschafft, die beiden im Grab zusammenzubringen? Sie waren doch weder verheiratet noch verwandt!«

Geneviève und Massimo betrachteten das Schwarzweißfoto von Signora Maria am Arm von Dario auf dem Grabstein, beide lächelnd und glücklich.

»Ich habe einen Weg gefunden. In Italien findet man immer einen Weg, im Guten wie im Schlechten. Dafür sind wir Italiener berühmt. Ich habe der richtigen Person ihre Geschichte erzählt. Und Dario hatte mir etwas Geld hinterlassen, das mir helfen sollte, ihm seinen letzten Wunsch zu erfüllen.«

Geneviève nahm Massimos Hand und verschränkte ihre Finger mit den seinen.

Er drückte ihre Hand wie in früheren Zeiten, als fürchte er, dass sie sie plötzlich loslassen könnte. Damals hatte er schon gewusst, dass er sie damit nicht daran hindern konnte wegzugehen.

Sie hatten sich im Auto auf dem Weg zum Friedhof unterhalten, und er hatte ihr die letzten Neuigkeiten aus der Bar *Tiberi* erzählt, alles, was in den zwei Jahren geschehen war, seit sie wieder nach Paris gezogen war, um dem Grab ihrer Schwester nahe zu sein.

Viele der alten Stammgäste, die sie während ihrer Zeit in Rom kennengelernt hatten, waren inzwischen aus verschiedenen Gründen aus Rom fortgezogen und hatten sich anderswo niedergelassen.

»Du würdest Rom nie verlassen, stimmt's, Mino?«

Sie sagte es mit einem bitteren Lächeln und sah ihn aus den Augenwinkeln an.

»Nein, ich nicht. Das werde ich, glaube ich, niemals tun. Um nichts in der Welt würde ich Rom aufgeben. Alles, was für mich wichtig ist, ist hier.«

Bei dieser Antwort konnte Geneviève nicht anders, als tief zu seufzen, es war ein Zeichen von Resignation.

»Das weiß ich«, sagte sie dann, »nicht einmal die Liebe hat dich umstimmen können.«

»Wie bitte?«, fragte er.

»Nein, nichts, es ist schon alles richtig so, die Wurzeln erhalten die Bäume am Leben.«

»Dein Italienisch ist übrigens wirklich gut.«

»Tja, ich hatte damals eben einen guten Lehrer in Rom.«

Zwischen ihnen herrschte für einen Moment eine angespannte Stille, als sie jetzt den kleinen Weg zwischen den Gräbern entlanggingen.

»Gibt es denn eine andere Frau in deinem Leben, Mino?«

Massimo erstarrte. Er wusste, dass sie früher oder später auf das Thema kommen würden, und es ärgerte ihn, dass sie zuerst gefragt hatte und nun wissen wollte, ob ein anderer Mensch in seinem Herzen wohnte.

Er brauchte eine Weile, bis er antworten konnte.

Plötzlich hatte er Angst, sie könnte denken, er hätte sich nur mit ihrer Mieterin zusammengetan, um sich an ihr zu rächen. Oder dass sie ihn nicht glücklich sehen wollte und es richtig fand, ihn verlassen zu haben. Oder noch schlimmer, dass sie dachte, er hätte gar nicht unter der Trennung gelitten. Nein. Sie sollte wissen, dass er zwei Jahre auf sie gewartet hatte, unter großen Qualen. Vielleicht war er auch noch nicht bereit, ihre Geschichte ad acta zu legen, was ja zwangsläufig geschieht, wenn einer der beiden eine neue Beziehung hat.

Aus welchem Grund auch immer, er beschloss, Geneviève nichts von Mina zu sagen, er spürte jedoch zugleich, dass dies der zweite große Fehler war, den er in seinem Leben begangen hatte.

»Nein, im Moment habe ich niemanden.«

Sie nickte und schien erleichtert. Einen Augenblick später war ihm klar, dass er gerade dabei war, ein Kartenhaus aus Lügen aufzubauen.

»Würde es dir dann etwas ausmachen, Mino, wenn ich heute bei dir übernachte? Du weißt ja, dass ich meine Wohnung vermietet habe, und ich möchte nicht gern in ein Hotel gehen. Ich fliege ja auch morgen schon wieder zurück.«

Er hätte es ablehnen müssen, und das hätte jeder getan, der noch alle Sinne beisammengehabt hätte. Irgendeine Ausrede hätte er finden können. Massimo aber konnte nicht nein sagen, er konnte und wollte es nicht.

Er sah den alten Dario vor sich, der den Kopf schüttelte und sagte: Der Unterschied zwischen zu gut und dumm ist nur ganz klein.

»Nein, das ist überhaupt kein Problem. Ich schlafe dann auf dem Sofa.«

So ging der Bau des Kartenhauses weiter.

Geneviève nahm seine Hand und drückte sie leicht.

»Wir können ruhig in einem Bett schlafen, ich werde auch ganz brav sein.«

Da verging Massimo das Lachen. Eine unsichtbare Hand drückte ihm den Magen zusammen, sein Blut zirkulierte mit doppelter Geschwindigkeit. Ihm wurde schwindelig, gleich würde sein Kopf platzen, und dann wäre er sowieso von allen Leiden befreit. Da griffen die Sterne ein. Wie eine Alarmglocke begann sein Handy in der Tasche zu klingeln.

Er zog es heraus und sah, dass sich sein sechster Sinn nicht getäuscht hatte.

Minas Name leuchtete auf dem Display auf, doch er beschloss, den Anruf nicht entgegenzunehmen, und verfluchte all die modernen Erfindungen, die das Kommunizieren schneller machten als das Denken. Er hätte jetzt gern den Lauf der Welt angehalten und einen langen Spaziergang gemacht, um wieder einen klaren Kopf zu bekommen. Doch das Hölleninstrument vibrierte erneut. Kein Wunder, denn noch nie hatte er einen Anruf von Mina abgewiesen.

Er tat, als sei es nicht wichtig, dann aber beschloss er, sich für ein paar Stunden von Geneviève zu verabschieden. Es würde ein langer Tag werden, von der Nacht ganz zu schweigen.

Glücklicherweise hatte Geneviève sowieso vorgehabt, am Nachmittag ein paar Einkäufe zu erledigen, und so trennten sich ihre Wege, sobald sie wieder in Trastevere angekommen waren.

In der Bar zog sich Massimo gleich in den Lagerraum zurück, ohne ein Wort zu sagen, und hüllte sich so sehr in Schweigen, dass Carlotta Schlimmes ahnte.

Er nahm sein Telefon zur Hand und sah sich das Gruppenfoto von dem Kreuzworträtselabend vor zwei Jahren an.

Er hatte dieses Foto immer gern gemocht, weil man darauf den Unterschied zwischen Zuneigung und Liebe, Freundschaft und Liebe, zwischen Achtung und Liebe und einfacher Bekanntschaft und Liebe erkennen konnte.

Alle Gäste der Bar hatten an diesem Abend ein Foto mit ihm gemacht, in der klassischen Position nebeneinander. Darunter war auch das von ihm und Geneviève. Ihr Arm war um seinen Hals und die rechte Schulter gelegt, sie hatte sich buchstäblich an ihm festgekrallt, man konnte das an ihren Fingern sehen, sogar den Druck, den sie ausübten. Als er sie lächelnd darauf hinwies und fragte warum, hatte sie ganz ernst geantwortet: »Weil ich Angst hatte, dich zu verlieren.«

Die Liebe soll nicht gesund machen, Wunden heilen oder uns Gesellschaft leisten, die Liebe schützt niemanden, die Liebe ist nicht gut oder böse, die Liebe sieht zu, wie wir Fehler machen oder richtig handeln, die Liebe ist Zeugin, wir sind wir, und die Liebe ist die Liebe, denn im Unterschied zu uns ändert sie sich nie, sie ist das, was sie sein muss, Liebe und sonst nichts!

Massimo gab sich einen Ruck, um in die Gegenwart zurückzukehren, rief Mina in ihrem Laden an, und sie antwortete am Geschäftstelefon wie immer: »Guten Tag, hier ist Mina, wie kann ich Ihnen helfen?«, und Massimo gab ihr seine übliche Antwort, die sie so gernhatte und die Teil ihres Spiels war: »Sie könnten den Rest Ihres Lebens mit mir verbringen, Signorina.«

Doch diesmal klang Massimos Stimme nicht wie sonst, sie passte nicht zu seinen Worten, und Mina bemerkte es sofort.

»Ist etwas passiert? Ist alles in Ordnung?«

Massimo versuchte, normal zu klingen und die Rolle, die er sich ausgedacht hatte, so gut zu spielen wie möglich.

Geneviève würde morgen wieder abreisen, er musste nur einen Tag überbrücken, es war nur ein dummes, unbedeutendes, kleines Spiel.

Er wusste jedoch zugleich, dass an einem Tag sehr viel passieren kann.

»Alles in Ordnung, Mina. Heute Morgen ist allerdings ein alter Freund von mir aufgetaucht, der inzwischen im Ausland lebt. Er muss heute etwas Papierkram auf dem Amt erledigen und fährt morgen wieder nach Hause. Er hat mich gefragt, ob wir in Erinnerung an früher den Abend gemeinsam verbringen können. Ich hab es nicht geschafft, ihm das abzuschlagen.«

Mina war voller Verständnis. »Mach dir keine Sorgen, mein Schatz, das ist doch sehr nett. Zieh nur los mit deinem Freund und macht euch einen schönen Abend. Ich frage Federica, ob sie Lust hat, mit mir eine Pizza essen zu gehen. Dann sehen wir uns morgen früh in der Bar. Aber schick mir bitte wie immer deinen Gute-Nacht-Gruß. Dann weiß ich, dass du gut nach Hause gekommen bist.«

»Ja, sicher.«

Massimo war froh, dass es nur ein Telefongespräch war, denn er fühlte sich mit einem Mal ganz leer und hatte das Gefühl, dass auf seiner Stirn DIESER MANN IST EIN LÜGNER stünde. Und er musste wieder an den Spruch denken: Besser eine unangenehme Wahrheit als eine schöne Lüge.

Wie aber hätte er Mina die Wahrheit erklären sollen? Auch wenn er nichts Böses im Schilde führte und sie ihm vertraute, hätte es sie bestimmt unangenehm berührt zu erfahren, was wirklich los war, sie hätte sich tausend Dinge vorgestellt und ihn bestimmt zum Teufel gewünscht.

Wahrheitsapostel hätten ihn wegen seiner Finte sicher an den Pranger gestellt, aber er konnte eben nicht anders. Die Wahrheit war zu kompliziert und hätte nur alles durcheinandergebracht, beruhigte sich Massimo.

Das Kartenhaus hatte inzwischen riesige Dimensionen angenommen und stand nur noch durch ein Wunder aufrecht.

»Dann bis später, mein Schatz! Und viel Spaß mit deinem Freund«, sagte Mina, ohne zu ahnen, was am anderen Ende der Leitung vor sich ging.

31
Schöne vergangene Zeiten

Sie betrat den Laden mit einem feinen Lächeln. In der Zeit, die sie in Rom gelebt hatte – und das schien Jahrhunderte her zu sein –, war sie schon ein paar Mal hier gewesen, sie liebte diese einfache und zugleich elegante Boutique. Damals hatte sie sich hier einen wunderschönen Schal gekauft, den sie gleich nach ihrer Rückkehr nach Paris beim Waschen ruiniert hatte. Das hatte ihr sehr leidgetan, auch wenn sie sich sagte, dass Gegenstände nicht wichtig sind und ganz andere Dinge im Leben zählen. Doch dieses verfilzte Stück Stoff erinnerte sie zu sehr an die wunderschöne Liebesgeschichte, die sie in Rom erlebt und die sie selbst zerstört hatte.

Sie sagte sich bitter, schöne Dinge habe sie nicht verdient, sie sei ja nicht einmal in der Lage, richtig damit umzugehen.

Doch jetzt, wo sie wieder in Rom war, konnte sie den Schaden wiedergutmachen. Das war vielleicht albern, aber sie glaubte an Zeichen und war überzeugt, es wäre ein gutes Omen, wenn sie dasselbe Modell wiederfände.

»Guten Tag, wie kann ich Ihnen helfen?«

Sie lächelten einander zu, und mit den leuchtenden Augen eines Kindes im Spielzeugladen betrachtete Geneviève die Auslagen.

»Ja, ich glaube schon. Vor ein paar Jahren habe ich hier einen Pashmina-Schal gekauft, in zwei Farben, schwarz auf der einen, silbergrau auf der anderen Seite. Ich habe ihn aus Versehen in die Waschmaschine gesteckt und wollte fragen, ob Sie dieses Modell vielleicht noch haben.«

»Ich glaube schon, wenn Sie mir bitte folgen wollen?«, sagte die Verkäuferin und ging voraus.

Die beiden Frauen kamen zu einem Ständer, in dem Dutzende sorgfältig zusammengelegter Schals lagen.

Geneviève erkannte den Schal, den sie so gerngehabt hatte, sofort und wollte gleich danach greifen. Dann hielt sie sich zurück und fragte:

»Darf ich?«

Mina lächelte ihr zu, nahm den Schal aus dem Regal und reichte ihn ihr.

»Bitte, machen Sie ihn ruhig auf, dann können Sie das Muster besser sehen. Ein wunderschönes Stück, finde ich.«

Geneviève nahm den weichen Schal und faltete ihn vorsichtig auseinander.

Sie sah ihn lange an, legte den Stoff an die Wange und schloss die Augen.

Als sie sie wieder öffnete, sah sie überrascht und etwas reumütig aus – so als hätte sie plötzlich gemerkt, etwas Falsches getan zu haben.

»Entschuldigung, eigentlich sollte ich es nicht tun, aber ich nehme ihn sowieso.«

»Das verstehe ich gut. Wenn ich allein im Laden bin, muss ich mir auch immer sagen: ›Lass sie liegen!‹ Diese Schals sind einfach zu verführerisch.«

Geneviève musste lachen, dann wurde sie gleich wieder ernst, beinahe traurig. »Er erinnert mich an schöne Zeiten, die ich hier erlebt habe.«

Mina spürte das Unbehagen ihrer Kundin und sagte einfühlsam: »Die offenbar leider heute vorüber sind.«

Geneviève nickte mit einem bitteren Lächeln.

Mina war gegenüber ihren Kundinnen immer sehr diskret und fragte sie nie nach persönlichen Dingen. Darüber sprach sie nur, wenn jemand selbst die Rede darauf brachte. Deswegen nickte sie nur verständnisvoll und ging zur Kasse.

»Kommen Sie, ich packe Ihnen den Schal ein.«

»Ach, vielen Dank, aber ich glaube, ich ziehe ihn gleich an.«

Daraufhin sagte Mina, mehr aus weiblicher Solidarität, denn aus Freundlichkeit:

»Er steht Ihnen wirklich ausgezeichnet, Sie sehen damit noch schöner aus. Wenn Sie damals ein Mann unglücklich gemacht haben sollte, muss er sich heute maßlos darüber grämen, Sie verloren zu haben.«

»Es war umgekehrt, ich habe ihn verlassen, aber manchmal stellt die Liebe uns vor schwere Entscheidungen, und egal was man macht, immer ist es das Falsche. Und Sie, sind Sie verliebt?«

»Ja, in einen ganz reizenden Barista«, sagte Mina und senkte verlegen den Blick.

Geneviève zog überrascht die Augenbrauen hoch, dann sagte sie sich, dass es viele Baristas in Rom gab, und meinte befangen:

»Tja, das ist ja was. Dann lassen Sie ihn nicht mehr aus den Händen. Baristas stehen sehr früh auf, und wenn sie beim ersten Kaffee am Morgen freundlich sind, bleiben sie es ein Leben lang.«

Als Mina das Geld von der Kundin in Empfang nahm, sah sie an der Innenseite des Unterarms eine kleine Tätowierung, zwei Buchstaben, die aussahen wie die Initialen von Namen. Und einer von ihnen stimmte sie leicht unbehaglich.

»Danke und auf Wiedersehen, ich wünsche Ihnen einen schönen Tag und viel Freude an dem Schal.«

»Ihnen vielen Dank, Sie waren wirklich sehr freundlich.«

32

Ein Kunstwerk, mitten in der Stadt

Er erhielt die SMS von Geneviève, als er gerade die Bar schließen wollte. Es war ein anstrengender Nachmittag gewesen, weniger wegen der quälenden Gedanken als wegen der vielen Bestellungen. Massimo war auf bedrückende Weise klar, dass nach der Arbeit die Frau in seiner Wohnung auf ihn wartete, die im Guten wie im Schlimmen sein Leben auf den Kopf gestellt hatte. Und ganz in der Nähe wohnte auch die Frau, die seinem Leben einen neuen Sinn und seinem Herzen die

Liebe zurückgegeben hatte und alles andere verdiente, als von ihm getäuscht zu werden.

Genevièves Nachricht war etwas unbestimmt:

Ich erwarte dich heute nach Sonnenuntergang in dem Lokal mit den weißen Schirmen in Little London.

Massimo war überzeugt, dass er zu den wenigen Römern gehörte, die alle schönen und typischen Plätze in Rom kannten, aber noch nie hatte er von einem Viertel seiner Stadt gehört, das sich *Little London* nannte.

Wäre Dario noch da gewesen, hätte er ihn fragen können, und in solchen Augenblicken fehlte ihm sein alter Freund am meisten. Seine Augen wurden feucht, als er an alle guten und schlechten Momente dachte, die sie gemeinsam in der Bar erlebt hatten. Wobei die guten überwogen, denn Dario hatte es immer geschafft, Schwierigkeiten zu meistern, hatte immer die richtigen Worte gefunden, Worte jener Wahrheit, die wir auf der Welt so oft suchen, überall um uns herum, ohne zu merken, dass wir sie am ehesten in uns selbst finden können.

Massimo wischte sich verstohlen mit dem Ärmel über die Augen, er war offensichtlich in einer verdammt rührseligen Stimmung. Dann wandte er sich an Marcello, der gerade den Tresen saubermachte.

»Sag mal, weißt du zufällig, wo in Rom *Little London* ist?«

Eigentlich hatte er mit einem Nein gerechnet, aber Marcello sagte zu seiner Überraschung:

»In der Via Celentano, das ist eine Gasse in Flaminio. Ein ganz verrückter Ort.«

Die Via Bernardo Celentano, *Little London* genannt, war ein städtebauliches Kunstwerk und genoss auch einen entsprechenden Ruf.

Das Viertel war in den ersten Jahren des zwanzigsten Jahrhunderts geschaffen worden – Kunstwerke werden geschaffen, nicht projektiert, realisiert oder gebaut –, und zwar als Wohnviertel für höhere Angestellte und herausragende Persönlichkeiten in Politik und Verwaltung.

Bürgermeister Ernesto Nathan, englisch-italienischen Ursprungs und überzeugter Europäer, war der Meinung, Rom müsse sich verändern, außerhalb der historischen Mauern wachsen und eine moderne Metropole werden.

In diesem politischen Klima hatte Quadrio Pirani, der den Auftrag hatte, das Flaminio-Viertel zu entwerfen, beschlossen, der Ewigen Stadt ein Stückchen London zu schenken.

Als Massimo das Tor erreichte, das die gerade und ein paar hundert Meter lange Privatstraße abschloss und vor Autoverkehr und Lärmbelästigung schützte, stand er vor einem Rätsel.

Was er hier mit eigenen Augen sah, musste eine optische Täuschung sein, eine Art weißer Magie – anders konnte er sich kaum erklären, dass er nur durch ein kleines Tor zu gehen brauchte, um im Herzen von London anzukommen. Massimo ging nur langsam vorwärts, bezaubert von den niedrigen Stadthäusern mit Steintreppen und bunt gestrichenen Eingangstüren aus

Holz, mit gepflegten, kleinen Gärten davor, die von schmiedeeisernen Gittern mit goldenen Spitzen eingezäunt waren.

Die Straße endete an einem roten Briefkasten, der genauso aussah wie die auf der britischen Insel, hier stand auch eine Laterne, die denen sehr ähnlich sah, an die sich die Londoner Bobbys zu lehnen pflegten, wenn sie sich bei ihrer Nachtrunde ein wenig ausruhen wollten.

Massimo sah sich um und erwartete, dass jeden Moment Hugh Grant mit Julia Roberts aus einem der Häuser kommen würde, nachdem sie in Notting Hill den Geburtstag von Williams Schwester gefeiert hatten.

Stattdessen sah er Geneviève an einem Tischchen unter den weißen Schirmen eines Lokals sitzen, das tatsächlich *Little London* hieß und an dieser schönen Straße lag.

Da begriff er oder glaubte zu verstehen, was diese sonderbare Verabredung bedeutete.

Ihre beiden Städte genügten nicht, sie mussten zusammen eine neue finden.

Denn Liebe heißt immer, sich auf der Mitte des Wegs zu treffen.

Massimo steuerte auf sie zu und schaute sie an, ein kleiner Abendsonnenstrahl beschien ihr Gesicht, so dass die Sommersprossen auf ihrer Nase deutlich zu erkennen waren.

»Darf ich?«

Er deutete auf den leeren Stuhl, der neben Geneviève stand.

»Bitte sehr. Eigentlich habe ich auf einen gut aussehenden Mann gewartet, aber ich glaube, ich bin auch so zufrieden.«

Massimo grinste und setzte sich.

»Ein gut aussehender Mann, so, so … Früher vielleicht, aber inzwischen bin ich auch schon ein bisschen in die Jahre gekommen.«

Da kam der Kellner, um die Bestellung aufzunehmen.

»Guten Tag, was darf ich Ihnen bringen?«

Geneviève sah Massimo einen Augenblick an und fragte dann lächelnd:

»Haben Sie zufällig schwarzen Tee mit Rosen?«

Der Kellner kratzte sich bei dieser Frage verlegen am Kopf.

»Nein, tut mir leid, so etwas haben wir hier nicht. Aber wir haben andere Sorten Tee, die ganz ausgezeichnet sind, mit Bergamotte, Minze oder Pfirsich.«

Massimo beruhigte den jungen Kollegen: »Machen Sie sich keine Umstände, sie bringt uns mit ihrem Rosentee alle zur Verzweiflung.«

Geneviève gab ihm einen leichten Klaps auf die Hand.

»Du bist vielleicht nicht mehr der Schönste, aber sympathisch bist du immer noch. Ich nehme den Tee mit Bergamotte, danke.«

Der Kellner notierte es und sah dann erwartungsvoll Massimo an.

»Für mich bitte dasselbe. Wenn man schon in London ist, dann sollte man auch Tee trinken.«

Der junge Mann grinste, nickte zustimmend und ging.

Als sie wieder allein waren, schwiegen sie eine Weile. Dann sah Massimo den Schal, den Geneviève trug. Er sah ganz so aus wie die Schals aus Minas Boutique, aber er konnte das kleine Schild nicht sehen. So lächelte er nur in sich hinein angesichts der verrückten Idee, auf die ihn seine Phantasie im Zusammenspiel mit seinem schlechten Gewissen gebracht hatte.

»Das ist ein unglaublicher Ort, wie hast du davon erfahren?«

»Der Makler, der sich um die Vermietung des Hauses an der Piazza Santa Maria in Trastevere kümmert, hat ein paar Häuser in dieser Straße verkauft.«

»Und du hast gedacht, weil Rom und Paris nicht ausgereicht haben, wäre es besser, sich in einer anderen Stadt zu treffen.«

Er wies mit der Hand auf die Häuser um sie herum. »So wie London …?«

Geneviève lächelte ihm über ihre Teetasse hinweg zu. »Wenigstens für einen Abend.«

»Weißt du was? Ich hatte geglaubt, unsere Liebe sei so wie die in Filmen oder Liebesromanen. Einmal habe ich den Film *Wie ein einziger Tag* gesehen und mich am Ende gefragt, ob es diese Art von Liebe wirklich gibt. Stärker als alles, unerschütterlich wie ein Monolith, der Tausende von Jahren fest in der Erde steht. Vor allem aber fragte ich mich, ob ich in der Lage gewesen wäre, eine Frau so zu lieben wie der Held des Films. Ohne sie je zu verlieren, ich meine nicht im Alltagsleben, sondern im eigenen Herzen. Dann bist du gekommen, und da glaubte ich schon, ich wäre wie dieser Filmheld und könnte dich tausend Jahre lieben. Leider aber braucht man dafür ein starkes, unversehrtes Herz. Ich wollte dein Clark Kent sein, nur musste ich feststellen, dass es besser ist, Superman zu sein als Clark Kent, denn Superman hat im Unterschied zu mir ein Herz, das nicht brechen kann.«

Massimo sagte diesen letzten Satz mit einem Lächeln, das Resignation, Verständnis und auch Ärger zum Ausdruck brachte.

Warum zum Teufel bist du gerade jetzt wiedergekommen, wo mein Herz wieder normal schlägt und heil ist, schien es zu sagen.

Geneviève sah, wie er seine Tasse zum Mund führte, und dachte an den Tag, als sie zusammen ihren letzten Kaffee getrunken hatten, am Tisch einer ungemütlichen Bar auf dem Flughafen von Rom.

Es war nicht der erste Kaffee am Morgen gewesen, auch nicht der letzte am Abend, weil sie am frühen Nachmittag nach Paris geflogen war. Sie hatte immer wieder auf die Uhr geschaut, als könne sie es nicht erwarten, dass diese Qual endlich vorüber war, sie hatte Abschiede immer gehasst und vielleicht auch Wiedersehen. Er hatte es wohl bemerkt, und als sie aufstehen wollte, hielt er sie am Arm fest.

»Warte! Du musst wissen, dass verliebte Soldaten im antiken Griechenland vor einer großen Schlacht, deren Ausgang ungewiss war, am Ende ihrer vielleicht letzten Mahlzeit am Feuer die letzten Tropfen Wein aus ihrem Becher auf die Erde kippten. Dann schrieben sie darauf mit dem Finger die Initialen der Liebsten, zur unsterblichen Erinnerung an die letzten gemeinsam erlebten Momente.«

Massimo nahm eins der Tässchen vom Tisch, ergriff Genevièves Hand, drehte sie um und ließ einen Tropfen Kaffee auf die Innenseite ihres Handgelenks fallen. Mit dem Finger malte er den Anfangsbuchstaben seines Namens darauf, danach den von ihrem und sagte leise:

»Ich kann dich einfach nicht vergessen.«

Dann war er aufgestanden und gegangen und hatte sie allein zurückgelassen, die Hand immer noch auf dem Tischchen. Vielleicht weil auch er Trennungen und Abschiede hasste.

Nach ihrer Rückkehr hatte sie sich einen Tag lang die Hand nicht gewaschen, dann ließ sie in einem Tätowierladen ihre beiden Initialen nachzeichnen, denn auch sie würde ihn nie vergessen.

Geneviève stellte ihre Tasse ab und kehrte in die Gegenwart zurück. Sie war versucht, mit Massimo die Erinnerung an ihre Geschichte zu teilen, dann sagte sie sich, dass dies nicht notwendig sei, und zog es vor, ihm zu erklären, was sie jetzt empfand.

»Vielleicht haben wir in verschiedenen Zeitzonen gelebt, du warst bereit, ich aber nicht. Und wenn ich es heute wäre, dann wärest du es wahrscheinlich nicht mehr. Da war etwas stärker als ich, Mino. Etwas, das mir sagte, dass mein Platz in Paris ist, bei meiner Schwester. Auch wenn sie tot ist, hatte ich ihr doch versprochen, sie niemals zu verlassen. Ich wollte dir nicht wehtun. Mir war aber meine innere Ruhe wichtiger als unser Glück. Du hast es aber verdient, glücklich zu sein, keiner verdient das mehr als du.«

»Ja, ich habe Glück verdient, du aber auch, nur ist das Glück nicht für uns beide dasselbe. Ich nehme jedoch an, du bist nicht nur hergekommen, um mich zu besuchen.«

»Warum nicht? Würde dir das denn so absurd vorkommen?«, fragte sie lächelnd.

»Nach all dieser Zeit? Warum kommst du gerade heute, ohne dich anzukündigen?«

»Du hast recht, der wahre Grund ist, dass ich die Wohnung verkaufen will.«

»Wirklich? Warum?«

»Ich habe lange darüber nachgedacht. Durch Rom, ich meine die schöne Zeit hier, habe ich viel Neues entdeckt. Es war so etwas wie eine Wiedergeburt. Aber so wie es am Ende zwischen uns gelaufen ist, glaube ich, dass es gut wäre, mit der Vergangenheit abzuschließen. Zu wissen, dass die Wohnung, in der wir zusammen waren, immer noch mir gehört, hindert mich daran, eine neue Seite aufzuschlagen, verstehst du?«

Massimo senkte den Blick.

»Ja, es könnte sinnvoll sein, aber ich finde es schade.«

»Vielleicht ist es das. Aber damit muss man sich abfinden. Es dauert sowieso noch einige Zeit. Die Bürokratie und der Markt sorgen dafür, dass man geduldig sein muss. Ich muss zusehen, dass ich einen Käufer finde, der bereit ist, einen angemessenen Preis zu zahlen. Was machst du für ein Gesicht? Mir tut's doch auch leid.«

Massimo bedauerte es tatsächlich, doch andererseits kam ihm die Neuigkeit sehr gelegen. Vielleicht wäre die Wohnung, wenn sie verkauft wäre, zu seiner Erleichterung nicht mehr verhext.

Schweigend verließen sie *Little London*, hielten sich weder an der Hand, noch gingen sie untergehakt. Bis zu Massimos Wagen liefen sie nebeneinander, ohne sich zu berühren, wie zwei Parallelen, die sich nicht treffen können.

Es gibt Augenblicke in unserem Leben, in denen das Schicksal für uns entscheidet und uns nur die Möglichkeit lässt, seine Wahl hinzunehmen oder zurückzuweisen und unseren Weg zu gehen, aber manchmal ist es unmöglich, diese Entscheidung abzulehnen, und dann müssen wir die Folgen tragen.

33
Schattenspiel

Mina hatte sich gerade von ihrer Freundin verabschiedet und ging nun leichten Schrittes nach Hause.

Selbst wenn das ganze Jahr über zu jeder Tageszeit viele Menschen im Trastevere-Viertel unterwegs waren, ging Mina abends nicht gern allein aus.

Früher war es vielleicht auch schon so gewesen, doch jetzt fühlte sie sich ohne Massimo an ihrer Seite recht unsicher, sie brauchte ihn viel mehr, als es nach außen hin schien.

Alle, die sie kannten, sahen in ihr eine unabhängige, starke und entschlossene Frau, die sich vor nichts fürchtete, und so war es ja eigentlich auch.

Schon als Mädchen war sie es gewöhnt gewesen, von niemandem abhängig zu sein, man ließ ihr viel Freiheit, weil sie gut damit umzugehen schien. Und so steuerte sie in ihrem kleinen Schiffchen durch die Welt, bis sie Massimo kennenlernte.

Er war ihr Hafen geworden, er hatte ihr klargemacht, dass man sich in einer möblierten Wohnung nie wirklich zu Hause fühlen konnte. Er hatte ihr die Lust, ewig zu reisen, abgewöhnt, hatte ihr beigebracht, dass das schönste Wort nicht »Weiterziehen«, sondern »Dableiben« hieß.

Rom war das Zentrum der Welt, Massimo das ihres Lebens.

Es war ja nichts Neues, dass man Rom als schönste Stadt der Welt bezeichnete, aber für Mina war das vor allem deshalb so, weil Massimo dort lebte.

Während sie nun Richtung Piazza Santa Maria schlenderte, lächelte sie und dachte, dass »Roma«, wenn man seine Buchstaben umdrehte, »Amor« hieß, in diesem Namen lag ein Schicksal, ihr Schicksal.

Ihr Lächeln erstarb, als sie erkannte, wer der Mann war, der nur wenige Schritte vor ihr ging.

Was sie da sah, durfte nicht wahr sein: Massimo, ihr Massimo, ihr sicherer Hafen, ihre Wohnung, ihre Welt, ihr Rom, ging dort neben einer anderen Frau.

Für einen Moment hoffte sie, dass die Dame ein Gast der Bar *Tiberi* wäre, der er zufällig auf der Straße begegnet war. Dann erkannte sie den Schal. Sie dachte an Zufall. Ein Schal, eine wunderschöne Frau, auf ihrem Handgelenk die Initialen M & G.

Der Albtraum setzte sich fort. Jetzt sah sie, wie er ihr mit einer Hand über die eine Wange streichelte.

Das war doch ihre Zärtlichkeitsgeste, durch die Rom ihr Zuhause geworden war!

Sie dachte daran, wie er ihr eines Abends gesagt hatte: *Solange ich in deinem Leben bin, wirst du nie allein sein, Mina.* Sie dachte daran, wie er ihr einmal heimlich ihre Lieblingskekse in die Tasche gesteckt hatte und sie diese später fand. Sie dachte an all seine Aufmerksamkeiten, seine Liebe, seine Zuwendung.

Von allen Märchen, die es gab, war ihres doch das schönste.

Jetzt aber fragte Mina sich, wie dieser Mann es fertigbrachte, all dies auch einer anderen Frau vor die Füße zu legen. Einer Frau, die ihn jetzt ansah und ihm zulächelte.

Es fuhr ihr wie ein Stich durchs Herz.

Und am meisten verletzte sie es, dass er sie angelogen hatte.

Mit dem letzten Hoffnungsschimmer, der Verliebten nie ausgeht, suchte sie nach einer Erklärung für das, was sie da vor sich sah. Vielleicht war sie nur eine Freundin, die aus ganz anderen Gründen in Rom war, wie er gesagt hatte, und sie hatte ihn gefragt, ob sie nicht zusammen essen gehen sollten, in Erinnerung an alte Zeiten. Er hatte es nicht geschafft, nein zu sagen, und damit Mina nicht komisch berührt war, hatte er gesagt, es handele sich um einen Freund.

Sicher war es eine Notlüge gewesen, wie man sie oft verwendet, um jemanden nicht zu verletzen, an dem einem liegt. Ja, so musste es sein!

Aber dann, als sie sich gerade mit diesem Gedanken beruhigt hatte, sah sie, wie Massimo sein Mobiltelefon nahm, und kurz darauf summte ihr Handy. Als sie die Nachricht las, blieb ihr das Herz stehen, hätte er ihr doch nur die Wahrheit gesagt. Was er jetzt schrieb, war alles andere als harmlos.

Ich bin noch mit meinem Freund im Restaurant. Wir reden die ganze Zeit über frühere Zeiten. Ich rufe dich nicht an, weil es hier zu laut ist. Ist bei dir alles okay? Bist du schon zu Hause? Gute Nacht und träum was Schönes!

Das Display des Smartphones wurde dunkel, und instinktiv tippte sie darauf, aber es war ihr Blick, der unscharf wurde, nicht das Bild. Ihre Augen waren voller Tränen, die alles verschwimmen ließen.

Mit zitternder Hand antwortete Mina auf die Nachricht. Sie hätte sehr vieles sagen wollen, am liebsten hätte sie *Hau bloß ab* geschrieben, aber am Ende schrieb sie nur:

Alles okay, gute Nacht.

Sie brauchte Zeit, um zu verstehen, was da gerade passierte, dann wieder sagte sie sich, glücklicherweise habe sie das Ganze rechtzeitig entdeckt … Mina ging langsam weiter und behielt die beiden im Auge, die in einigem Abstand ahnungslos vor ihr her spazierten. Und die ganze Zeit war ihr, als sei ihr der Boden unter den Füßen weggezogen worden.

Massimo und die Frau erreichten nun die Piazza Santa Maria, und während Mina vor ihrer Haustür stehen blieb, hoffte sie inständig, dass die beiden sich verabschieden würden und jeder in eine andere Richtung verschwinden würde. Doch dann tat Massimo etwas, was er bei ihr nie getan hatte: Er führte die Frau mit dem Schal in das Haus, in dem seine Wohnung lag.

Mina stand da, gegen die Haustür gelehnt, mit heftig klopfendem Herzen, bevor sie sich langsam nach unten gleiten ließ und etwas unsanft auf der steinernen Eingangstreppe zum Sitzen kam.

In einem Anfall von Masochismus hob sie den Blick und heftete ihn auf das Fenster von Massimos Wohnung – die Wohnung in dem Haus, das sie nicht betreten durfte. In ihrem Mund war ein bitterer Geschmack, als sie jetzt schluckte. Noch nie hatte sie sich so verlassen gefühlt wie in diesem Moment auf der Piazza Santa Maria, die wie ausgestorben dalag. Sie starrte auf das Haus und glaubte zu sterben. Ausgerechnet der Mensch, von dem sie es am wenigsten erwartet hatte, hatte sie im Stich gelassen.

Sie sah, wie in den Räumen oben das Licht anging. Hinter den zugezogenen Vorhängen sah sie Silhouetten, wie man sie aus dem Schattenspiel kennt, die alle verzaubern und in denen Prinzen und Prinzessinnen ihre Abenteuer erleben. Sie sah, wie die Prinzessin ihre Arme um den Hals des Prinzen schlang und ihn fest umarmte, eine Umarmung, wie sie sie selbst kannte, eine Umarmung, die ein ganzes Leben aufwiegt.

Dann trennten die Silhouetten sich, doch Minas Erleichterung währte nur kurz, weil plötzlich das Licht ausging, was sie auf die schlimmsten Gedanken brachte.

Für sie war das Schattenspiel zu Ende, jetzt war die Feier ganz privat, und Mina konnte sich nur zu leicht ausmalen, wie es weiterging. Manchmal stellt man sich die Dinge viel schlimmer vor, als sie eigentlich sind.

Mühsam zog Mina sich hoch, suchte in der Handtasche nach ihren Schlüsseln und schloss die Tür auf, die wie immer einen lauten klagenden Seufzer von sich gab, der bestens zu ihrer Lage passte.

34
Verliebt, aber in wen?

Kaum hatte Geneviève die Wohnung betreten, da schlang sie ihre Arme um Massimos Hals, legte ihre Wange an die seine, schloss die Augen und genoss diese Umarmung.

Massimo umarmte sie auch und erkannte ihr Parfum wieder, das nach Meer, Blumen, Mandarinen und Zedern roch.

Bei diesem Duft musste er immer an Monet denken, der einer seiner Lieblingsmaler war, mit seinen Gärten, seinen Seerosen, den Frauen in den langen Kleidern aus dem neunzehnten Jahrhundert und den eleganten Frisuren, bei denen nur die Augenfarbe der eigenen Phantasie überlassen wurde.

Geneviève legte den Kopf in den Nacken, um Massimo in die Augen zu sehen, in diese Augen, die so braun waren wie die Schokolade auf dem Milchkaffee. Es waren liebe Augen, nie unfreundlich, genau das Richtige für jemand, dem es wie ihr an Zuneigung mangelte.

Massimo konnte nicht widerstehen und strich mit dem Zeigefinger über die Sommersprossen auf Genevièves Nase, die er immer so entzückend gefunden hatte.

Jetzt stand sie vor ihm mit ihren irisierend grünen Augen, die voller Tränen waren und wirkten wie ein vom Wind bewegter Wasserspiegel. Kleine Wellen, die das Herz wiegen konnten, das langsam unterging, ohne es zu merken. Dann tauchte aus dem Nichts eine Sirene auf, die sich anbot, ihn mit einem Kuss wieder an die Oberfläche zu bringen, ihm Sonne und blauen Himmel zurückzugeben; dafür wollte sie nur eins, dass er sie bei sich behielt und ihr zeigte, wie sie auf Füßen im Sand stehen, wie sie ein Menschenwesen lieben konnte.

Sie wollte den Wunsch mit einem Kuss besiegeln, denn in keinem echten Märchen darf der Kuss der wahren Liebe fehlen.

Doch diesen Kuss hatte er schon einer anderen Frau gegeben, Mina. Deshalb löste sich Massimo aus Genevièves Umarmung.

»Es ist spät, und morgen muss ich früh aufstehen. Du schläfst in meinem Bett, ich habe es frisch bezogen und dir Handtücher hingelegt. Ich schlafe hier im Wohnzimmer auf dem Sofa, dann störe ich dich morgens nicht, wenn ich früh aufstehe.«

»Morgen ist Sonntag. Da ist die Bar doch geschlossen, oder? Warum musst du denn so früh aufstehen?«

Massimo senkte verlegen den Blick und starrte auf seine Schuhe.

»Na ja, du weißt doch, dass ich sonntags oft schon ganz früh joggen gehe«, murmelte er.

Geneviève trat zu ihm und streichelte ihm über die Wange.

»Schlaf heute Nacht bei mir, Mino.«

Er schob langsam ihre Hand von sich, eine Geste, die ihn viel Kraft kostete.

»Bitte, Geneviève, verlang das nicht von mir.«

Er drehte sich um, ging aus dem Zimmer und löschte das Licht.

Sie war seine Sonne gewesen, und die Sonne kann man nicht einfach so ausschalten. Deshalb beschloss er, zu einer Sonnenblume zu werden, die den Kopf hängen lässt und ihr Gesicht nicht mehr der Sonne zuwendet.

Die Nacht war angebrochen, unheilbringend und leise. Nur eine betrunkene Touristin, die sich mit der bekannten Canzone *Nina, nun fa' la stupida stasera* produzierte, lärmte auf der kleinen Piazza herum, allerdings hatte sich die französische Version, die Massimo und Geneviève vor ein paar Sommern gesungen hatten, kaum besser angehört.

Seit jener Nacht, in der sie sich zum ersten Mal auf dem Dachgarten eines Hauses geliebt hatten, war so viel Zeit vergangen.

Damals schien es der Anfang von etwas zu sein, das nie hätten enden sollen, doch dann war es doch zu Ende gegangen, und zurück blieben zwei Menschen, die so taten, als hätten sie einander vergessen, hätten diesen Teil ihres Lebens gelöscht. Nicht die Vergangenheit, da dies unmöglich war, aber die Zukunft, die sie sich vorgestellt hatten, den Traum von einem gemeinsamen Leben.

Massimo erinnerte sich, dass er eines Sonntagmorgens, ein paar Wochen nachdem Geneviève wieder nach Paris gegangen war, weinend am Grab der Signora Maria gestanden war und um die Vergänglichkeit von allem weinte – vor allem um die Vergänglichkeit ihrer großen Liebe.

Da war plötzlich der alte Dario vorbeigekommen und hatte ihn aufgefordert, sich neben ihn auf eine der Marmorstufen zu setzen.

»Du darfst Geneviève und alle gemeinsamen schönen Momente nicht vergessen. Du musst sie an einem Ort in deinem Herzen aufbewahren, da, wo die wichtigen Augenblicke deines Lebens verwahrt werden, bei deinen kostbarsten Erinnerungen. Sieh es doch mal so: Du kannst dir heute sagen, dass du schon einmal wirklich glücklich gewesen bist, eine wunderschöne Liebesgeschichte erlebt hast, eine, wie man sie nur in Romanen findet, das passiert nicht jedem, verlass dich drauf. Am Ende ist es doch ganz egal, wie eine Liebesgeschichte ausgeht, das Wichtigste ist doch, sie erlebt zu haben, findest du nicht? Wenn du noch einmal von vorn beginnen könntest und wüsstest, wie die Geschichte ausgehen wird, würdest du sie dann nicht gern trotzdem noch einmal erleben? Ich glaube, schon. Nicht die Liebe ist richtig oder falsch, die Menschen sind es. Deine Liebesgeschichte ist nicht gut ausgegangen, weil Geneviève nicht die Richtige war. Nur deshalb. Ich glaube, dass die Richtige früher oder später auftauchen wird. Du wirst es spüren … Wenn du alt bist und weißt, dass du mit ihr den besten Teil deiner glücklichen Tage verbracht hast.«

Massimo wälzte sich im Bett und konnte keinen Schlaf finden. Die Erinnerung an Dario hatte ihn einen Moment getröstet, sein alter Freund hatte sicher recht gehabt, und es war ganz klar, dass die richtige Frau nicht im Zimmer nebenan, sondern auf der anderen Seite der Piazza schlief. Doch Genevièves Gegenwart war wie ein heller Stern, der alles andere verdunkelte. Er konnte keinen Schlaf finden, seine Sinne waren hellwach, wer weiß wie lange noch, sein Geist arbeitete unaufhörlich und ließ sich nicht beruhigen.

Irgendwann nahm er sein Handy und schickte eine Nachricht an Mina, die sicher schon längst tief und fest schlief.

Denk heute Nacht an mich, ich liebe dich so sehr, schrieb er, als wolle er sich an sie erinnern und Licht finden, in dem tiefen Brunnen, in den er gefallen war. In der Ferne gab es dieses Licht, doch Schuldgefühle, Herzklopfen und die Gespenster der Vergangenheit verdunkelten es. Irgendwann fiel Massimo in unruhigen Halbschlaf. Dann hörte er ein Geräusch, öffnete die Augen und sah Geneviève in dem schwachen Licht, das durch die Fensterläden ins Zimmer drang, oder er glaubte sie zu sehen, wie sie völlig nackt vor ihm stand.

Gott, war sie schön, so sehr, dass sie im Dunkeln zu leuchten schien, doch vielleicht war es auch nur die Aura eines besonderen Wesens, das sich jetzt wie im Traum dem Sofa näherte, die Decke hochhob und sich neben ihn legte.

Er roch ihr Parfum, überrascht, dass Sinneswahrnehmungen im Traum so echt sein konnten. Ihre kühle Haut, glatt und ohne jede raue Stelle, war das Gegenteil von seiner, die plötzlich ganz heiß wurde.

Sie drängte sich an ihn, suchte die Erinnerung an alte Zeiten zu wecken. Massimo zog sie an sich, in einer spontanen Bewegung, die er hunderte Male gemacht hatte und die ihm ganz selbstverständlich schien. Oscar Wilde hat behauptet, um Versuchungen zu widerstehen, müsse man ihnen einfach nur nachgeben, doch Massimo wusste, es genügte, verliebt zu sein, um Versuchungen zu widerstehen.

Aber in wen?

35
Das Ende eines Traums

Massimo hatte eine Weile gebraucht, um sich vorsichtig aus Genevièves Umarmung zu befreien und vom Sofa aufzustehen, ohne sie zu wecken.

Als er vor die Haustür trat, sah er hinauf zu den Fenstern von Signora Marias Haus, die später die Fenster von Geneviève gewesen waren und jetzt die von Mina.

Seltsamerweise brannte dort oben Licht, und einen Augenblick überkam ihn den Wunsch, zu ihr zu gehen.

Der Gedanke jedoch, dass er noch Genevièves Parfum an sich hatte, ließ ihn schneller seine Schritte beschleunigen, um sich so rasch wie möglich vom Ort des Vergehens zu entfernen. Glücklicherweise reicht Rom einem immer die Hand, wenn es darum geht, sich mit der Welt zu versöhnen.

Kaum hatte Massimo den Tiber erreicht, schien die Stadt sich wie eine Schatzkarte vor ihm aufzurollen, wobei die Schatzkarte der Schatz war und er nicht nach dem richtigen Ort suchen musste, weil Rom überall dieser Schatz ist.

Massimo beschloss, zu den Fori Imperiali zu laufen, er wollte das Kolosseum vor sich haben, es mit jedem Atemzug größer werden sehen, im Einklang mit seinem Herzschlag, der im Crescendo seiner Emotionen immer schneller wurde.

In diesem Moment besaß er das Herz eines Olympiasiegers, hatte die Goldmedaille im Hundert-Meter-Lauf gewonnen, den Weltrekord gebrochen.

Das Kolosseum genügte ihm nicht, er wollte mehr, das Stadion, den Circus Maximus, und am Ende fand er sich da wieder, wohin er von Anfang an gelaufen war, im Orangengarten.

Er hatte sie im Auto geküsst, außerhalb der Metro, in seinem Laden, in der Bar, auf dem Gianicolo, am Tiber, auf der Piazza Santa Maria in Trastevere und hier, im Orangengarten, auf einer Bank sitzend, der letzten auf der linken Seite, und dabei das überwältigende Panorama genossen.

Jetzt saß er allein auf der Bank, während die Sonne ihre Strahlen auf die Gebäude, Kirchen und Denkmäler Roms richtete, und versuchte, seinen Atem und sein Herz wieder zu beruhigen.

Schweiß ist salzig, Tränen auch, und wenn der menschliche Körper zu neunzig Prozent aus Wasser besteht, dann gibt es ein Meer in jedem von uns, ein Meer, das manchmal so sehr überbordet, dass man nicht mehr weiß, wohin damit, und schließlich findet man sich überall, auch an Orten, an denen man nicht sein sollte, weil man dort nichts zu suchen hat, weil dort kein Platz mehr ist.

Massimo wartete, bis die Sonne mit ihrem vollen Licht auf die schönste Stadt der Welt schien, dann stand er von der Bank auf, ging zum Brunnen und trank und trank.

Manchmal schon hatte Massimo sich gefragt, wie oft man sich im Leben verlieben konnte. Die Liebe bot tausend Gelegenheiten, als sei sie ein Horoskop, das immer wieder Hoffnungen verbreitet: Zwilling, heute wirst du deine Zwillingsseele treffen, und wenn du zu Hause bleibst, dann ist der Erste, der an der Tür klingelt, der Richtige. Vielleicht ist es die Putzfrau oder der Hausverwalter, alles ist möglich.

Doch als er sich jetzt aufrichtete und sich mit dem Ärmel über das Gesicht wischte, um sich abzutrocknen, wusste er, dass man die Liebe, die wahre, die immer währt, nur einmal erlebt, deshalb sollte man sich mit ihr begnügen und auf den Rest verzichten.

Er wandte sich um und lief zurück nach Hause, schnell wie ein Blitz, denn wenn er glücklich war, rannte er immer mit voller Kraft.

Als Mina es an der Tür klingeln hörte, war sie schon wach oder besser gesagt, sie hatte überhaupt nicht geschlafen. Die ganze Nacht über hatte sie eine einzige Frage beschäftigt: Warum?

Sie hätte gern ihre beste Freundin angerufen, um sich bei ihr auszuweinen, sie wusste, dass Federica auf ihrer Seite war, gute Ratschläge ihr jedoch wenig nützen würden.

Sie hätte gern Carlotta angerufen, um zu fragen, wie gemein ihr Bruder eigentlich sein konnte, aber sie wusste, dass sie ganz sicher auf seiner Seite stand.

Am Ende beherzigte sie die Worte, die ihre Mutter ihr einmal gesagt hatte.

»Sollte es dir je passieren, dass ein Mann dich betrügt, dann sprich zuerst mit ihm und mit keinem sonst.«

Diesmal schien ihr das fast unmöglich. Als die Beziehung mit ihrem Verlobten in die Brüche ging, hatte ihr das klargemacht, dass es zwischen ihnen keine echten Gefühle mehr gab. Doch was gestern Abend passiert war, war so überraschend gekommen wie ein nächtliches Erdbeben, mit dem man in keinster Weise gerechnet hat. In der einen Sekunde hatte man noch ruhig schlummernd in seinem Bett gelegen und die Welt war in Ordnung, und im nächsten Moment war alles zerstört.

Sie war nicht wütend, sie war nur fassungslos und tief enttäuscht von diesem Mann, der so vollkommen schien und dem sie vertraut hatte. Doch jetzt wusste sie, dass *Nobody is perfect* auch für Superman galt.

Es läutete wieder, diesmal etwas länger. Mina sah sich verstört um und hoffte, dass es nicht Massimo war, denn sie fühlte sich noch nicht bereit, ihm zu begegnen.

Er ahnte ja nicht einmal, dass sie Bescheid wusste, er hatte sie ja mit seinen falschen Nachrichten getäuscht, und Mina wollte sich eine weitere Lügengeschichte ersparen, mit der er noch schlechter dagestanden hätte.

Jetzt klingelte es zum dritten Mal. Mina stand auf, wirr im Kopf und elend. Die Erinnerung an den gestrigen Abend weckte plötzlich das Biest in ihr, und so ging sie rasch zur Tür und öffnete, ohne zu fragen, wer dort stand. Sie war sich sowieso sicher, dass es Massimo war.

»Was machst du denn hier?«, fragte sie überrascht.

36

Welche von beiden meinst du?

Massimo öffnete langsam die Wohnungstür und versuchte dabei, so leise zu sein wie möglich, um Geneviève nicht zu wecken.

Aber als er ins Wohnzimmer kam, war die Decke auf dem Sofa schon zusammengefaltet.

In der ganzen Wohnung war es still, Geneviève schien nicht da zu sein.

Er ging ins Schlafzimmer, das ebenfalls perfekt aufgeräumt war, die Bettwäsche lag säuberlich zusammengelegt auf der Kommode.

Doch etwas zog seine Aufmerksamkeit auf sich, es lag auf dem Nachttisch und war leicht zu erkennen: das Notizheft von Geneviève mit dem Bild von Magritte auf der Vorderseite.

Er hatte dieses Bild mit dem dunklen Haus vor dem hellen Himmel geliebt und gehasst, einmal hatte er sogar Wasser darübergeschüttet, am Ende aber hatte es überlebt und wurde offenbar immer noch benutzt. Er fragte sich, warum Geneviève das Heft hiergelassen hatte, doch dann erinnerte er sich, dass sie es immer benutzte, um Nachrichten aufzuschreiben. Also nahm er es und schlug die letzte Seite auf.

Sein Blick fiel gleich auf das vertraute klare Schriftbild von Geneviève. Doch im Unterschied zu damals musste er sich nichts übersetzen lassen, um zu verstehen, was dort stand. Sie hatte ihren Brief auf Italienisch geschrieben.

Lieber Mino,

wie du siehst, hat sich mein Italienisch tatsächlich verbessert, und ich kann dir jetzt in deiner wunderschönen Sprache schreiben, die ich inzwischen so lieben gelernt habe, wie ich dich geliebt habe.

Bald werde ich am Flughafen sein und nach Paris zurückkehren, nicht für immer, aber es ist, als wäre es so. Ich werde Zeit brauchen, um besser zu verstehen, was dieser Romaufenthalt bedeutet, aber ich glaube, ich habe jetzt viele Dinge verstanden.

Bevor ich fuhr, wollte ich noch zu meiner Mieterin gehen, um ihr zu sagen, dass ich die Wohnung verkaufen will, sie liegt ja ganz in der Nähe, auf der anderen Seite der Piazza.

Als ich dort klingelte, kamen mir wieder die Tage in den Sinn, an denen du mir morgens den Tee in die Wohnung gebracht hast, bis du dann gemerkt hast, dass er ganz anders war als der, den ich so gern mag.

Wie lustig du immer aussahst, mit der Teekanne und dem Tablett in der Hand. Du warst immer sehr lieb zu mir, manchmal sogar zu sehr, aber du bist ja zu allen so, das ist deine Art, und das ist schön.

Wie du weißt, habe ich die Vermietung damals einem Makler überlassen, deshalb wusste ich nicht, wer in meiner Wohnung wohnt.

Sie ist eine sehr schöne Frau, ich glaube, sie ist so alt wie ich und hat auch ausländische Wurzeln, vielleicht indische? Wir haben darüber nicht gesprochen.

Als sie die Tür öffnete, waren wir beide überrascht, wir hatten uns gestern schon zufällig kennengelernt, als ich in ihrem Laden einen neuen Schal gekauft habe, den gleichen, den ich damals trug, als ich mit dir zusammen war. Ich hatte das Gefühl, dass sie jemand anderen erwartete. Was aber noch unglaublicher war: Gestern Abend hat sie mich auf dem

Nachhauseweg zusammen mit einem Mann gesehen, mit dem ich ins Haus gegenüber gegangen bin.

Ich habe italienische Frauen schon immer gemocht, sie sind so leidenschaftlich, stolz, stark und würden gegenüber einem Feind nie eine Niederlage zugeben und die Waffen strecken.

Sie war so freundlich, mich hereinzubitten, und bot mir sogar einen Tee an – ich glaube, es war meiner, den ich im Küchenschrank gelassen hatte, als ich weggezogen bin.

Ich hatte Angst, er wäre nichts mehr, aber er schmeckte noch sehr gut.

Wir haben uns in die Küche gesetzt, was für Erinnerungen, Mino! Irgendwann war ich so gerührt, dass mir die Tränen kamen.

Sie war ganz bestürzt, und so konnte ich nicht anders, als ihr meine Geschichte zu erzählen, unsere Geschichte, aber keine Angst, ich habe sehr gut von dir gesprochen.

Sie hat mir erzählt, sie wäre zum Frühstück in deine Bar gekommen und hätte dich auf diese Weise kennengelernt.

Weißt du, Mino, wir Frauen begreifen die Dinge sofort, und jetzt weiß ich auch, warum du gestern Nacht nicht mit mir schlafen wolltest.

Es war schön, deine Umarmung noch einmal zu spüren, es war mir ein Bedürfnis.

Ich glaube, ich habe keinem etwas weggenommen, weil ich die ganze Nacht bei dir geblieben bin, es gibt sicher jemanden, der dieses Glück für den Rest seines Lebens genießen wird.

Ich habe den Anspruch, von dir geliebt zu werden, verloren, als ich dich verlassen habe. Heute weiß ich, welchen Schmerz ich dir mit meiner Entscheidung zugefügt habe.

Du glaubst an die Liebe, die Berge versetzt und Ozeane überwindet, du glaubst an die Liebe wie ein Kind an den Weihnachtsmann, du musst nicht sehen, wie er die Geschenke unter dem Baum niederlegt, um sicher zu sein, dass es ihn gibt.

Für dich ist das so und basta. Und es soll bloß keiner versuchen, dich vom Gegenteil zu überzeugen.

Ich habe es getan, und jetzt schlägt dein Herz nicht mehr für mich, jedenfalls nicht so wie früher.

Wer kann sich erlauben zu behaupten, dass es den Weihnachtsmann gar nicht gibt? Niemand. Wozu sollte es gut, das zu sagen? Es ist so schön zu denken, dass es wahr ist.

Ich hoffe, Mina wird so etwas nie zu dir sagen, und ihr werdet beide für immer daran glauben.

Du hast es verdient, glücklich zu sein, Massimo. Ich sicher auch, aber du mehr als ich.

Wenn du sie wahrhaft liebst, dann geh zu ihr, denn du und ich, wir haben letzte Nacht nichts Böses getan. Ich glaube allerdings, sie ist vom Gegenteil überzeugt.

Als ich ihr gesagt habe, dass ich die Wohnung verkaufen möchte, hat sie mir mit Tränen in den Augen geantwortet, dass es ihr gleichgültig ist, weil sie Rom sowieso bald verlassen wird.

Ich weiß nicht, ob du ihretwegen Rom aufgeben würdest, aber es ist schön zu wissen, dass du für sie Rom bist und Rom ohne dich eine Stadt wie jede andere wäre.

Mina hat es begriffen: Du gibst der Stadt ihre Magie.

In Paris gibt es viele Cafés, aber einen Massimo gibt es nicht.

Vielleicht hätten wir mutiger sein sollen …

Ich wollte glücklich sein, du hattest mir gesagt, dass ich es verdiene, und du, du wolltest nur mit mir den ersten Kaffee am Morgen trinken, dies hätte dir genügt, jeden Morgen für den Rest unseres Lebens. Das hätte mir auch gefallen, und nun ist es doch anders gekommen …

Adieu, Mino, vergiss mich nicht, ich vergesse dich bestimmt nicht,

Geneviève

Nachdem Massimo den Brief zu Ende gelesen hatte, begriff er, dass er heute nicht hätte joggen sollen, weil er glücklich war, sondern um sein Glück einzufangen, bevor es verschwand und unerreichbar wurde.

Ohne eine Sekunde zu verlieren, klappte er das Heft zu und legte es auf den Nachttisch zurück, dann stürzte er aus der Wohnung.

Massimo begann mit seinem Lauf gegen die Zeit, er flog die Treppe hinab, berührte kaum die Stufen, hätte beinahe die Signora Carla umgerannt, die über ihm wohnte und ihm entgegenkam und sich wunderte, welcher Blitz da an ihr vorbeischoss.

Die Leute, die wie gewöhnlich über die Piazza gingen, sahen den Barista der Bar *Tiberi* wie einen olympischen Helden über den Platz rennen und in dem Haus verschwinden, in dem die arme Signora Maria gewohnt hatte, als fehlten nur noch wenige Meter bis zum Ziel.

Doch dies lag drei Stockwerke weiter oben.

Völlig außer Atem polterte Massimo mit beiden Fäusten gegen die Wohnungstür.

»Mina, Mina, bitte mach auf, es ist nicht, wie du denkst! Lass es mich dir erklären!«

Statt Mina öffnete Signor Umberto von der Wohnung gegenüber seine Tür, ein pensionierter General der Carabinieri, den der Lärm beunruhigt hatte und der wissen wollte, ob alles in Ordnung sei.

Zuerst dachte der General, er habe eine Halluzination und das Gespenst des Sprinters Pietro Mennea schlüge wie ein Wilder auf die Wohnungstür gegenüber.

Doch die Halluzination währte nur eine Sekunde, dann merkte Umberto, dass der Mann in voller Laufmontur kein anderer war als Massimo Tiberi, den er wie die meisten Bewohner des Viertels seit seiner Geburt kannte.

»Mino, was machst du denn da?«

Massimo drehte sich verblüfft um.

»Entschuldigung, Signor Umberto, ich wollte Sie nicht stören.«

Der frühere General sah ihn freundlich an und winkte mit der Hand.

»Keine Sorge, klopf, so viel du willst, ich habe in deinem Alter, wenn ich Leute beeindrucken wollte, immer meine Carabinieri-Marke gezückt. Ich konnte die Hausdurchsuchungen kaum erwarten. Doch das waren andere Zeiten. Gib nicht auf, Mino, ich bin ziemlich sicher, dass es sich lohnt. Es gibt immer einen Moment, in dem das Herz sich überschlagen muss. Also, bring's zu einem guten Ende.«

Dann grüßte er und schloss seine Wohnungstür.

Massimo konzentrierte sich jetzt wieder ganz auf Mina, die hinter der Tür kein Lebenszeichen von sich gab. Mal läutete er wie wild, dann klopfte er wieder, dann sah er auf die Uhr und ihm wurde klar, dass er nicht mehr viel Zeit hatte, so holte er zum letzten Schlag aus und hämmerte und klingelte zugleich.

Doch er erhielt weiterhin keine Antwort. Plötzlich glaubte er, ein leises Ächzen hinter der Tür zu hören, so als habe sich drinnen jemand über den Holzboden bewegt.

Vielleicht bildete er sich das nur ein, aber er begann mit beschwörender Stimme zu reden, in der Hoffnung, dass sie ihn hörte.

»Mina, es tut mir leid, ich schwöre dir, ich wollte dich nicht verletzen, lass mich rein, du kannst mich nicht so weggehen lassen. Ich möchte dir unbedingt alles erklären. Aber wenn du nicht mir reden willst, dann kann ich das verstehen. Ich bitte dich um Entschuldigung! Verzeih mir!«

Massimo strich über den Türrahmen, dann wandte er sich um und rannte die Treppe hinunter, während Mina hinter der Tür mühsam ihr Weinen unterdrückte.

Auf dem Weg zum Flughafen Fiumicino rief Massimo aus dem Auto seine Schwester an, um ihr alles zu erzählen, aber auch, um sich zu beruhigen. Carlotta war zwar manchmal despotisch und sarkastisch, aber perfekt, wenn es Notfälle zu beheben galt.

»Hast du dich je gefragt, wieso du in deinem Alter immer noch nicht verheiratet bist, Mino? Und jetzt erzähl mir bloß nicht wieder, dass Baristas wie Priester sind, die nicht nur für einen Menschen, sondern für alle da sein müssen.«

Massimo überlegte einen Moment, bevor er antwortete.

»Ich weiß nicht, aber ich habe schon oft darüber nachgedacht und glaube, es hat alles mit der Kindheit zu tun. Unsere Eltern haben es uns zwar an nichts fehlen lassen, sie liebten sich und uns, sie waren nahezu perfekt. Aber vielleicht war ja gerade das ihr Fehler: Sie waren ein makelloses Paar. Der Vergleich mit ihnen war für mich immer sehr schwierig, sie sind ja das Vorbild, mit dem wir aufgewachsen sind. Der Gedanke, vor Gott das berühmte Versprechen abzulegen, missfällt mir nicht, aber mir ist klar geworden, dass mich die Angst zu scheitern immer davon abgehalten hat.«

Carlotta schwieg eine Weile und sagte dann: »Verdammt, Mino! Du hast recht. Ich habe genau dasselbe empfunden, auch wenn mir das nie so ganz klar war. Ich konnte es nie ertragen, dass meine Ehe nicht so perfekt war wie ihre.«

»Das habe ich mir immer schon gedacht.«

»Und warum hast du es mir nicht gesagt?«

»Hm, ich weiß nicht. Ich vermutete, dass du es sowieso wusstest, und das sind so private Dinge, da wollte ich mich nicht einmischen.«

»Ihr Männer seid doch alle gleich, aber jetzt ist nicht der Zeitpunkt, über meine gescheiterte Ehe zu sprechen. Da kann man eh nichts mehr machen. Reden wir lieber von dir, du hast noch die Möglichkeit, alles richtig zu machen.«

»Das hast du auch. Ich glaube, allmählich löst sich der Knoten. Weißt du, ich habe mir oft den Tag meiner Hochzeit vorgestellt, eine schöne Kirche, überall bunte Blumen, die engsten Freunde, also alle Gäste der Bar *Tiberi,* den Hochzeitsmarsch, vielleicht eine Sängerin, die Schuberts *Ave Maria* singt, während die Braut am Arm ihres Vaters hereinkommt und in einem weißen Kleid mit Schleier und mit einem schönen und verlegenen Lächeln auf mich zukommt. Ich habe nie an die ewige Liebe geglaubt, Schwesterchen, aber ich weiß, dass es wahre Liebe nur einmal im Leben eines Menschen geben sollte. Wenn ich die Worte ›in guten wie in bösen Tagen, bis dass der Tod uns scheidet‹ ausspreche, will ich sicher sein, dass die Frau, die mir in der Kirche entgegenkommt, die Einzige in meinem Leben ist, die ich heirate.«

Carlotta seufzte tief. »Großer Bruder, wenn du von dem, was du sagst, überzeugt bist, musst du sie wirklich sehr lieben.«

»Das tue ich auch.«

Ein paar Sekunden schwiegen beide, dann hörte er wieder Carlottas Stimme.

»Ich freue mich sehr für dich, aber eins verstehe ich trotzdem nicht.«

»Und das wäre?«

»Welche von beiden meinst du?«

37
Lebewohl, geliebtes Rom

Sie hatte Flughäfen nie gemocht, zu viele Leute, zu viel Lärm, unter anderem den der Rollkoffer, die auf unsichtbaren Rädern über den Boden gezogen wurden. Wenn man dann die Kontrollen hinter sich hatte, blieb da ein unangenehmes Gefühl von Nicht-Wiederkehr und Leere in dieser Niemandsland-Zone.

Aus diesem Grund blieb Geneviève lieber draußen sitzen und betrat den Terminal so spät wie irgend möglich. Sie beobachtete die Leute, die eilig kamen und gingen und nach wichtigen Dingen in ihren Taschen suchten. Oder die Eltern, die ihren Kindern zuriefen, stehen zu bleiben, während sie auf einem Karren fünf Riesenkoffer zu transportieren versuchten.

Sie hörte die Stimme aus dem Lautsprecher und das Geräusch der Türen, die auf- und zugingen, wenn Leute hereinkamen oder hinausgingen.

Doch heute hatte sie sich in die bunte Menge mit den zahllosen Gesichtern gemischt, immer begleitet von eigenen Gedanken und Problemen, zum Beispiel dem Problem Geneviève.

War Massimo nun ihr Massimo, oder war er es nicht mehr?

Mit ihm in Rom zusammen zu sein, hatte ihr Leben entscheidend verändert. Als sie nach Paris in ihr Zuhause zurückgekommen war, hatte sie gemerkt, dass ihr ein Stuhl, eine Gabel und ein Glas nicht mehr genügten. Vor Dario, Rina, der Blumenfrau, Carlotta und allen anderen Gästen der Bar *Tiberi* hatte sie niemals Freunde gehabt und sich dafür auch gar nicht interessiert.

Nie hatte sie jemand zu Hause besucht, weil sie keinem sagte, wo sie wohnte. Bevor sie nach Trastevere gekommen war, suchte sie nicht nach Gesellschaft und brauchte auch keine.

In Rom aber hatte sie gelernt, wie kostbar es ist, mit anderen zu sprechen, miteinander umzugehen, mit anderen Menschen zu tun zu haben.

Sie belegte einen Italienischkurs, einen Kurs für lateinamerikanische Tänze, wo sie sich mit anderen Leuten anfreundete, mit ihnen in Ausstellungen und ins Kino ging und Ausflüge unternahm.

Massimo mit seinem geliebten Rom, seiner Liebe und Zuneigung hatte sie verändert, sie aus ihrem Kokon herausgeholt. Vielleicht war sie noch kein Schmetterling, doch er hatte ihr begreiflich gemacht, dass das Leben keine Pflichtübung, sondern eine Reise voller Überraschungen ist.

Die einzige Grenze, die sie noch nicht überwunden hatte, war die, auf ihre Art zu lieben. Sie beneidete zutiefst alle verliebten Paare, die sich ihrer Gefühle so sicher waren.

Für sich selbst suchte sie immer noch nach der richtigen Definition des Wortes Liebe.

Was war Liebe eigentlich? Sie konnte die Frage nicht beantworten, glaubte, es zu wissen, doch so war es nicht.

Sie hatte Massimo in der Überzeugung geliebt, er sei der Mann ihres Lebens, dann aber hatte sie beschlossen, ihn zu verlassen und ohne ihn weiterzuleben.

Ihm ging es genauso, denn jetzt hatte er sich in eine andere verliebt.

War das, was sie für ihn empfunden hatte, etwas anderes? Hatte man im Leben mehr Liebe zur Verfügung? Glaubte man vielleicht nur, die Liebe zu kennen, täuschte sich aber und verstand eigentlich gar nichts davon?

Andererseits, warum gab es Verrat, warum änderte man seine Meinung, und wieso konnte man nach dem Tod seiner großen Liebe nach ein paar Jahren jemand anderen lieben, wieder in der Überzeugung, dass es die wahre Liebe war?

War die erste Liebe die falsche gewesen oder die zweite?

Sie konnte sich falsche Liebe nicht vorstellen. Wie konnte Liebe ein Irrtum sein?

Ihr kam wieder die Geschichte mit dem Kinderheim in den Sinn. Ihre Schwester Melanie war krank, und Geneviève hatte aus dem Speisesaal eine Mandarine mitgenommen, um sie ihr zu bringen, doch das war nicht erlaubt. Sie verließ fröhlich den Saal, sicher, dass sie niemand gesehen hatte, aber ihr Lächeln erstarb, als sie am Ende des Flurs der Mutter Oberin begegnete und ihr die Mandarine aus der Tasche fiel.

Geneviève erhielt eine Strafe und musste eine Woche während der Pause auf einem Stuhl sitzen, während alle anderen im Garten spielen durften. Als sie Melanie davon erzählte, umarmte diese sie fest und flüsterte ihr ins Ohr:

»Wenn du etwas gemacht hast und froh darüber bist, dann kann es nicht falsch gewesen sein.«

Bei dieser Erinnerung kamen ihr die Tränen, Gott allein wusste, wie sehr sie ihre Schwester geliebt hatte, wie sehr sie sie immer noch liebte, wie sehr sie ihr gefehlt hatte und immer noch fehlte.

Ohne dich gehe ich nirgendwohin.

Geneviève stand auf, nahm ihren Rollkoffer, um nach Paris zurückzukehren, nach Hause, zu Melanie.

Massimo rannte so schnell wie noch nie in seinem Leben und hoffte, dass es nicht zu spät war. Er überquerte die Straße, und beinahe hätte ihn ein Taxi überfahren, aber es war ihm gleichgültig, er schaute nicht nach rechts und links.

Die Automatiktür ging gerade rechtzeitig auf, er sprintete weiter, vorbei an den Leute, die ihn hereinstürmen sahen, und erreichte schließlich die Sicherheitszone, weiterzugehen war nicht erlaubt.

Er suchte sie unter den zahllosen Passagieren in der Warteschlange in dem engen Labyrinth von abgeteilten Gängen.

Nein, da war sie nicht, er war zu spät gekommen. Er war außer Atem, stemmte enttäuscht die Hände in die Hüften, blickte nach oben und fragte sich, wo zum Teufel sein bester Freund war, wenn man ihn mal brauchte.

Dann kam ihm in den Sinn, dass Dario sich vielleicht auch mal Ferien gönnte – aus Angst vorm Fliegen hatte er ja nie ein Flugzeug genommen –, und jetzt genoss er es vielleicht, mit eigenen Flügeln die Strände der Welt zu erkunden.

Massimo musste grinsen bei dem Gedanken, dass Dario jetzt irgendwo in Polynesien am Meeresufer stand, mit einem erstaunten Gesicht, als wolle er sagen: »Oh, das ist ja schön, aber mit Ostia kommt nichts mit.«

Massimo schickte ihm einen Fluch, in aller Freundschaft, dann sah er wieder auf die Menschenschlange vor sich und plötzlich entdeckte er sie.

Sie war schön wie immer, wie sie es gewesen war und immer sein würde.

Sie schien heiterer Stimmung zu sein, einen Moment sah er sie lächeln und dachte schon, es wäre besser, sie abreisen zu lassen, ohne sich bemerkbar zu machen.

In diesem Moment begegneten sich ihre Blicke und sie schien nicht überrascht, ihn zu sehen.

Im Grunde ihres Herzens wussten sie wohl beide, dass sie sich nicht einfach so trennen konnten, ohne ein Wort, ohne sich in die Augen zu schauen, ohne sich ein letztes Mal zuzulächeln.

Doch sie wusste auch, dass sie sich zu weit voneinander entfernt hatten, es war zu spät für einen Neubeginn.

Geneviève legte ihre Hand an den Mund und warf ihm einen Luftkuss zu, über die Köpfe aller Leute hinweg, die sie trennten.

Doch das genügte Massimo nicht, er war diesen ganzen Weg nicht für einen Luftkuss gefahren, er wollte ihr erklären, warum alles so gekommen war.

Wäre er der Held eines Films gewesen, hätte er etwas Aufsehenerregendes getan, aber sein Leben war mehr wert als irgendein Film, deswegen sprang er auf einen der Sessel, die am Rand der Sicherheitszone standen, und rief ihr zu:

»Es ist wahr, ich habe dich geliebt, vielleicht wird dich nie wieder jemand so lieben wie ich, auch wenn ich dir das wünsche. Du hast eine Entscheidung für uns beide getroffen, und ich habe sie hingenommen. Du konntest nicht ohne Paris leben, und ich nicht ohne Rom, so ist es gekommen, so musste es kommen. Mein Herz war gebrochen, dann wurde es zu Stein, und ich glaubte schon, es würde nie mehr Feuer fangen und ich würde niemals mehr eine andere lieben können, das habe ich mir sogar gewünscht, aber der Liebe ist es völlig egal, was wir von ihr erwarten. Sie ist aus dem Nichts gekommen, genau wie du. Sie hat mein Herz in die Hand genommen und es wieder angezündet.

Mit dir bin ich glücklich gewesen, mit ihr bin ich es und werde es immer sein. Du fragst dich, wie ich da so sicher sein kann? Weil ich für sie sogar Rom aufgeben würde.«

Massimo lächelte und breitete die Arme aus, als wolle er sagen: Was kann man da machen? Dann warf er einen letzten Blick auf Geneviève, die ihn auch anlächelte und seine Geste mit den Armen nachahmte … Was kann man da schon machen?

Dann wandte sie sich um, legte ihren Rollkoffer auf das Laufband und passierte den Metalldetektor, ohne sich noch einmal umzudrehen.

Erst da bemerkte Massimo, wie viele Leute Zeuge seines Auftritts gewesen waren. Sie starrten ihn an, einige hatten seine flammende Rede sogar mit dem Handy festgehalten.

Massimo kletterte von seinem Stuhl und fragte sich, was die Leute bloß mit so einem Video wollten.

Heutzutage leben die Leute nicht mehr, stattdessen filmen sie alles, dachte er, als er das Flughafengebäude verließ.

38
Romantisches Rom

Der Wecker klingelte zur gewohnten Stunde. Massimo stellte ihn aus und setzte sich aufs Bett, dann rieb er mit den Händen über sein Gesicht.

Er stand auf, zog das Nachtlicht aus der Steckdose und ging ein wenig schwankend ins Bad, bemüht, nirgendwo anzustoßen.

Gesicht, Zähne, Bart, Kamm, Haare, Aftershave, Barista-Kleidung, Schuhe, Schlüssel, Tür, Treppe, Morgengrauen, Piazza, Bar.

Er hatte einmal auf einer Mauer den Satz gelesen: *Ohne dich ist jeden Tag ein Montag.*

Und wenn es wirklich Montag ist und ich bin ohne dich, was für ein furchtbarer Tag muss das sein?, fragte er sich, als er jetzt auf die Bar zuging.

Tags zuvor hatte er nach seiner Rückkehr vom Flughafen einen langen Spaziergang gemacht und war spät nach Hause gekommen.

Er hatte seiner Schwester eine Nachricht geschickt, dass alles in Ordnung sei.

Er hätte gern auch Mina angerufen oder ihr eine Nachricht geschickt, um ihr zu sagen, dass er sie liebe, dass sie die einzige Frau sei, mit der er leben und schlafen wolle.

Er wollte ihr nicht sagen, er würde sie für immer lieben, denn er wusste, das Wichtigste in der Liebe war nicht die Ewigkeit. Das Wichtigste war vielmehr, dafür zu sorgen, dass die Gefühle gleich stark blieben, nur das war das Geheimnis.

Sie jeden Tag zu lieben, als sei es der erste Tag. Nicht der, an dem man sie geliebt oder mit ihr geschlafen hat, nein, der erste, an dem man sich in sie verliebt hat.

Der Tag, an dem man erkannte, dass man bisher gar nichts begriffen hatte.

Er rief sie jedoch nicht an und schrieb ihr auch nicht, weil er diesen Tag für sich nutzen wollte. Er wollte erst zu sich selbst finden, wollte Ordnung schaffen. Er hatte sein Telefon ausgestellt, um nicht in Versuchung zu kommen.

Also betrat Massimo an diesem Montag aller Montage die Bar, zog das Gitter hoch, machte Licht und tat das, was er schon tausende Male gemacht hatte. Er sah auf das Foto seines Vaters und sagte: »Gute Arbeit, Papa, ich bin dein Meisterwerk.«

Dann blickte er zu Darios Bild und sagte: »Ob ich wissen will, was du machst? Wo bist du gerade? Komm doch her und hilf mir ein bisschen.«

Dann sah er auf das Foto, das Carlotta hinter der Kasse aufgehängt hatte. Es war ein Selfie von ihnen beiden, eine der schönsten Erinnerungen von Bruder und Schwester, nur sie beide. Massimo hatte damals sämtliche Hebel in Bewegung gesetzt, um Karten für das Preview von *Twilight* zu bekommen, einer Lieblingsserie von Carlotta. Zehn Minuten Film, dann standen sie den Schauspielern gegenüber, die eigens für dieses Event nach Rom angereist waren. Massimo erinnerte sich noch genau an Carlottas ungläubigen Gesichtsausdruck und ihr begeistertes Lächeln, als sie erkannte, dass die Wirklichkeit manchmal größer ist als die Phantasie und Vampire auch am Tag erscheinen können, und sei es in einem Kino. »Und die Schauspieler kommen wirklich hierher?«, hatte sie ein paar Mal aufgeregt gefragt, bevor sie sich an einen Platz setzten, von dem aus sie den besten Blick auf das Geschehen hatten.

Einigermaßen gerührt betrachtete Massimo das Foto, diesen Moment, der bis heute zu seinen Lieblingserinnerungen zählte.

Carlotta im Profil mit auf dem Arm aufgestütztem Kinn, auf die kleine Balustrade vor ihrem Sessel gelehnt. Sie zeigte das schönste Lächeln, das Massimo je bei ihr gesehen hatte.

Kurze Zeit später klopfte es gegen das Rollo, Massimo sah auf die Uhr und dachte, es sei Franco, der Konditor, der wie jeden Morgen sein Gebäck brachte.

Er zog das Rollo hoch, und als es halb offen war, sah er zu seiner Überraschung, dass nicht Franco gekommen war, sondern Antonio, der Klempner.

»Antonio, was machst du hier um diese Zeit?«

Antonio, der Klempner, betrat die Bar.

»Aber ich komme doch immer um diese Zeit.«

Massimo kratzte sich nachdenklich am Kopf.

»Ich wollte sagen, was machst du hier in Rom? Wieso bist du nicht in Cerveteri?«

»Rate mal. Deinetwegen. Meine Nichte hat mich gedrängt, extra aus Cerveteri herzukommen, weil sie ein Autogramm haben will. Da habe ich mir gedacht, ich erledige es lieber gleich, als nachher in der Schlange stehen zu müssen. Sie ist übrigens mitgekommen und noch draußen, wir warten schon die ganze Zeit, dass du endlich aufmachst.«

Massimo verstand gar nichts mehr und begann, das Rollo ganz hochzuziehen.

»Ein Autogramm? Was redest du denn da? Warum will deine Nichte ein Autogramm von mir?«

»Na, weil du jetzt berühmt bist.«

In diesem Moment betrat noch jemand die Bar. Es war Mina.

»Was hast du gestern bloß für einen tollen Auftritt gehabt, dein Video haben Millionen Leute angesehen. In den japanischen Nachrichten haben sie den Film sogar mit Untertiteln gezeigt. Und in Italien redet man in allen Sendern davon.«

Massimo verstand gar nichts mehr. Er sah zuerst Mina an und dann Antonio, den Klempner, und fragte sich, ob er das alles träumte.

»Aber wovon redet ihr überhaupt?«

Da zog Mina ihr Smartphone hervor und zeigte ihm das Video.

Man sah Massimo, der in Sportkleidung auf einem Sessel im Flughafen stand, wild gestikulierte und über die Liebe sprach. Antonio, der Klempner, schaute sich die Aufnahme mit ihnen an, dann sah er erst Mina und dann Massimo an, verstand endlich, worum es ging, und verließ die Bar.

»Ich lass euch jetzt allein, ich sehe mal, was draußen los ist, und passe auf, dass euch niemand auf die Nerven geht. Weißt du was, Mino? Ich wusste gar nicht, dass du so fit bist. Und das mit deinen Streichholzbeinen.«

Antonio zog hinter sich den Rolladen hinunter und ließ Mino und Mina allein in der Bar zurück.

Mina fiel ihm in die Arme und fing gleich an zu reden, weil sie schon so viel Zeit verloren hatten.

»Meinst du das, was du da gesagt hast, wirklich?«

Massimo zog sie ganz dicht an sich und sagte: »Jedes Wort.«

Mina gab ihm einen Kuss auf den Mund.

»Es heißt, man soll in der Liebe immer seinem eigenen Herzen folgen, aber ich glaube, in Wirklichkeit soll man eher dem eines anderen folgen, und dieses Herz ist einem bald so vertraut, dass es selbst die dunkelste Nacht mit Liebe erfüllt. Und dann weiß man, dass von jetzt an nichts und niemand, nicht einmal die Dunkelheit einen erschrecken und einem Böses anhaben kann. Ich habe beschlossen, dir ganz zu vertrauen, Massimo, und jetzt sei für mich da, denn auch wenn niemand weiß, wie lange es geht, möchte ich den Rest meines Lebens mit dir verbringen.«

Massimo lächelte. »Genau das möchte ich auch, liebste Mina. Du bist für mich in allen schönen Dingen, in Gedichten, Geschichten und Liebesliedern. Du bist dort, denn wenn ich dich ansehe, gibt es nichts anderes mehr, nichts, was entwaffnender ist als deine Schönheit. Ich sehe dich so gern an, ich liebe dich mit ganzem Herzen, du bist für mich etwas ganz Besonderes und machst mich froh. Ich liebe es, wenn du mich umarmst und streichelst, wie du mit mir sprichst, wenn du vor Lust die Augen schließt, wenn wir uns lieben. Ich mag deine Küsse, ich mag deine dumme Eifersucht, vor allem aber mag ich, dass du aus mir einen perfekten Mann machst. Ein Kaffee genügt manchmal nicht, um den richtigen Menschen zu finden. Man braucht zwei, den ersten am Morgen und den letzten am Abend.«

Sie antwortete ihm mit einem Kuss. Einem langen, tiefen Kuss, bei dem aus zwei Menschen einer wird. Dann sah Mina Massimo mit einem schelmischen Gesichtsausdruck an.

»Wie wäre es, wenn die Bar heute geschlossen bliebe?«

»Du machst Witze. Sie wurde nicht mal zugemacht, als ich geboren wurde. Außer wegen Beerdigungen, Feiertagen und Sonntagen gab es für die Bar *Tiberi* nie einen Grund, in der Woche geschlossen zu bleiben.«

»Aber ich wüsste noch einen wichtigen Grund.«

»Und der wäre?«

Mina gab ihm ein Küsschen auf die Wange und dann einen kleinen Klaps.

»Wir müssen neue Möbel für deine Wohnung kaufen. Hast du wirklich gedacht, du müsstest meinetwegen Rom verlassen?«

Massimo lachte erleichtert und ging zur Kasse.

»Was machst du da?«

»Ich hole einen Stift und einen Zettel, den wir draußen am Rolladen festmachen. Unsere Gäste sollen doch nicht denken, ich wäre tot.«

»Und was schreibst du drauf?«

Massimo nahm den Stift, schrieb etwas auf das weiße Blatt Papier und zeigte es Mina.

HEUTE WEGEN LIEBE GESCHLOSSEN.

Epilog

Die Tage vergingen schnell, es wurden Monate und Jahre daraus, aber das missfiel Massimo nicht, denn er hatte das Gefühl, dass seine Liebe zu Mina im Lauf der Zeit stärker wurde, so wie ein Baum, der seine Wurzeln immer weiter in die Erde treibt und sich vor Trockenheit, Wind und Frost nicht mehr zu fürchten braucht. Deshalb gefiel es ihm auch, wenn die Dinge sich wiederholten, aber es genügte ihm nicht, und so dachte er sich immer wieder Neues aus. Er wollte nicht nur Geburtstage feiern, sondern hielt die gemeinsam verbrachten Stunden genau fest, um nichts zu verpassen und vor allem nichts für selbstverständlich zu halten. Er hatte sich vorgenommen, Mina seine Liebe stets zu zeigen, er war stolz darauf, denn wenn uns die

Liebe den Weg weist, können wir nicht anders, als ihr zu folgen.

Nach tausend Tagen von dir und mir

Die Tage vergehen, aber die Liebe zu dir vergeht nie, und ich würde sie gern in einem Buch festhalten, um jeden Tag ein paar Seiten darin zu lesen, damit sie ewig dauert.

Wir haben so viele schöne Dinge gemeinsam erlebt, dass ein ganzer Roman nicht ausreichen würde, um all das zu erzählen.

Weißt du, was das Problem ist? Was ich für dich empfinde, wird mit jedem Augenblick größer, weil ich jetzt alle deine Vorzüge und Fehler kenne, aber gerade deine Fehler haben mich gelehrt zu verstehen, dass du etwas ganz Besonderes bist, und wer dich lieben will, der muss dich so lieben, wie du bist, und sollte sich glücklich schätzen, dass er es kann.

Die Begegnung mit dir war der *magische Augenblick in meinem Leben, denn du bist der gute Teil meines Lebens an schlechten Tagen geworden, der realistischste Traum, den ich je hatte, und bis heute das Beste, was mir je widerfahren ist, und wenn ich die Zeit zurückdrehen müsste, wäre unsere Geschichte das, was ich am liebsten wieder erleben würde.*

Du weißt, wie sehr ich an das Schicksal glaube; ich bin überzeugt, dich immer geliebt zu haben, in verschiedenen Leben, denn man kann nicht vergessen, was einen berührt, und ich weiß, dass du mein Herz immer wieder berührt hast. Was man in sich trägt, kann niemals verloren gehen, und du bist, seit ich weiß nicht wie langer Zeit, in mir, meine Liebste.

Ich kann ohne dich nicht leben, ich bin die Motte und du das Licht, der helle Schein, der mich durch das Dunkel führt, der einzige Mensch, der in der Lage war, mein Schicksal zu ändern.

Oft frage ich mich: Und wenn ich dir schon seit Jahrhunderten folge? Ich weiß es nicht, aber vielleicht bin ich Tristan, Lancelot oder Romeo und warum nicht auch Jack Dawson. Und jetzt? Ich bin ein Mann, der unsterblich in eine Frau verliebt ist.

Ich bin ganz der deine, und es wäre sinnlos zu behaupten, dass es nicht so ist.

Jemanden zu lieben ist keine Verpflichtung, keine Bedingung, kein Recht. Jemanden zu lieben ist eine Entscheidung, und ich habe mich für dich entschieden, Mina, schon beim ersten Mal, als ich dich gesehen habe, und ich würde es jeden Tag meines Lebens wieder tun. Es gibt Entscheidungen, die das Leben verändern, und die für dich hat mein Leben für immer verändert.

Zur Liebe kann man nicht nein sagen. Die Liebe bin ich, die Liebe bist du, ohne uns beide gäbe es die Liebe nicht, und wenn du nicht Teil meines Lebens wärst, würde mir nicht die Liebe fehlen, sondern du. Du bist einzigartig, und so etwas geschieht nur einmal im Leben.

An dem Tag, an dem ich dich vergesse, wird es deshalb auf der Welt keine Liebe mehr geben.

Du ahnst nicht, wie viel besser es mir geht, seit es dich für mich gibt. Zuerst hast du mich gerettet, ich schwamm unter Wasser, ohne wieder an die Oberfläche kommen zu können. Dann kamst du und hast mir mit nur einem Kuss allen Sau-

erstoff gegeben, den ich brauchte. Durch dich bin ich gewachsen, habe viele Dinge gelernt, du hast mir den Weg gewiesen.

Nie hat sich jemand so um mich gekümmert wie du. Vielleicht hat mich niemand so geliebt wie du mich. Welchen Wert Liebe hat, erkennt man an dem, was geschieht.

Du hast mir beigebracht, dass Glück nicht etwas Abstraktes ist, sondern etwas, das man in die Arme nehmen und küssen kann, wann immer man Lust dazu hat. Ich liebe dich unendlich und tue gar nichts anderes.

Ich weiß, dass ich kein einfacher Mensch bin, aber ich liebe dich mit all meiner Kraft.

Du bist die einzige Frau, die ich für immer an meiner Seite haben möchte, in jedem Leben, das ich gelebt habe, in jedem Leben, das ich leben werde.

Massimo

Dank

Ich danke allen Menschen, die mich lieben, die mich gernhaben, die mich schätzen, die mich unterstützen und an meiner Seite sind, unabhängig davon, ob ich sie in den Danksagungen am Ende meiner Romane erwähne oder nicht.

Ein Barista, die Liebe und der beste Espresso der Welt

Diego Galdino

Der erste Kaffee am Morgen

Roman

Aus dem Italienischen von Gabriela Schönberger

Piper Taschenbuch, 320 Seiten

€ 11,00 [D], € 11,40 [A]*

ISBN 978-3-492-30587-7

Nichts ist besser als der erste Kaffee am Morgen. Keiner schmeckt besser, keiner duftet intensiver. Das weiß auch Massimo Tiberi, Besitzer einer kleinen Bar in Trastevere im Herzen von Rom. Als sich eines Tages eine junge Frau ins Tiberi verirrt, ist es um den Barista geschehen. Doch leider spricht die junge Unbekannte kein Italienisch. Und – was fast noch schlimmer ist! – sie trinkt keinen Kaffee …

Leseproben, E-Books und mehr unter www.piper.de